Sjunde boken

"Det tycks alltid fattas bitar i livets pussel. Letandet efter dessa bitar driver oss hela tiden framåt."
(Okänd)

P-C Wike

Pussel

[pus:el]

Spår av anpassning i Köttrymden

© 2018 P-C Wike
Förlag: BoD – Books on Demand, Stockholm, Sverige
Tryck: BoD – Books on Demand, Norderstedt, Tyskland
ISBN: 978-91-7699-876-2

Till mina filurer

En världslig historia
Om allt som rör sig framåt, bortåt, utåt
samt det som bara snurrar

Med Vår Tellus Måste Jag Skriva Upp Nio Planeter, är en ramsa för att komma ihåg namnen på planeterna, men också för att lägesbestämma dem utifrån solen sett. Eller nästan i alla fall. Ordet *planeter*, alltså det sista ordet i ramsan som påminner om Pluto där i utkanten av solsystemet, är numera borta. Alltså glöm Pluto och känn att ramsan funkar ändå även om den haltar lite. Merkurius, Venus, Tellus, Mars, Jupiter, Saturnus, Uranus, Neptunus... och dvärgplaneten Pluto. Ett ganska snyggt gäng som snurrar runt solen i olika omloppsbanor och hastigheter.

Sett från solen är Tellus den tredje planeten i ordningen och den bildades för över fyra och en halv miljarder år sedan. Det unika läget från solen gör att vi som lever här varken fryser ihjäl eller brinner upp. Ytterligare sju planeter, där det också kan finnas vatten, har upptäckts och tre av dessa befinner sig i en zon där klimatet liknar jordens. Dessa sju planeter ligger väldigt nära varandra och ett nytt teleskop ska lanseras för att undersöka dem närmare. Människan har länge fascinerats av tanken på om det skulle kunna finnas liv någon annanstans i universum. Levande ting är beroende av rätt temperatur men också av förekomsten av vatten. Tur i oturen att jorden bombarderades av kometer med is som då tillförde det vattnet som planeten behövde. Redan en miljard år efter jordens tillkomst uppstod liv. Osäkerhet råder om även det fördes till jorden av andra himlakroppar men hur som helst började det röra på sig. Av celler, bakterier och blågröna alger. Tack vare växterna föddes fotosyntesen och atmosfären fick syre. Tillsammans med människan lever nu flera miljoner arter på planeten.

Men som sagt, Pluto togs bort som planet 2006. Den aktuella definitionen för att som himlakropp kallas planet är dels att den ska kretsa i en omloppsbana runt solen. Den ska också vara någorlunda klotformad och ska ha rensat bort andra objekt i sin bana. Just där sket det sig för Pluto eftersom den har massor av asteroider runt sig. NASA-forskare menar att med de villkor som omklassificerat Pluto från planet till dvärgplanet ska även Tellus, Mars och Jupiter exkluderas. Fast det får bli en annan historia.

Jordens utveckling kan begripas något lite lättare om man tänker sig förloppet som ett år. I den tanken utvecklades gasmoln någon gång i februari, regn kom först i april och encelligt liv i juli. I september var det istid och månaden därefter kom maneter och svampar. Nästkommande månader var det fiskarnas och ryggradsdjurens tid. Så sent som i mitten av december kom dinosaurerna på plats och först på morgonen den sista december såg de tidiga människoliknande djuren dagens ljus. Inte förrän klockan 23:55 denna dag lämnade de sin nakenhet och draperade sig i djurhudar. Under de sista fem minuterna på året trängs resten ihop. Forntid och nutid och alla övriga epoker däremellan. Utifrån detta sätt att betrakta livets utveckling har det verkligen inte förflutit någon som helst tid mellan människoapan och dagens människor. Skillnaden är verkligen inte stor ens i genetisk uppbyggnad.

Just nu, med betoning på *nu*, är jorden den enda himlakroppen där man vet att liv existerar. Idag är det ungefär sju och en halv miljarder människor som bor på jorden, på den största av de så kallade stenplaneterna. Tillsammans balanserar alla dessa människor på en och samma kärna. En fast inre kärna som till största delen består av järn.

För 300 miljoner år sedan låg superkontinenten Pangea som
ett enda stort motiv över jordens yta. Den samlade
landmassan delade så småningom upp sig i två bitar som
under miljontals år därefter kom att bli många mindre bitar.
Det går tydligt att se exempelvis hur Afrika skulle kunna
pusslas ihop med både Sydamerika och Saudiarabien. Det
går också att se hur Afrikas horn verkar vilja slita sig loss
från den övriga kontinenten.

Jorden består till 70 procent av vatten och resten är fast
mark såsom öar och kontinenter. Om man blöter ner en
apelsin så hamnar ett tunt lager av vatten kvar på skalet. Det
är samma proportion vatten som finns på jorden, och den
lilla mängden vatten är skillnaden mellan en planet med liv
och en planet utan. Ungefär 96 procent av jordens vatten
finns i oceanerna, medan endast 4 procent är sötvatten. De
fyra procenten har samlats i världens alla sjöar, floder och
vattendrag men den största delen finns i frusen form i
glaciärerna. Jordens befolkning använder endast en procent
av den totala vattenmängden men mer än en halv miljard
människor lever utan tillgång till dricksvatten.

För att fortsätta liknelsen med jorden som en apelsin, är det
allra yttersta lagret den del som kallas jordskorpan. Alltså
skalet. Den är uppdelad i olika segment vilka rör sig åt olika
håll över ytan. Även om jordens yta varit inflyttningsklar
sedan miljarder år tillbaka, så är dess inre fortfarande aktivt
med mer eller mindre fast material. Det är på grund av den
yttre flytande kärnan som segmenten, eller de så kallade
kontinentalplattorna, rör på sig. Ibland delar plattorna på sig
så den flytande massan väller upp och ibland krockar de och
lägger sig under varandra. Vulkanutbrott, tsunamis,
jordbävningar och olika former av skred, är ovälkomna men
naturliga resultat av det.

Jorden delas inte bara in i kontinentalplattor, utan också i klimatzoner. Klimaten varierar över jordytan i fyra stora huvudzoner. Tropiskt klimat, subtropiskt klimat, tempererat klimat och arktiskt klimat. Utöver dessa gör man också skillnad på kustklimat och inlandsklimat. Det finns gott om mineraler på planeten som alla används för att försörja den mänskliga befolkningen på jorden.

Befolkningen är uppdelad i omkring 200 självständiga stater. Staterna samverkar genom exempelvis handel, diplomati, kunskapsutbyte och resor. Samverkan sker också kring militära handlingar. Över tio och en halv miljarder kronor läggs ut på militära utgifter och även narkotika renderar stora summor. 400 miljarder dollar spenderas årligen på knark i världen.

I nästan alla länder finns allvarliga problem med mat. Antingen brist på mat eller överskott på mat. Runt två miljarder människor i världen är överviktiga och feta. Antalet undernärda människor minskar men inte tillräckligt snabbt för att nå målet att utrota all hunger senast år 2030. Det är fortfarande 850 miljoner människor som lever i hunger.

Cirka 20 procent av jordens befolkning bor i rika länder som genomgått industrialisering och för första gången i jordens långa historia bor det idag fler människor i städerna än på landsbygden. Majoriteten av jordens befolkning, så många som 80 procent, bor i ett utvecklingsland. Värt att begrunda är att det än idag finns några få människor som lever på samma sätt som vi andra gjorde för bortåt 30 000 år sedan. Sepikfolket i Papua Nya Guineas regnskog är exempel på det. Och därifrån sett, fast 500 mil rakt över västra Stilla Havet körs högteknologiska, tysta och förarlösa spårbilar fem meter upp i luften. På samma jordklot.

Så ser vår värld ut. Så *samverkar* vår värld. Flertalet detaljer som bland annat har med ekonomi, tillgängliga resurser,

landets historia, politik och styrelseskick att göra avgör
ländernas framtid. En del länder utvecklas snabbt medan
andra ställs utanför. Några bringas tur och andra otur. En
del får leva i fred och andra i krig. Några i rikedom och
överflöd och andra på ruinens brant. En del är korpulenta
och andra undernärda. Jordens mineraler både försörjer och
förgör. Somliga har tagit makten medan andra är förtryckta.
Några går i Louboutin och andra i trasiga skor... i en värld
där det blir allt dyrare att vara rik, och allt billigare att vara
fattig.
Egentligen är jorden som ett gigantiskt pussel, där
fysikaliska krafter hellre än kantbitar håller allt på plats.
Gravitatoriska och magnetiska krafter drar föremål till sig
och håller ihop det hela. Jorden som världens största pussel,
till yta och antal bitar.

Av alla sysslor som pågår på planeten är idoga rekordförsök
med att sätta ihop så stora pussel som möjligt en av dem.
Det finns pussel som är flera hundra kvadratmeter stora,
som har fler än en miljon bitar och som tar hundratals
timmar att bygga. Till ytan sett lär det 5429 kvadratmeter
stora pusslet vara världens största. Det består av 21 600
bitar. Men siffrorna varierar i kampen om världens största
pussel. Det största kommersiellt tillgängliga pusslet kallas
The New York Window och föreställer en detaljerad vy av
New York. Det mäter en yta lite större än 10 kvadratmeter.
Men storleken på pussel går att mäta i antal bitar också.
Världens största kommersiellt tillgängliga pussel räknat i
antal bitar kallas *Wildlife* och föreställer ett afrikanskt
panorama. Det pusslet har 33 600 bitar.
Är det inte en smula ironiskt att det från olika platser på
världens största pussel, pågår en tävlan om att fånga den
åtråvärda känslan av att ha lagt världens största pussel? Det
är väl ändå människan i ett nötskal. För dem som inte
behöver lägga krafter på att enbart överleva kommer

innovationsvilja, tävlingsinstinkt och belöningar fortsatt vara krafter som driver människor framåt.

Kampen om "världens största" kommer att fortsätta från olika håll i världen och är det inte pussel det handlar om, så är det någonting annat. Människan verkar alltid vilja vidare och drivs hela tiden av nästa steg, och nästa, och nästa. Framåt, bortåt, utåt...

Inledning
Om kolonier på Mars, stjärnskådare och deras teorier
samt gråsparvsmammor och mördarapor

I ett väldigt litet hörn av norra jordklotet, närmare bestämt
på en yta av 450 000 kvadratkilometer, har gränserna till
landet Sverige ritats ut. Och på en yttepyttig skärva av precis
den hörnan ligger Stockholm, en huvudstad bestående av 14
öar som är hopbundna av 57 broar. Runt om själva
storstaden finns många små och stora kranskommuner
utströdda som prickarna på en punschpralin. I utkanten av
en av prickarna bor Pia-Carin och Mac tillsammans med
sonen Mini som inte flyttat längre hemifrån än ner i
källaren. Pia-Carin är pensionär sedan länge och fyller sina
dagar med att skriva böcker samt tillfredsställa familjens lilla
tax Yahoo med dagliga promenader. Mac är lika mycket
pensionär som sin hustru, skillnaden är den att han aldrig
kommer att kunna sluta jobba. Han är båtmotorreparatör ut
i fingerspetsarna och har varit det sedan decennier. Det lilla
familjeföretaget blommar som en maskros, det vill säga två
gånger per år, både höst och vår. Kundkretsen har i det
stora hela hållit sig intakt sedan i början av 60-talet.

Platsen de bor på heter Laduvik, en tidigare sovstad som
fått helt nytt liv tack vare flera av ortens engagerade
invånare. Exempelvis Rut och Twist som bor alldeles i
närheten av Mac och Pia-Carin. Rut och Twist har
tillsammans med sonen Sigge och pensionärernas son Mini
fått alldeles särskilt fin ruljans på gården de sista åren. En
gård som är full av getter, och som inhyser ett par
bisamhällen, några höns och två tuppar. Tills för helt
nyligen fanns även en ko, två kvigor och en tjur men de
hade under den senaste vårvintern fått flytta till en annan
gård längre norrut. Rut och Twist driver en butik som säljer

gårdens ägg, getost, must och andra produkter. I butiken finns också en samling klenoder från tidernas begynnelse.

På Laduviks gård serveras pitepalt på måndagar och traktens elever erbjuds läxhjälp alla övriga vardagar. De flitigaste besökarna till dessa eftermiddagar är de afghanska pojkarna Tariq som är 13 år och hans storebror Waheed, som är 15. De båda har bott i Sverige i ett par år. Pojkarna jobbar hårt för att klara av sitt nya språk och alla uppgifter de har i skolan. Mini och Sigge har hjälpt till i läxstugan och tillsammans har de alla fyra verkligen haft stort utbyte av varandra. Även Ruts mamma Maja hjälper till på gården. De engagemang hon allra helst och med ivrigast glädje hugger tag i, är de som har med paltserveringen att göra. Det kanske till och med var så, att hon var den som hetsat Rut till att starta upp palzerian. Varje år håller de gemensamt också en julmarknad på gården vilken är omåttligt populär. Då ställer Rut och Twist samt deras vänner upp med bidrag av olika sorter. Det säljs julgranar, Macs hemslöjd, Pia-Carins böcker och ljus samt gårdens alla produkter. Då finns det också möjlighet att få mat och dryck, socialt umgänge samt chans att ta del av skvallret som går på byn.

Något som är slöjdat, men mer fabriksslöjdat än hemslöjdat och definitivt inte till salu, är den lille gårdstomten som står i en nisch i staketet till gethägnet. Tomten är nära 40 centimeter hög och klädd i en stickad, röd akryldräkt. Ett par smala ben sticker ut under den röda akryldräkten. I ena handen håller den en skylt som det ursprungligen har stått GOD JUL på, men som sedan skrivits om med nya hälsningar och budskap. Tomten är hård som ett vedträ men inte särskilt tung. Hans ögon, mun och fräknar är målade med färg. Kinderna röda och blicken glad. En synnerligen ful tomte som först ansågs vara en oturstomte, och efter övertygelse om att så också var fallet, därför avlämnats på gården av tidigare ägare. En tomte som därefter fyllt sin

funktion som gårdens övervakare och lyckobringare.
Tomtens status har uppenbarligen formats av ägarens
betraktande, det har visat sig mer än en gång.

Ruts och Twists närmaste vänner, till och med deras nyaste
vänner, heter Tobbe och Pernilla. De bor en bit bort, på
andra sidan centrum tillsammans med sonen Tor. Och
medan Rut och Twist i första hand är högst beroende av de
30 procent av jordens yta som är mark, så är Pernilla och
Tobbe mer intresserade av de andra 70 procenten. Det som
är vatten. De är nämligen helt uppfyllda av katamaransegling
och seglar både i klubbtävlingar i Sverige och deltar i större
tävlingar utomlands. De lägger mycket tid på träningar och
tävlingar, för säsongen är lång. Från april till november.
Tobbe jobbar som datakonsult och Pernilla som lärare i den
enda skolan som finns i Laduvik.

Det kryllar inte av liv i Laduvik men det finns faktiskt en
ICA-butik. Där arbetar Bengt som är Pernillas pappa. Han
är i svag närvaro, men liksom tjurskalligt besatt av att få
ordning i butiken. Eller besatt och besatt var väl att ta i. Han
jobbar gärna så lite som möjligt, men försöker på den lilla
tiden håva in så mycket ordning och reda som möjligt.
Besattheten ligger liksom inte i arbetet som sådant utan mer
i att annektera allt beslutsfattande. Det är lika mycket hans
vilja som ovilja att ha ansvar över saker men ändå försöker
han styra upp allt. Medarbetarna gör allt för att fylla Bengts
händer med ingenting eftersom de inte riktigt kan hantera
påföljden av hans ansvarstagande. Det blir ofta rörigt och
ologiskt där han har farit fram.

Med detta enda lilla undantag är människorna i Laduvik
som folk är mest. Alla är rätt så lika varandra i fråga om
varande och görande men det finns tillräckligt många
olikheter för att det ska bli spännande. Olikheter och

mångfald, viktiga ingredienser för att få livet att spänna
mellan högt och lågt, stark och svagt, mjukt och hårt.

Just denna kväll hade de alla hamnat på farstukvisten
utanför Tobbe och Pernilla efter en pizzakväll tillsammans.
De var mätta och nöjda, på både pizza och efterrätt. Rut var
kanske mest nöjd i sällskapet eftersom hon hade fått sin pod
uppspelad medan alla smälte maten. Som podder hade hon
valt att berätta om Hopiindianerna och deras traditioner.
Hon tyckte det var värdefull och viktig information att dela
med sig av. Nu stod de som sagt tillsammans i den något
kalla vårkvällen och tittade upp mot stjärnorna. Eller
åtminstone det de alls kunde se av stjärnorna. De försökte
upptäcka Mars och Venus som just nu skulle möta varandra
med ungefär två fullmånars bredd mellan sig. Venus, som
efter månen och solen, är den ljusstarkaste himlakroppen
och Mars med sitt rödaktiga sken. Planeterna skulle kunna
upptäckas med blotta ögat i västsydvästligt läge var det sagt.

”Där”, ropade Pernilla och pekade rakt upp mot himlen.
”Eller nej förresten, det var ett flygplan”, la hon strax till
medan Tobbe blängde på henne. Hon skulle alltid vara så
snabb. Hon liksom sköt först och tänkte sedan.
”Jag tror att det är för mycket moln i vägen. Dessutom är
klockan nog för mycket, vi skulle ha gått ut tidigare”, sa
Twist och ställde sig närmare Rut som såg ut att frysa. Han
la sin arm om henne.
”Mm”, lät det från Pernilla som sedan sällade sig till
tystnaden.

Rut tog tacksamt emot Twists omsorger. Hon var en mer
grubblande människa och i stället för att prata, kunde hon
helt förlora sig i tanken på sånt som varit, sånt som var och
sånt som snart skulle komma. Hon kunde till exempel
fundera över det faktum att människor, för inte alls så länge
sedan nästan var som en annan sort. Utan språk, utan

pengar, ja till och med helt utan kläder. En gång i tiden vare sig ägde man något eller saknade något. Man hade inga köttberg som låg och ångade eller luftutsläpp som hotade. Man pumpade inte olja eller installerade solfångare. Ingen handlade med bitcoins, investerade i aktieportföljer eller i fastigheter. Det investerades inte i krig, prostitution, narkotika eller bantningsprogram. Absolut ingen twittrade, bloggade eller bedrev undersökande journalistik. I stället föddes man, överlevde eller dog. Det var viss skillnad på försörjningsaktivitet och rekreation om man jämför då med nu, och ändå har relativt kort tid passerat sedan människoapans dagar.

Rut hade läst att genforskare sedan 15 år tillbaka har jämfört apans och människans DNA. Genom att kartlägga schimpansens arvsmassa har man funnit en uppseendeväckande likhet mellan människor och schimpanser. Redan i mitten av 80-talet i de studier man ägande sig åt då, gavs belägg för att människan och schimpansens DNA till 98 procent är lika. Därefter har studierna fortsatt med att leta likheter men kanske framför allt *olikheter*. Den uppenbara skillnaden måste ha en mer komplex förklaring. Man har tänkt att det ändå måste finnas större olikheter, exempelvis hur olika gengrupper styr hjärnfunktioner. Någon fortsättning på det resonemanget har man inte hittat, så den delen av forskningen stannade av. I stället hittade man annat.

"Människor och schimpanser har lika stor arvsmassa", sa Rut plötsligt. De andra slutade kika uppåt för ett ögonblick och tittade i stället på Rut, den mycket frusna Rut. De tittade med medlidsam förundran på henne, det var bara Rut som kunde hamna bland schimpanser när stjärnskådning stod på agendan. Det de också visste var att det sällan kom direkta dumheter ur det lite längre resonemanget som snart skulle följa.

"Arvsmassan består av lite mer än tjugotusen aktiva gener och ungefär tre miljarder små, små byggstenar eller baspar som varje DNA är uppbyggd av. Så långt har endast lite mer än en procents skillnad fastställts, en skillnad som inte anses särskilt stor. Nu har man hittat ytterligare några procents skillnad i genuppsättningen men då i de inaktiva delarna av DNA. Människor och schimpanser är ändå lika varandra till så hög grad som 96 procent."

Mac harklade sig och trasslade snart till hennes funderingar ytterligare. Han berättade att skillnaden mellan människa och schimpans är tio gånger mindre än mellan mus och råtta och bara tio gånger större än mellan två enskilda människor. "Det som kanske bidrar till nyfikenheten kring människans ursprung är att trots förmågan till kärlek, empati och omtanke, ligger ändå fokus på att föra krig mot varandra och förstöra den miljö alla är beroende av", sa han sedan. "Undantaget Bengt", slapp det ut Pernilla men hon ångrade sig genast och skrattade till för att skingra röken från elden. Mac log lite åt henne och fortsatte.
"Det finns inga andra djur på jorden som lever så, och den mänskliga arten har rekord i att döda medlemmar av angränsande grupper. Detta fenomen att män dödar medlemmar av sin egen art är ovanligt, men människan gör det. Ändå är människan den art som anses vara välutbildad, samarbetande och intelligent."
"Fast jo", lät det plötsligt från Pia-Carin.
"Det finns andra djur som beter sig kallblodigt. Men då handlar det inte om hela arter utan enskilda underarter av dem. Exempelvis svartbjörnsmamman som får uppåt tre ungar per kull. Om hon mot förmodan bara får en, överger hon den. Hon tycker inte att det är värt besväret att ta hand om bara en", berättade Pia-Carin.
"Va?", kom det från Twist och snart drog han och Pernilla ytterligare exempel på djur som uppförde sig besynnerligt men antagligen helt naturligt.

18

"Mamma svartörn, hon tar vad hon får av ungar men när de bråkar bryr hon sig inte om att dela på dem utan tittar helt enkelt på, även om det urartar så pass att ungarna dödar varandra. Eller sandstubbspappan, som trots att han inte lider brist på föda, ändå äter upp en tredjedel av sina ägg. Samtidigt som han vakar över äggen äter han upp de största. De stora äggen tar längst tid på sig att kläckas så dels blir han av med jobbet fortare och dels får han i sig riktigt mycket gottigt."

Undra vad mamman säger då?", sa Tobbe. "Jag har hört att gråsparvsmamman, när hon upptäcker att gråsparvspappan sått sin säd på fel ställe, ser till att ha ihjäl alla ungar som avlats där. Djur är ju helt galna."

"Japp! Så det finns alltså djur som för krig mot sina egna, som beter sig barbariskt och kallblodigt kannibaliskt. Ytterligare exempel är lejonpappan. Om han är ledare i flocken dödar han den tidigare alfahannens ungar", visste Pernilla. Det blev tyst en kort stund innan Mac la sig i han också.

"Men det måste ändå vara lite sundare beteende än pappa grizzly som inte drar sig för att äta upp sina egna barn om de inkräktar på reviret."

Pernilla tyckte inte hon var riktigt färdig i sin beskrivning av lejonpappan så hon svarade Mac.

"Lejonpappan städar upp bland alla framtida hot genom att döda andras ungar. Han är också den som först äter sig mätt av bytet som *honan* dragit hem under tiden han vilat och latat sig. Blir det något över, delar övriga flockmedlemmar på det men annars från honan och ungarna svälta."

"Abborrepappan däremot...", sa Tobbe som inledde nästa resonemang och då började alla skratta åt att de blivit helt uppslukade av djur, till och med på fisknivå, i stället för att hålla koll på Mars och Venus.

Tobbe som inte deltog i de andras flamsande, fortsatte:

"...han vakar över sina ungar på ett exemplariskt sätt. Han

håller koll och håller ihop dem. Men stimmen rör sig och de ungar som inte hänger med på tåget tröttnar han på och äter upp." Det han just berättade gjorde inte att de andra skrattade mindre precis. Pernilla var den som avrundade den animala stunden.

"Sen finns det en del människor som är frånvarande och oengagerade. Lite som kaninmammor".

"De föder sina ungar och tar sen på sin höjd en minutrunda per dag för att ge dem mat. Så fort ungarna är en månad gamla, överges de av sin mamma. Då får de klara sig själva. Det är med viss förundran man ändå kan hitta vissa likheter mellan djur och människor."

Pernilla och Tobbe berättade för de andra att de nyligen hade haft vilda diskussioner om hur djuriskt barbariska människor egentligen var. Forskare har väckt tankar kring huruvida människor egentligen är blodtörstande mördarapor med inneboende instinkter att döda. En teori som Tobbe trodde benhårt på. Man tänker att människor är farliga varelser som enbart hålls tillbaka av den kultur de lever i. Utan denna skulle det plundras, våldtas, dödas och torteras friskt. Pernilla hade en annan åsikt, eller önskan snarare. Att människor av naturen är goda och samarbetsvilliga men att kulturen har korrumperat dem och gjort dem grymma. Ägandet, det vill säga det faktum att människor mutat in revir i form av åkerlappar, djurhägn och tomter, har format dem till krigare som försvarar sina resurser.

Diskussionerna hos stjärnskådarna på Tobbes och Pernillas farstukvist handlade inte om planeterna Mars och Venus längre, utan hade fått en helt annan inriktning. De pratade hej vilt om rimligheten i vart och ett av påståendena, och hur långt tillbaka de än grävde i historien, kom de fram till att frågan kanske inte hade något svar. Var det lejonmodellen "den starkaste överlever" som lett till att människan blivit krigare? Att slåss om makten och hela härligheten och därigenom visa vem som är bäst och starkast. Eller var det sandstubbsmodellen? Att även om det redan finns mycket att vakta, önskar människan ändå få det lite bättre och gärna så fort som möjligt. Det vill säga att ägande har *gjort* människor till krigare.

"Tre människor i minuten sägs dö i krigsrelaterat våld. Det blir fler än 4500 människor per dag. Den mordfrekvensen är faktiskt väl låg för att kunna kalla människor för mördarapor", förklarade Tobbe.
"Att möta varandra kring en konflikt face to face är svårt. Att döda någon annan i närstrid, är ännu svårare. Det är besvärande att se någon i ögonen och döda den. Människor *vill* egentligen inte döda varandra. En kallblodig mördarapa skulle inte ha det filtret. Det skulle inte finnas, alltså kan vi inte jämföras med mördarapor."

Pernilla menade att människans krigshistoria enbart sträcker sig 10 000 år tillbaka i tiden och hävdade att den började som tidigast när människan knackade ner sina första staket i backen. Alltså då man ville hägna in djur eller grödor. Innan dess rådde det fred mellan människor. De var samlare och kringströvande individer som stoppade vad de hittade i mun och ägde inte mer än kläderna de hade på kroppen. Det fanns inga revir, egna djur eller täppor att försvara. Det handlade om att samarbeta och dela med sig, inga hövdingar eller chefer fanns.
"Det var när människan började bruka jorden som allt förändrades. Någon ägde marken, andra inte. Några hade investerat, någon hade ansvar medan andra hamnade utanför. Sånt skapar krig. Känsla av makt kontra litenhet väcker den inneboende aggressivitet som finns hos oss människor. Inhägnader blev ägor som blev byar, städer, civilisationer, imperier och till slut stater", sa hon.

”Och tänk att det någonstans på någon liten fläck på jorden
fortfarande lever människor utan ägande, utanför städerna
och som ociviliserat statslösa.” De andra lyssnade.

”Två teorier, eller två idéer där man fortfarande inte har
hittat svaret på gåtan; är människor krigare av naturen eller
har kulturen gjort oss till krigare? De som intresserat sig för
att följa människan genom årmiljoner menar att det ligger i
dess natur att kriga och sedan tusentals år tillbaka har
beteendet förändrats och gjort människor bättre och bättre
på krigsföring”, sa Tobbe sen.

Mini som hade smugit sig ut sedan han hade hört hur
diskussionerna där ute blivit högre och högre, kunde inte
längre vara tyst.
”Man har hittat skelett på uppgrävda gravplatser från
tusentals år innan jordbruket uppfunnits. På några av
skeletten kan man se skärsår över hela kroppen. Svårt
skadade människor. Män, kvinnor och barn, där det tyder på
att stort våld använts och där flintspetsarna sitter kvar. Det
kan vara svårt att tyda arkeologiska fynd så därför började
man jämföra människor med deras närmaste släktingar
schimpanserna.”
”Tillbaka till schimpanserna alltså. Och vad kom man fram
till då?”, undrade Twist.
”I jämförelse med människor tänkte man först att
schimpanser nog levde fredligt med sina vänner och
släktingar. Men den bilden visade sig inte riktigt stämma, i
alla fall inte när man begränsade schimpansernas territorier
och krympte deras resurser. Då fick schimpanserna nya
krigiska sidor. Slutsatsen blev att krig inte har med vare sig
schimpansens eller människans natur att göra. Det är i
kampen för överlevnad som individen med bästa
förutsättningar att anpassa sig vinner. Den som har högst
biologisk fitness och är bäst anpassad till sin miljö, har störst
chans att para sig och sprida sina gener vidare.”

”Där ser du!”, sa Pernilla. ”Det var det jag visste.”
”Och där ser *du*”, sa Tobbe. ”Utan instinkt, inget dödande.”

Tillsammans hade de till slut enats kring det faktum att
människan i alla fall måste betraktas som en ganska så
engagerad individ här på jorden.
”Se bara på oss!”, sa Rut med hackande tänder. ”Hur länge
har vi inte ältat det här?” Alla skrattade.
”Människan utvecklar och bygger upp, slåss och dödar,
forskar och löser gåtor, förtrycker och hotar, samarbetar
och tar hand om, utrotar och förstör, stöttar och
uppmuntrar.”

”The brain appears to be designed to solve problems related
to surviving in an unstable outdoor environment, and to do
so in nearly constant moving”, sa Pernilla sedan. Hon hade
varit på en föreläsning där en slide låg uppe med den texten,
eller något åt det hållet i alla fall, hon mindes inte exakt.
Tanken hade varit att reflektera kring elevernas bristande
motivation för skolarbete sett ur ett evolutionärt perspektiv.
”Va?”, lät det från Tobbe.
”Ja, idag har vi i i-världen sysselsättningar som kanske inte
riktigt handlar om liv eller död, vi rör oss för lite och delvis
utan någon *egentlig* anledning. Det är ingen som svälter, vi
känner oss sällan hotade, springer inte för våra liv, har inga
riktiga problem att lösa... Ibland känns det som om vi bara
skyfflar oss runt mellan vardagspress och njutningar,
konsumtion och investeringar.”

”Om 30 år kommer 200 miljoner människor klimatemigrera
på grund av den globala uppvärmningen. Sånt skapar riktiga
problem och handlar om liv och död. Vi har miljöproblem,
det går inte att bortse från hur hårt somliga än försöker.
Lägg sedan till alla vattenflyktingar, alltså de som behöver
fly för att hitta rent vatten. Medan vi spolar våra gator med

dricksvatten, har andra inte ens en hink med friskt vatten
för att göra välling åt sina barn", tillade Twist.
"Och problem i rymden". Mac som varit tyst en lång stund
tog plötsligt till orda varpå alla riktade om sitt fokus från
Twist och miljöproblemen till Mac och rymden.

Mac är känd för att vara en riktigt bakåtsträvare och älskar
allt som var förr. Han hade nu upprörts över det faktum att
planeten Pluto degraderats till en icke-planet. I och med
reduktionen i solsystemet, kan ingen säga annat än att Pluto
har viss tur som slipper en företrädare av märket kanin. I
stället har himlakroppen fått en lejonpappa och en
gråsparvsmamma som stöd efter omklassificeringen. Mac
Frödin har självutnämnt sig som huvudförsvarare och följer
NASA's arbete i frågan. Projektet "Rädda Pluto" på NASA
har framfört åsikter och kritik på hemsidor, startat
konferenser och skrivelser, genomgått omröstningar och
resolutioner. De vill nu ändra definitionen för planeter. Två
år efter att Pluto nekades sin planettitel hölls en konferens i
arbetsgruppen IAU, Internationella Astronomiska Unionen,
med samtal om den nya definitionen av en planet. Men man
kunde inte enas om definitionen. Den här debatten följde
Mac intensivt. Han hade redan berättat om detta för Pia-
Carin, och vare sig hon var intresserad eller inte, hade hon
dragits in i det hela. Mac visste att ett nytt begrepp hade
införts strax före konferensen.
"Plutoid, det var vad Pluto var nu. Tacka fan för att man
reagerar", sa han sedan. Vid det här laget hade alla börjat
titta upp mot stjärnhimlen igen som nu om möjligt hade
dolts ännu mer bakom molnen.
"Medan vissa accepterade omklassificeringen försökte andra
ändra beslutet genom ett upprop på internet där de
uppmanade IAU till att omvärdera beslutet", fortsatte Mac.
"Ord som orättfärdig nedgradering, vetenskapligt kätteri
och förbrytelser togs till. Det ska vara som det alltid varit.
Man har alltid känt till Pluto som en planet och kommer att

fortsätta se Pluto som en planet, oavsett IAU's beslut." Mac
tystnade och sänkte armarna som han hade behövt ta till
hjälp i ett ihärdigt viftande för att få ordning på allt han
hade att säga.
"Den 13 mars 2007 infördes Pluto Planet Day i kalendern.
Visste ni det? Det om något är en sak för dig att notera i din
Filofax", sa han och log lite åt Pernilla. Hon log inte tillbaka
men noterade i all hast att Tobbe gjorde det.

Det har visat sig att människor inte riktigt kan nöja sig med
att kriga här på jorden utan det ska även krigas utanför
planeten. Till och med uppe i rymden, tänkte Pernilla efter
det som Mac berättat. Om den nya definitionen godkänns
betyder det att Pluto på nytt får status som planet och inte
bara den, utan även vår måne. Totalt kommer solsystemet
att få omkring 100 nya planeter. För Plutos skull kan man så
klart hoppas på upprättelse men för planetramsans skull
vore det en katastrof. Med Vår Tellus Måste Jag skriva Upp
Nio... skulle bli ett helt epos med flera verser. Till det visste
inte Pernilla hur hon skulle förhålla sig. Hon höll med Mac,
och för all del även NASA, men hon skulle med all säkerhet
inte komma på en ny ramsa för att lägesbestämma
planeterna. Än mindre skulle hon klara av att komma ihåg
det hon i bästa fall skulle ha kommit på, innan hon skulle ha
glömt det.

Mac pratade länge och väl om sina rymdproblem och Tobbe
hade anslutit sig till det genom att berätta om vad han visste
om framtida marsresor. Han beskrev NASA's marslandare
Pathfinder som för 20 år sedan landade på Mars norra
halvklot och där idén föddes om att befolka planeten. Med
dagens teknik skulle den största utmaningen inte vara att ta
sig dit, utan därifrån. Twist undrade om man alls skulle hitta
någon som verkligen ville flytta dit och Tobbe berättade att
200 000 intresserade dök upp från hela världen. Det man
hade sökt efter var folk som ville lämna jorden för att starta

en mänsklig koloni på Mars. Femtio kvinnor och femtio män har nu valts ut och i första steget kommer totalt tjugofyra av dem flytta till Mars. År 2026 planeras det för att skicka upp de fyra första av dessa. Fram tills dess ska de göra en mängd stress-, minnes- och samarbetstester. De behöver också tioårig utbildning. Tekniker, läkare, jordbrukare med flera yrkesgrupper behövs. Givetvis också astronauter. Inför att skicka upp människorna ska förnödenheter, livsuppehållande system, bostadsmoduler och kommunikationssatelliter skickas upp. Syre och kväve behöver produceras, eventuellt också vatten.

Pernilla både lyssnade och lyssnade inte. Hon och Rut tittade på varandra med en menande hur-länge-ska-vi-stå-här-och-lyssna-egentligen-minen. De var intresserade av det som sades men tänkte också, med en titt på klockan, att det vore dags att avrunda. Pernilla hade definitivt slutat lyssna på fortsättningen och log lite åt Rut medan hon funderade över hur det skulle kännas att vara en utvald marsgubbe, eller för all del marsgumma då.
Ett varningens finger behöver nog höjas här för planeten Mars väl och ve. Världen kan förvisso betraktas som ett pussel där varje människa är en bit, men världen skulle må ofantligt mycket bättre även utan alla människobitar. Gör inte om alltihop på en ny planet. Känn att det är okej att vara en icke-planet och släpp för guds skull inte in några människor där uppe. Det kommer bara att leda till trubbel. Säg så här; om du kom från en annan dimension och landade på jorden, vad skulle du då vilja leva som då? Som en fisk i de förgiftade haven eller som ett träd i den utarmade regnskogen? Kanske som en fågel i en luft full av kväveoxider, som en svältande korall i det blekta barriärrevet eller som en isbjörn på det kalvande Arktis? Eller, vara ett av de djur som jagas av troféjägare? En amurleopard eller javanoshörning? Sumatratiger, havssköldpadda, bergsgorilla eller något annat utrotningshotat djur? Världen skulle

onekligen vara en friskare plats utan människan, det kommer att gälla för planeten Mars också. Alldeles säkert.

Det har hänt lite sedan Pangea delade upp sig, och sedan inhägnaderna blev till stater. Frågan är om människorna på jorden med de ekonomiska förutsättningar som finns, med den grad av utveckling som uppnåtts och med teknikens hjälp någonsin kommer att ta hand om den jord som blivit. Börja ta hand om varandra och avsluta alla krig. Förstå hur mycket vi är beroende av varandra fastän vi är väldigt olika. Kommer vi någonsin att kunna leva i fred utan att döma varandra och i stället nyfiket försöka förstå varandra? Kunna byta perspektiv, våga be om hjälp och säga förlåt? Lyssna mer än debattera, göra val bland striderna och börja förstå att med positiva tankar kommer man betydligt längre än med negativa. Och kanske börja tänka efter före?

Man får helt enkelt kämpa på och försöka hantera de mördarapor man möter på vägen, tänkte Pernilla. Sköta sig och vara värdig sin plats här i köttrymden.

Kapitel 1
Om kaninen Usagi, brödklämmare och flatulens
samt kalsonggrabben och den minnesvärda maten

Bengt slurpade på sitt kaffe och till det hade han serverat sig en alldeles färsk semla. Säsongen började visserligen ebba mot sitt slut men för en sån som Bengt fanns det alltid marginaler. När det gällde semlor hade han fyra nivåer på målsättningen. Det hela liknade en svårt karaktärsdanande övning.

1) Svårighetsgrad Mega: ingen semla förrän till premiären.

2) Svårighetsgrad Maxi: ingen semla förrän i februari.

3) Svårighetsgrad Midi: ingen semla förrän sista helgen i januari.

4) Svårighetsgrad Mini: Aldrig någonsin säga "den sista" om den senast ätna semlan, utan hellre förlänga säsongen så långt som möjligt.

Det var nivå fyra han var på nu vilket innebar att han åt semlor så länge det fanns bröd att köpa, grädde att vispa och mandelmassa att skiva. Nivå fyra var för övrigt den nivån han var på när det gällde det mesta ätbara. Han kunde helt enkelt inte tygla sig.

Dock hade han en något tråkig känsla i kroppen. En känsla av att inte vara riktigt nöjd. Som så ofta svävade han numera mellan två ytterligheter i livet. Att vara bäst eller att vara sämst. Det var den senare känslan han för tillfället brottades med och trots att den relativt sällan dränerade hans tankar, åt den fullkomligt upp honom varje gång. Vad var det de andra hade som han liksom saknade? Som hemma hos Pernilla och Tobbe härom kvällen. Alla hade minglat runt, samtalat, lyssnat på varandras berättelser, skrattat

tillsammans och varit så närvarande och glada. Bengt själv
kände sig som en outsider.

Innan han började bli bekant med laduviksfolket hade han
känt på samma sätt, fast då på ett mer klädsamt vis. Han
visste liksom att han var bäst och de andra var sämst, för att
uttrycka det hela enkelt. Han hade karaktär som de saknade.
De var löneslavar och levde som ofria människor i
ekorrhjulets snurrande. De saknade inte bara livskvalité,
utan också framåtanda och målmedvetenhet. De upplevdes
oförmögna att påverka sina livsval. Nej, det var ingen
upplevelse. Det var en sanning, och Pernilla var utan tvivel
den mest tragiska av dem alla. Totalt fast i sitt låglöneyrke,
som ett resultat av tidigare dåliga val i livet. Han fattade inte
vad det var för avart han närt vid sin barm. Och systern
hennes var inte bättre. En gång i tiden hade han
förhoppningen om att såväl Pernilla som hennes syster
skulle förstå det lukrativa i hans bransch och följa hans
fotspår i livet. Men nej, efter år av försök till påverkan och
orientering i de mest elementära grunderna av
fastighetsbranschen, valde de båda sina egna vägar till
försörjning. Pappskallar, de begrep ingenting.

Var hon inte väldigt uppstudsig också, Pernilla? Jo, det
tyckte han allt. Hon hade ett särdeles framfusigt sätt och
utmärkte sig med en alltför rapp och grov humor. Hon hade
nästan ett lite manhaftigt sätt att ta för sig på, liksom ingen
hyfs. Visste inte en kvinna att det räckte med att vara glad
och trevlig? Hon fick gärna ha humor men bara tillräckligt
för att bekräfta en mans skojfriskhet, inte för att göra sig
rolig själv. Att få andra att skratta, det var väl ändå mannens
privilegium, ansåg Bengt. Det var för sorgligt, om det nu
ändå behövde avlas barn, att det inte kunde ha blivit en son.
En grabb hade garanterat fattat bättre.
Pernillas man, den drulen, han ägde heller ingen särskild
talang, i alla fall inte vad Bengt visste. Hon var gift med en

riktig torrboll, det visste han fast de knappt hade träffats. Bergis hade han tummen mitt i handen och beslutsfattandet i skrevet. Med största sannolikhet hade han aldrig drämt till ett spikhuvud, gjort upp en affärsplan, snott från staten eller följt ett börsindex. Sånt ser man. Tydligen var han nån sorts konsult också, inte heller det ägde någon särskild charm. Bengt hade hört Tobbe berätta att bästa stället att förvara sin bilnyckel på var i kylskåpet där hemma. Först trodde Bengt att han hade hört fel, men jo så hade Tobbe sagt. Själva idén med kylskåpsförvaringen var att slippa få bilen stulen. Det var inte bara tekniken som hade utvecklats genom tiderna, utan också tjuvarnas metoder hade Tobbe sagt. Numera kunde man om man såg en schysst bil, ropa på bilnyckeln och stjäla signalen från den, låsa upp bilen och köra iväg med den. Men med bilnyckeln i kylskåpet eller i en isolerande plåtburk skulle tjuvarna misslyckas med att identifiera signalen till nyckeln. Allvarligt, den där karl var för långt bort från tiden då man greppade veven för att få igång motorn. Tobbe var på tok för digitaliserad för Bengts smak.

Mac och Pia-Carin däremot, hade Bengt kanske inte riktigt fått kläm på ännu. Han hade väl inte hittat några direkta fel på dem, men där behövde han avvakta och ligga lite lågt. Inte rusa åstad och hamna i relationer som inte gick att kontrollera. Under vårens arbete med AIM-festen, skulle han bli varse den biten. Mac verkade förvisso vara en redig karl som visste att hugga i och sköta affärer, det bådade gott. Däremot var branschen lite tvivelaktig. Båtmotorer? Sånt kunde Bengt inte så mycket om, än mindre hade han behov av den sortens kunnande, så här fanns all anledning att vara försiktig med relationsskapande. Hade han egentligen behov av fler relationer? Svaret på frågan var enkelt. Bengt ville inte ha fler människor omkring sig än sådana han hade nytta av endera praktiskt, ekonomiskt eller kompletterande. Han tålde inte konkurrens, åsiktande, debatterande eller onödigt bjäfs. Twist däremot var en bra karl och likaså hans Rut. För att vara ett fruntimmer var hon rätt så duglig. Hon hade en affärsplan och ett kunnande, var huslig och praktiskt lagd, brydde sig om andra och var rätt så ärtig. För att inte tala om hennes mamma Maja. Hon hade allt det där och mer därtill. Hon var en fantastisk kvinna. Bengt var i det närmaste överlycklig över att han tillsammans med Maja skulle ordna festen för Laduviksgänget. Och tänk att Maja hade bett honom att vara med. Aldrig någonsin, never ever, skulle han gå med på något liknande om det inte var för Maja. Att Mac och Pia-Carin var med fick han bara stå ut med så länge han fick umgås frekvent med Maja under våren.

Bengt släppte sina funderingar och fyllde på sin kaffekopp. På bordet låg tidningen Metro som han hade hämtat upp från tågstationen på morgonen. Han bläddrade runt bland rubrikerna i den.

Den första rubriken han kom till var en text som handlade om konsulter som hade räknat fel på 2,3 miljarder. Ja, vad var det jag sa, tänkte Bengt. Konsulter, de är ett pack. Men mäklare då, var de så mycket bättre? Tydligen inte. En stjärnmäklare hade blivit varnad 13 gånger. Det var en himla massa varningar tyckte Bengt, sisådär en 12 för många. När han fortsatte att läsa, såg han att de 13 varningarna dessutom hade gällt en och samma affär. Hade folk ingen som helst ansvarskänsla längre? Mäklare var för övrigt i blåsväder rätt ofta med tanke på prisfusk och lockpriser, det visste han eftersom det var hans bransch. I tidningen stod det också om en mäklare som i stället för att lura folk på pengar, hade bidragit med pengar. En idrottsklubb hade tecknat ett femårigt avtal med en mäklare som bidrog med 100 000 kronor per år om sporthallen bar mäklarens namn. Det var väl ändå ett begriplig win-win koncept. Hur skulle det låta? Bengts hall, Bengtshallen, Bengtoshallen, Bengans hall Benga hallen, Bengalen... Bengt satt och smakade på det

hela och tyckte att flera förslag utom Benga hallen och
Bengalen var utsökta. Bengaler var ju sånt som startade
oreda på läktarna och det hade han ingen lust att medverka
till, och i värsta fall skulle nån planta kanske uttala namnet
som Ben-galen och det vore direkt dumt. Benga hallen
kunde också misstolkas. Pengar hade han i alla fall och hellre
än att skänka dem till staten medan han levde eller till
döttrarna efter sin död, skulle väl en Bengtshall vara något
att satsa på? Värt att ta vidare, tänkte han.

Därefter hamnade han i en artikel som handlade om en man
vars fru hade gått bort och där han på gravplatsen hade
placerat en unik gravsten. Den 20 kilo tunga och 15
millimeter tjocka gravstenen i svart granit hade monterats i
en svartlackerad aluminiumram. Bilden i texten visade en
gravsten med en ram runt som påminde om samma kur
som numera utgör väderskydd för tusentals resenärer i
kollektivtrafiken. Alltså en busskur. Ingen vidare reklam för
bussbolaget att låta en busskur utgöra inspiration till en
gravsten. Som en plats för sista vilan. Vad säger egentligen
det om turtätheten? Konstruktionen och designen är
familjeföretagets egen och efter lanseringen för Stockholms
lokaltrafik finns de nu överallt. De där busskurerna hade
Bengt mer än en gång sett omdesignade sedan traktens
ungdomar slängt upp kundvagnar på taken, kraschat rutorna
eller klottrat ner dem. Kundvagnarna ja... genom Bengts
idoga försök till kameraövervakning, hade han nu närmat
sig en metod som han trodde skulle få stopp på
vandalismen. Snart skulle de små lymlarna åka fast och när
den dagen kom hade han en färdig plan. Det var ett som var
säkert. En bra plan, färdigskissad in i minsta detalj.
Lite längre ner på tidningssidan fanns det tips om att skriva
en nekrolog över sig själv. På tal om att ha en färdigskissad
plan, tänkte Bengt. En bok vid namn *Innan jag glömmer bort
mig själv*, hade tagits fram med avsikten att uppmärksamma
Alzheimers. Tanken var att successivt fylla den med text om

hur man ville bli ihågkommen. Nä fy, vad sorgligt det här
blev. Det tjocknade till i Bengts hals och för att slippa
förlora sig i spekulationer kring sin förestående hälsa
hoppade han snabbt över till nästa sida.

Där ställdes frågan om man var redo för lite vårmys och
fem bilder visades upp, var och en obegripliga i
sammanhanget. Det var bilder på en diskmaskin och en
tvättmaskin. En fritös, en kaffemaskin, ett kylskåp och en
hårtork. Idioter, tänkte Bengt och bläddrade vidare.
Ett par sidor senare gjorde byggföretaget JM reklam för
deras hållbara hem med fokus på hantverk. På bilden syntes
en ung långhårig man i bara kallingarna, med ett strykjärn i
ena handen och en kaka i den andra. Det handlade om
flyttdrömmar läste Bengt och texten löd: "En egen
tvättmaskin. Wow..." Vidare berättades det i texten att man
skulle känna sig välkommen att botanisera bland balkonger,
sjöglimtar och extrarum till svärmor när hon kom på besök.
Wow, tänkte Bengt igen. Lite stickigare den här gången.
Precis vad man behöver. Bilden skvallrade väl mer om att
det behövdes en hårsax, något slags klädesplagg, en
strykbräda och ett köksbord till kalsonggrabben? Han
behövde uppenbarligen få kläder på kroppen och
någonstans att sätta sig ner med sin kaka?
"Fan. Klipp håret och skaffa ett jobb", mumlade Bengt.

Fler rubriker i tidningen. I en artikel stod att man tvingades
sätta in väktare i villaområden och i en annan att man vill
locka ungdomar att spara på börsen. Det stod också att läsa
om resenärer som fått uppleva en skräckfärd i buss på en
blixthal väg. Under rubriken "Hem och Bostad" kunde
Bengt läsa att ordning förenklar vardagen. Någon som hette
Paulina gav fyra råd för att skapa ordning i hallen. De kunde
ha frågat mig, tänkte Bengt. Han hade en sagolik ordning
omkring sig, inte en pinal låg på fel plats utan precis där han
hade släppt den. Trots hans goda koll klagade ändå folk. Till

och med Rut hade antytt att det var en smula rörigt runt honom, särskilt på tomten. Det hade också kommit fram att det ansågs se förskräckligt ut på jobbet, eller rättare sagt på kontoret. Han hade fått ett påbud från högsta ort att städa upp. Ord som "förjävligt" och "röja upp i bråten" hade passerat i texten med åläggandet. Fasen också att han hade börjat tänka på det. Nu kände han sig ännu mer kymig till mods.

Enligt tidningens fortsatta rubriker kunde tydligen sexdömda ledare ges möjlighet att träna barn eftersom bara en av tre klubbar kollade sina ledare. Och på nästa sida stod det att kriminalvården fått i uppdrag att bryta onda cirklar för internerna. Bengt funderade helt kvickt kring utvecklingen. Var det därför tidigare dömda blivit barn- och ungdomstränare? Man kanske tänker utanför boxen och startar samverkan mellan idrottsklubbar och kriminalvård på samma sätt som man slår ihop idrottsklubbar med mäklare? Kunde det vara så? Nej, det här med samhällsbyggande var nog ingen enkel sak nu för tiden. Annat var det förr, innan allt blev så modernt. Samverkan, förståelse, humanism, lösningsinriktning, allas rätt. Fy fan.

Mitt i alltihopa efterlystes en kanin vid namn Usagi. En fransk vädur på fem kilo. Två underliga saker här. Dels vikten. Var det nödvändigt i en efterlysning att skriva vikten. Om det är fem kilo kanin som hoppar omkring på villovägar eller tre gör väl detsamma. Sen namnet. Vem i hela friden döper sin högt älskade kanin till Usagi? Vad var det för namn och när någonsin fanns det anledning att använda det? Om man nu skulle se en kanin på cirka fem kilo som verkade vara på villovägar, skulle man då ropa namnet när man ändå vet att en kanin absolut inte stannar upp och lyssnar när man pratar med den. I stället hoppar den iväg i rask takt höger, vänster, höger, vänster, hopp, hopp hopp fort som fasen medan pulsen pickar i hundraåttio. Ingen kanin vare sig den väger fem, tre eller hur många kilon som helst stannar väl och lystrar till sitt namn? Usagi, den väluppfostrade lille brukshundskaninen.

"Äh, vad fan", mumlade Bengt och reste sig från stolen. Katten som i vanlig ordning var den enda åhöraren tittade på honom.
"Jag måste kolla vad Usagi är", sa han. Förutom katten var Bengt alldeles ensam i sitt hus och han trivdes bäst så. Han hade gjort några försök att leva ihop med olika kvinnor men det slutade bara i obegripligheter. Han hade också försökt bo ihop med en man, nämligen med sin egen pappa, men det slutade mest med hat och skam. Fast med katten hade det fungerat bra, eventuellt beroende på att hon var stulen så inga känslor eller spekulationer hade fört dem samman. Bengt bytte rum och satte sig vid datorn för att googla på Usagi och fann till sin förvåning att det var flera olika saker. Dels en restaurang någonstans i norra Sverige och dels namnet på en tropisk storm. Dessutom var Usagi en seriefigur, ett japanskt unisex-namn och en term för kanin på japanska. Där satt den, tänkte Bengt. Lite lär man sig varje dag. Fortfarande en smula förbryllad över det där med vikten men han kände sig beredd att släppa den biten.

När han ändå satt vid datorn med kaniner i huvudet, började han känna sig hungrig. Bengt ägde den lyckosamma kombinationen av att både vara matglad och bra på matlagning. Han älskade grytor av alla sorter och funderade nu på om han någonsin lagat en kaningryta. Efter en stunds grubblande kom han fram till att han inte hade det. Bengt skrev in ordet "Kaninmat" i sökrutan och svaret han fick var: *Jag undrar om det finns något pellets som är bra för kaninen, alltså så att de inte blir för tjocka?*
Bengt skrattade till när han insåg sitt misstag. Det var ju "Recept på kanin" han borde ha skrivit men precis när han skulle göra det föll hans ögon på något annat lite längre ner

i listan. Det var ett namn han kände igen. Var det inte det namnet som Pernilla hade mejlat honom? En sommarpratare som hon tyckte att han skulle lyssna på. Bengt gick in i mejlboxen och hittade konversationen. Han hittade också sitt svar och blev överraskad över sin egen ton i svaret. Hade han verkligen skrivit så? Det var varken särskilt trevligt eller speciellt bussigt. Pernilla hade uppenbarligen tänkt på honom och ville ge ett tips. Fanken också, här var ytterligare ett exempel på hur otroligt dålig han var på socialt uppförande.

Pernilla, Tack för ditt meddelande som saknar beröring med mig. Även om Tellström är ett avlägset släktnamn för mig, så har jag inget intresse för varken denna Richard eller andra med efternamnet, så vänligen bespara Dig omaket med att hålla mig vidare informerad om denne man och vad som händer honom och hans närstående. //B

Bengt lämnade mejlet så länge och började läsa artikeln i stället. Han skulle kontakta Pernilla sedan lovade han sig... eller nästan lovade han sig i alla fall. Måltidsforskare Tellström hade massor av intressanta saker att berätta. Det handlade om att servera pellets till människor. Inte dumt, tänkte Bengt. Vad kunde sådan mat tänkas innehålla? Tellström menade att vi för kroppens överlevnad lika gärna kunde äta sådan foderpellets som man ger till hundar och katter. Ur näringssynpunkt är pellets fullt tjänlig mat och innehåller såväl energi som vitaminer och fibrer. Dessutom skulle det bli billigt för både miljö och klimat och svinnet skulle bli mindre än idag. Många människor lever ett så pass stressigt liv att de knappt hinner äta, så en skopa pellets då och då vore kanske räddningen?

Livet är det som passerar mellan två måltider. Mellan det som nyss lagats, ätits upp och plockats bort till det som snart ska tillagas, ätas och plockas undan. Så förenklar Tellström saken. I allmänhet cirkulerar måltiderna i en vanlig familj kring 12 till 14 rätter. I en småbarnsfamilj är variationerna ännu färre; fem till sex rätter. Ändå finns det tusentals recept att tillgå både på nätet och i böcker. Bokhyllan hemma hos folk nära nog bågnar av alla kokböcker. Matlagningsprogrammen på teven är starkt representerade och urvalet av kökshjälpmedel och grillar är nära nog outtömligt. Sedan en tid tillbaka har därtill serier som handlar om bantning och livsstilsförändringar visats på teven under bästa sändningstid

Bengt kom att tänka på ett teveprogram som han hade sett. Det hette "Du är vad du äter" och var en serie om livsstil och hälsa. Kostexperten Anna Skipper hjälpte människor ut ur ett ohälsosamt liv för att de skulle komma i form och må bättre. Det handlade om att förändra matvanor och komma till hälsosamma insikter. Titelnamnet "Du är vad du äter" anspelade på att du själv försatt dig i läget av att leva osunt, med övervikt och ohälsa som ett resultat av det. Snarare att du är vad du *ätit*.

Men om man ser på mat och måltider mer som en kulturhandling än som ett näringsintag, så är vi verkligen vad vi äter. Matvalen avslöjar oss och beskriver inte bara våra värderingar, utan också vilken tidsanda vi lever i, så mycket förstod Bengt av det han läste. Mat beskriver också vårt ursprung och vilka vi umgås med. Var vi bor, vår ekonomi och vårt civilstånd. Genom den mat vi väljer kan vi se vilka vi är och vilka människor vi hör ihop med. Man kan till och med vägledas genom maten till att ana vilken partipolitisk tillhörighet en person har. Studier har gjorts där man har korrelerat frukostbröd och partipolitik. Socialdemokrater äter gärna knäckebröd och formfranska. Sverigedemokrater föredrar ljust bröd och limpa, medan Miljöpartister helst äter fullkornsbröd till frukost. Så kallade brödklämmare, sådana som inspekterar brödets stuns, finns inom alla partier, men med en övervikt bland borgerliga röstare. Det anses vare sig korrekt eller sunt att hoppa över frukosten. Enligt våra normer är frukosten dagens viktigaste mål. Ändå ogillar en tredjedel att äta frukost. Det säger en del av hur starka värderingarna är.

I Sverige har vi inte bara en middagskultur, vi har många. Förklaringen är att mat inte bara är något som ställs på bordet utan vi äter det som representerar oss. Man äter såsom man äter i de grupper man vill tillhöra och maten beskriver vår livsgemenskap. Precis som när vi klär oss. En kostymnisse har inte samma värderingar som en Emo och en getto-hiphopare har inte bara annan stil än en brat, utan också helt andra värderingar.

Vidare menar denne mathistoriker att julaftonsmiddagen är ett exempel på mat som vi ätit på samma sätt i flera hundra år, mat som blivit tradition och visar vilka människor vi hör ihop med och delar värderingar med. Man förstår andra människor bättre om man tänker på vilken mat de har att tillgå och hur de lagar den. En gång i tiden var potatis ny mat, och även tomaten. Inte ens då, för 400 år sedan åt man vad som helst men man åt lika ofta som nu, det vill säga ungefär var fjärde timme. Mat som komule, kalvhjärna, säl, bäversvans och aladåber var vardagsmat. Det var inte heller ovanligt att man tog öl på gröten till frukost.
Bengt översiktsläste sig tillbaka till inledningen. Varför äter vi inte pellets? Jo, därför att vi äter inte längre för att överleva. Vi äter för att leva. Maten skänker oss glädje genom hela livet och med alltför ensidig föda skulle vi snabbt bli uttråkade och inte längre vara människor. Vi vill ha nyheter, både när det gäller vad vi säger, lyssnar på, klär oss i eller läser. Vi vill inte bara äta mat, utan också olika maträtter, gärna med spännande kryddningar och annorlunda upplägg. Vi vill ha variation. Nya saker utmanar vårt tänkande enligt Tellström så därför går pellets bort.

Vår matinspiration har vi hämtat från olika håll i världen,
men det är inte invandrare eller flyktingar som bidragit till
att påverka vår matkultur. Invandrande grupper och
flyktingar är köpsvaga och måste välja billiga livsmedel. Det
räcker heller inte med många människor från andra länder
för att förändra matidealet. Sushin till exempel har ingenting
med någon stor invandring från Japan att göra utan har
hämtats från New York, och trots den stora invandringen
från Finland finns ingen finsk mat här. Inte heller Grekland,
Jugoslavien och Iran har gett nämnvärd effekt på
restaurangutbudet. Förklaringen är att man som nysvensk
vill lära känna det nya landet och äta på samma sätt som
människor gör där.
I stället är det trendsättare som hämtat hem mat från andra,
lite coolare länder och utvecklat matkulturen på så vis.
Under de senaste 150 åren har Sverige hämtat matkultur och
andra värderingar från USA. Film, teve, böcker, musik och
mode är andra exempel. Matkulturellt kommer allt från
industriella livsmedel, proteindieter, och bantningspreparat
därifrån. Också trenden med närodlat, ekologiskt,
vegetariskt, rawfood och food trucks kommer från USA.
Indisk mat har vi hämtat från England och marockans mat
från Paris, medan kinamaten är en variant av den
amerikanska och brittiska. Historiskt sett hämtades
matinspirationen mycket från Tyskland på 1500- och 1600-
talen. På 1700-talet från Frankrike och under 1800-talet var
England det land som satte trenderna.

Ur allt detta förstås att mat inte längre är energi och näring
för oss utan ett sätt att förstå oss själva och det
sammanhang som vi lever i, tänkte Bengt. Det berättar vilka
vi är även när vi inte längre kan känna smaken. Bengt
sneglade på fatet med semlor och sträckte sig efter en till.
Det har kommit fram att upp till 25 procent av de äldre,
alltså av dem som bor på äldreboende eller har hemtjänst,
löper risk för undernäring. Skälet är inte i första hand

ekonomiskt, för mat har blivit billigare. På 60-talet la man så mycket som en fjärdedel av lönen på mat. Idag läggs tio procent av lönen på mat. Det är ensamhet och depression samt att det går för lång tid mellan målen som är skälen till undernäring bland äldre. Det är inte näringsfattig mat det handlar om utan att man äter för lite eller inte alls. Tellström beskriver i artikeln hur mat, smak och minne hör ihop. Åldringen tycker inte att maten smakar som förr vilket förstärker ointresset för att äta. Hur näringsriktigt sammansatt maten än kan vara så är upplägget inte sådant de tidigare varit vana vid. På äldreboendet kanske maten kommer från storkök, eller serveras i en plastmatlåda från hemtjänsten. Genom att servera maten exakt som den såg ut förr kan man locka fram smakminnet igen. Samma ingredienser, tillagning och upplägg kan göra att man förnimmer smak som man inte kan känna, man *minns* smak och matlusten väcks till liv. Intressant där, tänkte Bengt.

Han återgick till den uppslagna tidningen. I den hyllade Coop sina ålderspensionärer för deras visdom och tackade dem för att de byggt upp Sverige. Detta genom att ge 10 procents rabatt. Eller hur? Det är ingen lång väg mellan att erbjuda och att manipulera, så himla typiskt Coop. Men samtidigt... det här var något att begrunda? Frågan var bara om ifall ICA skulle dra igång något kul projekt? Få åldringarna att helt skippa Coop och flocka sig på ICA och helst just i hans butik. Kanske han skulle undersöka möjligheten att köpa in lite komular, aladåber och annat gotteligott från förr? Eller borde han vara så innovativ att han köpte in ett lager pellets och marknadsförde dem? Det här tåldes att tänka på.

En människa som levt i 80 år eller längre har ätit närmare 200 000 måltider i sitt liv och vill fortfarande ha sällskap. Det kanske är den enda måltidsgrupp som sticker ut på ett eget sätt i jämförelse med andra. De hör inte till de tio

procenten som har diagnostiserbara matkänsligheter. De hör
inte heller till resten som genom krav på särskild livsstil
påstår sig ha särskilda matkänsligheter som gluten, laktos,
IBS eller andra åkommor. Som med hjälp av sin specialkost
får chansen att vara lite "egen" och slippa underkasta sig
gruppens vilja och det gemensamma fatet. Nej, de gamlas
längtan tar sig en helt annan form. De vill ha mat som mat
var förr och inget annat. De vill inte äta *bredvid* varandra
utan *med* varandra. Det är inte matens näring som ger dem
livets mening, utan vem de äter med. Bengt hade dessutom
en känsla av att få pensionärer hade krav på att äta
vegetariskt, veganskt, laktos- och glutenfritt, ekologisk eller
rawfood. De hade vare sig medicinska eller ideologiska krav
på maten. Fanns bara löftet om att allt skulle se ut som förr
på deras kravmeny, skulle Bengt klara av att leverera. Det
här var ju hans målgrupp för sjutton.

Att erbjuda rabatter såsom Coop gjorde, skulle enbart
betraktas som ett dåligt efterspel från ICA, som ett projekt
härmapa. Medan Coop lockade med rabatter kanske ICA
kunde tänka helt nytt? Pensionärsrabatter räcker inte, här
behövdes ett större grepp för att bryta de fasta
tankegångarna och välkomna ökad kreativitet. Tänka förbi
prislappar och rabatter och ta ett helt nytt grepp för att slåss
i konkurrensen om denna köpstarka grupp.

I och för sig kunde han tycka att rabatter hörde till god ton
att erbjuda de stackars fattigpensionärerna fast å andra
sidan, att få möjligheten att handla pellets skulle inbringa
besparingar det med. Han började nu känna sig mer som eld
och lågor än aska och sur ved. Flexible mindset, verkar vara
i ropet nu för tiden, det vill säga att tro att allt är möjligt och
se till att göra verklighet av sina tankar. Det skulle Bengt
ägna sig åt nu. Och Bengt han tänkte, det ska gudarna veta.
Han funderade som aldrig förr. ICA skulle köra om Coop
och gå ifrån upplägget med "Du är var du äter" och i stället

föra fram *du blir vad du tänker.* Han såg ingen annan lösning
än att ICA skulle sälja mat som de äldre kände igen och
därigenom vinna marknaden. Eventuellt kunde de leverera
maten tillsammans med någon som lagade den och höll
dem sällskap. Det var banne mej ingen dum idé. Var det
några som tyckte att allt gick att äta, så var det
pensionärerna. De hade genom tiderna ätit både inälvsmat
och gjort långkok på slaktrester. Sådant var billigt nu för
tiden och han kunde lägga ett överpris på maten och
motivera det med att det var så dagens prisbild ser ut. Ingen
kunde kontrollera upplägget eftersom hans utbud skulle
vara unikt i sitt slag.

Bengt hade en bok hemma hos sig som han var övertygad
om att ingen mer än han ägde. I hans något tunnsådda
bokhylla stod den, boken från 30-talet som han ärvt av sin
mamma. Han läste vad det stod på framsidan: *Jägarfruns
kokbok.* Enligt beskrivningarna i den var i princip allt på ett
djur ätbart. Boken var full med recept. Vilka djur de hade
gjort dolmar, stuvningar, soppor och gratänger på stannade
inte vid oxe, gris och gädda. Nej nej, här fanns det recept på
såväl grävling som småbäver, och så fanns det mulsylta.
Bengt blev eld och lågor av sina blixtfunderingar.

Detta till trots. Hans molande känsla av att vara illa till
mods, vilken slog rot redan vid första kaffekoppen, gnagde
vidare i honom. Kvällen innan hade han hängt med så gott
han kunde hemma hos Pernilla och Tobbe, ätit sin pizza och
deltagit. Han hade till och med klappat i takt till den där
förtvivlat larviga raketen som Twist dragit igång när
äppelpajen och vaniljsåsen skulle fram på bordet.
Visserligen gick han i samma stund som efterrätten var
uppäten men han hade varit där och det hade funkat. Ett
sånt enkelt arrangemang med färdig mat och en kort stunds
umgänge, och till och med det tyckte han var besvärande...
hur skulle han klara av en hel festdag? Det som upplevdes

besvärande var just känslan av utanförskap. Men hade han inte bäddat lite för det själv? De andra, inklusive ungdomarna hade gjort sitt yttersta för att få honom att må bra men ändå hade det känts olustigt på något sätt. Kanske skulle det gå lättare när han var med och arrangerade aktiviteten, men det var inte utan visst tvivel han tänkte på festen. Han upplevde sig klart störd av känslan.

Därtill var Bengts mage fortfarande inte av denna sort. Han fes som en besatt och det kunde komma helt utan förvarning. Många gånger luktade det så att han själv höll på att förgås och då gick det ju inte att vara bland folk. Till och med katten lämnade rummet så fort hon hörde det dova bubblande ljudet. Kunde det vara så att han hade dålig livsföring, behövde en Anna Skipper eller lite komule? Skulle han helt plötsligt hamna i gruppen om tio procent med medicinska förklaringar till havererad mage? Hade han fått glutenintolerans eller laktosöverkänslighet på gamla dar eller var han bara allmänt nervös? Bengt reste sig, lämnade köket och satte sig vid datorn igen för att googla lite på fisar och gluten.

Mina äckliga fisar sabbar hela jävla förhållandet, snart är det över, var det första han fick fram. Han tänkte på Maja och svalde hårt. Insändarskribenten berättade vidare om lukten och frekvensen. Lukten beskrevs som om något dött i honom, liksom surt och gammalt på samma gång och sambon hade börjat äcklas av stanken runt honom. Frågan var ställd i ett chatforum 2011 och inget svar hade getts och det fick Bengt att verkligen fundera över hur det hela slutade.
På samma sökfråga dök också en annan text upp.

Fem skäl till att du fiser ofta och att det luktar illa. Bengt skummade igenom texten. Skälen till bubblig mage kunde enligt artikeln vara att man äter för nyttigt såsom frukt, fullkorn och baljväxter. Det lät inte som Bengt. Ytterligare skäl till uppkördhet kunde vara att man är kolhydratälskare, sväljer för mycket luft eller sitter i ett flygplan. Bengt log lite. Kolhydratälskare kunde han fatta, men flygplan? Förklaringen var att på höga höjder behöver även tarmarna tryckutjämna och när gaserna i kroppen expanderar skapas flatulens. Bengt tyckte flatulens var ett snyggt ord och började plötsligt känna sig både friskare och alldeles normal. Den känslan satt i ända tills han läste femte skälet till illaluktande fisar, nämligen att det kunde vara något allvarligare. Om flatulensen kom i samband med diarré eller förstoppning kunde det vara fråga om IBS eller celiaki och då behövde läkare kontaktas. Bengt svalde och förstod vad det skulle innebära. Avföringsprover, gastroskopi, kontrastvätska, datortomografi med mera.

Han googlade vidare och läste goda råd om att sluta hålla fisarna inne. *Åtta överraskande anledningar till varför du borde släppa väder ofta.*
Även i den artikeln läste Bengt om livsmedelsallergier som ett skäl till ständiga pruttar, men nu med laktosintolerans tillagt i listan. Det stod också att läsa om grönsakers förmåga att dra igång tarmbakterier vilka i sin tur startar upp matsmältningen och det naturliga gasbildandet. Det stod att man skulle se pruttarna som en guide i både vad man kan äta men också vad man bör undvika. Rött kött kan ge illaluktande fisar medan för få pruttar i stället skvallrade om avsaknad av fibrer. Att hålla inne fjärtar under längre tid ansågs farligt för tjocktarmen, och den illaluktande fisen i kombination med smärta kunde eventuellt vara ett tecken på tjocktarmscancer. Slutligen gavs positiva förklaringar till eländet. Den giftiga illaluktande vätesulfiden kunde i små mängder svälta skadliga celler och förhindra framtida hjärt- och hjärnsjukdomar. Summa summarum framgick det att fisa var någonting bra eftersom det ger kunskap om ens kropp och födoämnen.

Förr i tiden hette det inte flatulens, tänkte Bengt. Då hette det brakskit och man kunde både fisa och uträtta sina behov offentligt. Över en stock om så vore. Nu fick man böter bara man kissade så att andra kunde se. Men så hade man vare sig celiaki, IBS eller tjocktarmscancer heller. Glada människor fjärtar mer och att inte få släppa sig gör att man blir både sur och obekväm. Där kom svaret, tänkte Bengt. Upplevelsen av att någonting inte var riktigt bra och känslan av att vara illa till mods fick sin förklaring. Han skulle helt enkelt börja fjärta mer, så fick det bli.

Kapitel 2
Om den savanta spionen och ett apart CV
samt fejkbajsaren, marinfettet och Houdini

Jaaaaa! De går mot ljusa livet! Tänk att så lite, om man för ett ögonblick tänker sig att jordens rotation och solens bestrålning är små saker, gör att lyckoruset snäppar upp ett par hekto.

Rut hade en ljusmätare både på hösten och våren, och det var halvfem-tiden på dagen. Varje dag vid den tiden skulle hönsen ha lite extra att picka på. När det var så mörkt att hon fick gå som genom en säck dit... så mörkt att hon behövde tända utebelysningen i foderrummet, då kändes det deppigt. Då visste hon att en lång vinter låg framför dem där på gården. Men den första februari var det ljust klockan halv fem och en vecka senare inte bara ljust, utan också strålande sol. Med tiden hade ljuset blivit alltmer påtagligt och nu var det redan mars.
I södra delarna av Sverige hade våren anlänt på allvar. Frågan var i och för sig om det någonsin blev någon vinter där. Så sent som i slutet av januari var det fortfarande meteorologisk höst i Skåne, Öland och Blekinge och någon vinter hade inte visat sig. Ganska märkliga saker pågår med vårt klimat.

Varje natt händer det. Från att ha sovit gott, plötsligt vakna med ett ryck av att hjärnan skrämt igång ett inre skådespel som inte går att styra över. De allra flesta tillbringar åratal av sina liv i drömmarnas värld, i en värld av små budskap från det undermedvetna. En del budskap är sköna och uppslukande, andra är vansinniga och skrämmande.
Rut och Pernilla pratade ofta om sina drömmar. Just nu var Rut inne i en intensiv drömperiod. En natt drömde hon att

46

hon jagades och nästan blev tagen av en sällsynt aggressiv brunbjörn. Nästa natt hade hon tidernas häng med Elton John. Det var en meganatt. Ytterligare en natt senare hittade hon en liten, liten prick på smalbenet som gick att få grepp om och som sen bara var att dra... och dra... och dra i, tills otaliga meter av en mask var ute och benet fullkomligt sargat. Det påminde om hur ett nomineringskuvert öppnas och där någon samtidigt säger: "å vinnaren är..." (ritsch)... och river upp kuvertet med hjälp av en tråd. Precis så öppnades benet. Ritsch. Samtidigt rann, eller nästan forsade en ljusröd vätska ut som hamnade på bilmattan. Det blev plaskigt om fötterna och där i pölen landade hela den meterlånga masken i en hög samtidigt som Rut lugnt sa till Twist som körde: "Vi borde kanske åka till ett sjukhus."

Någon natt senare drömde Rut att det var totalstopp i alla avlopp hemma och att tre gubbar var i huset för att försöka få bort stoppet. Det var kaosskitigt och gubbarna var exakt överallt. En av dem hade ställt kravet att det skulle finnas bubbelvatten att dricka och mitt i allt stod Ruts mamma Maja. Hon undrade om de inte ville ha lite lunch. Rut lämnade allt och stack ut på en springtur, bara det tillräckligt osannolikt för att passa som innehåll i en dröm. Under joggingskorna satt fjädrar med enda syfte att öka farten men mycket folk och flertalet containrar var i vägen. Till slut hamnade Rut mitt i en höghöjdsbana där det var tidernas roligaste mingelfest. Men hon ville bara framåt, bortåt och iväg.

I såna här intensiva drömperioder läste Rut gärna allt hon kom över om drömmar. Hon hade förstått att hjärnan genom drömmarna försökte skapa sammanhang, bearbeta information och förbereda. Det verkar som om Ruts hjärna har ett gediget arbete att utföra just nu.

De senaste decennierna har ny hjärnavbildningsteknik gjort det möjligt att öppna ytterligare fönster till den sovande hjärnan. Forskningen om REM-sömnen, som har gjorts med hjälp av EEG-mätningar av hjärnans elektriska aktivitet, är cirka 60 år gammal. Människan har svårt för att sluta ta reda på sånt som det inte verkar finnas svar på. Det borde gå att lösa den stora gåtan om varför man drömmer så studier fortsätter alltjämt.

Allra mest drömmer man under REM-sömnen, vilken varar cirka hundra minuter per natt, uppdelat på fyra till fem tillfällen. Om man väcker människor under denna drömfas rapporterar drygt 80 procent att de drömt, jämfört med 45 procent under icke REM-sömn. Bara en bråkdel av drömmarna går att komma ihåg, och då oftast den sista. Händelseförloppen i drömmarna tar ungefär lika lång tid som i vaket tillstånd. Man har samlat in hyllmeter med drömrapporter. Negativa känslor är betydligt vanligare i drömmar än positiva och den allra vanligaste känslan är oro. Tvärtemot vad Freud hävdade, att drömmar bearbetar det undermedvetna, hävdar man nu att det inte finns några dolda psykologiska budskap i drömmar. Att de bara är ett slumpmässigt hopplock av bilder, känslor och händelser ur hjärnans minnesbank. I ett försök att skapa sammanhang, fogas dessa ihop till begripliga drömsekvenser när man vaknat. I vaket tillstånd försöker hjärnan hela tiden skapa en sammanhängande bild av omvärlden utifrån de sinnesuttryck man exponeras för. Eftersom hjärnan är aktiv även under sömnen, fortsätter den att försöka skapa sammanhang, och i brist på yttre intryck tar den fram inre material som finns lagrat i minnet. Det lät väl som en rimlig förklaring, tyckte Rut. Inte konstigt att det blev sådant mischmasch nattetid.

Andra forskare tror i stället att drömmarna kan ha haft en avgörande funktion under människans utveckling. I början av 2000-talet presenterades den så kallade hot-teorin. Enligt den är drömmarna hjärnans sätt att träna oss inför hotfulla situationer. När vi jagas av rytande lejon i drömmen, förbereder vi oss helt enkelt inför ett verkligt möte med djuret. Enligt det här sättet att se på det, kan man jämföra drömmandet med att träna nödlandning i en flygsimulator. Piloter övar sig i en säker miljö för att klara av en hotfull situation i skarpt läge. Den evolutionära fördelen, att kunna träna i drömmarnas värld och förbereda sig för verkligheten, har lett till en hög grad av överlevnad. På så sätt har drömanlagen förts vidare.

Enligt dessa studier handlar två tredjedelar av alla drömmar om någon hotfull händelse. Ofta handlar det om motgångar och misslyckanden, som att komma för sent till ett avgörande möte eller att fejla på en viktig tenta. En femtedel av drömhändelserna är dock livshotande. Allra vanligast är att man jagas av otäcka främlingar eller blir attackerad. Varför skulle annars hjärnan utsätta oss för så obehagliga saker om det inte fanns någon mening? Rut tänkte på sin dröm om svartbjörnen.

Under senare tid har det även kommit studier som pekar på drömmarnas roll för inlärning. I ett experiment vid Harvard University fick studenter spela datorspel som gick ut på att ta sig igenom en labyrint så snabbt som möjligt. Efter en timme avbröts spelandet. En grupp fick då sova en stund, medan resten bara vilade. Bland studenterna som sov drömde flera om spelupplevelsen. Fem timmar efter uppvaknandet fick studenterna göra om labyrintspelet. De som på något sätt hade drömt om spelet klarade då uppgiften tio gånger bättre än de som varit vakna respektive sovit utan att drömma.

En av sömnens huvudfunktioner är sannolikt att bearbeta ny information och att skapa nya minnesstrukturer av den. Det finns gott om experiment som visar att om det går ett

antal timmar mellan ett första och ett andra testtillfälle, så
minns man mer om man får sova mellan tillfällena. En
annan funktion kan vara att hålla känslolivet i balans. Lite
förenklat skulle drömmar kunna ses som en slags nattlig
terapi som läker de själsliga skrubbsår som det vakna
tillståndet givit. Genom sömnen bearbetar hjärnan dagens
upprivande händelser och gör om dem till minnen som
placeras in i den tidigare erfarenhetsbanken. Under den här
processen försvinner mycket av den känslomässiga
laddningen och man slipper bli lika arg varje gång man
påminns om till exempel ett gräl. En förklaring till detta
antas vara att bearbetningen sker under relativt rofyllda
förhållanden i hjärnan, nämligen under REM-sömnen då
stresshormonet noradrenalin är rejält nedtryckt.
Tydligen är det också så att en trigger för suicidhandlingar,
det vill säga att planera, göra ett försök och i värsta fall
också lyckas med att ta sitt liv, är just bristen på sömn.
Också i kombination med spelande, stillasittande, alkohol
och droger ökar tankar på suicidhandlingar. Att sova och
sköta hälsan har alltid varit nummer ett.

Rut summerade. Drömmarna kommer till oss när hjärnan
försöker skapa sammanhang. I drömmarna tränas vi på att
fly. Vi drömmer också för att bearbeta ny information och
att skapa nya minnesstrukturer av den. Exempelvis för att
bearbeta dagens upprivande händelser och för att plåstra om
oss. Vi vet att drömmarna har en lindrande effekt och att de
spelar roll för inlärningen.
Det har gjorts flera experiment som visat att drömmar är
viktiga för såväl minnesbearbetning som känsloreglering.
Hjärnan har en tendens att utnyttja processer till flera olika
saker. Troligast är därför att flera av teorierna kan visa sig
vara riktiga. Så där slutade även denna forskningen med lite
"växlande molnighet", att allt är möjligt och den
ursprungliga frågan lite grann kvarstår. Är det inte så med
förhållandena mellan verklighet, forskning, teori och

praktik... att allt som är sant inte går att förklara och allt som
går att förklarar inte är sant. Man får nöja sig med att anta.

Inte nog med de nattliga drömmarna, så var Rut helt
hopplös när det kom till dagdrömmeri. Å andra sidan
brukade just det ofta resultera i något gott. En ny idé eller
ett nytt projekt av något slag. Denna dag dagdrömde hon sig
mer bakåt, än framåt i tiden.

Om hon inte hade vuxit upp och bott i Laduvik, hade hon
säkert inte sökt ett jobb på KappAhl i det nyöppnade
centrumhuset. Hon hade då inte tröttnat på kläder som
anlände i glupska mängder, som halkade av sina galgar eller
slängdes runt i butiken av odisciplinerade kunder.
Drömmen om att jobba i en mindre butik hade inte fötts
där och hon hade inte sökt jobb på den allra första Flash-
butiken i Stockholm. Där hade hon då aldrig, och alltför
snabbt, tröttnat på helgjobb och sena kvällar och säkert inte
sökt sig till ett jobb med kontorstider.
Rut satt och funderade kring detta annorlunda sortens CV,
liksom ett Sliding Door-CV, skrivet som en kedja av
händelser. Det hela blev som en historisk exposé av hennes
liv. Som en underlig dröm, självupplevd men med viss
igenkänning och ändå totalt overklig. Hon tänkte vidare.

Utan tankar om kontorsjobb hade Rut garanterat inte
lyssnat med stora öron när en kompis sagt att de behövde
en ny receptionist på ett försäkringsbolag, ett stenkast från
butiken på Kungsgatan. Om inte lönen var så snuskigt låg
och jobbet så "inte Rut" på försäkringsbolaget, hade hon
inte efter ett drygt år återigen spetsat öronen. Då när en
annan kompis berättade att ett produktionsbolag på
Kungsholmen behövde en receptionist. Om inte den tjejen
som först fått jobbet där blivit gravid så hade Rut inte fått
det jobbet och då hade hon aldrig träffat den personen som
sedan blev Siri, Sixtens och Sigges pappa. En galen tanke

bara det. Och om inte barnen funnits hade
föräldrarelationen, som visade sig inte kunna hålla
ställningen just som föräldrarelation, lett till att barnens
pappa och Rut separerade. Utan föräldraledigheten, vilken
innebar att hon inte hade något arbete att gå tillbaka till,
hade hon inte valt att sätta sig i skolbänken igen. Då hade
hon inte haft närmare fem år av studier, svag ekonomi, ett
hus och tre barn att ha ansvar över.

Om man ser just dessa händelser som en spännande kedja
av fina bitar bestående av såväl plus som minus, bröts
kedjan tillfälligt av här och ett par negativa dramer fick
chans att trycka sig in. Den ena var att Rut, trots att hon
hade fixat allt och hade precis vad hon önskade, inte riktigt
lyckades samla ihop bitarna av sitt sönderslagna lugn, sin
trygghet och sin glädje med livet. Hon gick in i kaklet
"light" efter år av studier och med i huvudsak ensamt
föräldraskap. Om hon inte hade blivit så pass less på att vara
singel hade hon aldrig satt in en kontaktannons i DN i hopp
om att träffa en man för livet. Då hade hon inte träffat den
parodiskt obehagliga Bill Pinocchio Raskenstam. Han som
var tillräckligt apart och måttlös för att med Ruts variation
av ordval därefter kommit att kallas superidiot. Då hade Rut
å andra sidan inte haft sin gråa katt. Hon hade heller inte
känt sig så tvärblåst att hon snabbt lagt upp en profil på
Match, där hon träffade Twist666. Och i så fall hade han
inte blivit mannen i hennes liv.

Om Twist inte blivit med Rut och om Rut inte blivit med
Twist hade gården inte fått den utveckling som den hade
kapacitet för. Det hade bara varit Rut, hennes häst, några
höns och så barnen förstås som hade kommit och gått lite
beroende på deras val i livet. Det hade inte blivit någon
julgransförsäljning, inga getter, inget gethägn, inga killingar
och ingen getostproduktion. Men ve och fasa! Det hade
ändå blivit triss i kalvar eftersom kon var dräktig redan när

hon kom till gården och det hade blivit för mycket för Rut att ta rätt på alldeles själv.

Utan Twist och Rut tillsammans hade det heller inte blivit ett nytt hönshus... eller jo vänta lite nu. Det kanske det hade, eftersom äggen levererades till Bengt vare sig Twist hade kommit in i Ruts liv eller inte. Det var ju på ICA som Cindy kläcktes mitt framför ögonen på fascinerade kunder och Bengt hade skrikit och levt rövare eftersom det är hans ryggmärgsbeteende oavsett vad som händer och när. Rut behövde därför hämta hem sin lilla kyckling, som visade sig vara en tupp. Av två tuppar blir det många ägg och många kycklingar och av kycklingarna nya höns och så hade nog hon och Mac byggt ett nytt hönshus i alla fall.

Nåväl, det hade inte blivit ett äppelmusteri, ingen julmarknad och heller ingen gårdsbutik. Mest troligt inte någon gårdsbutik i alla fall. Helt säkert hade gården haft sina bikupor i skogen och honungen, det trodde Rut, för dem hade Twist inte mycket till övers för. Hela detta CV skulle nog kunna kallas en osannolik sanning. Just det osannolika, är kanske det som utmärker sådana sanningar.

Även om tiden upplevs gå sin lilla lunk så är det många händelser som styr riktningen på det hela. Vare sig tiden går fort eller inte, har hennes barn blivit ungvuxna och börjat forma sina egna liv.

Siri, den förstfödda. Hon som kom den dagen som var planerad. Som gjorde allt by the book som Rut läste gällande barns utveckling. Åt som planerat, jollrade när åldern var inne. Satt, kröp och gick precis som Rut hade läst sig till. All utveckling och alla händelser kom i den turordningen som tycktes gälla. En avvikelse från den gängse normen var att hon lärde sig skriva och läsa tidigt. Hon var knappt fyra år när de första bokstäverna formades och snart skrev hon sitt namn. När hon var två år satte hon ihop åttaordsmeningar och vid fem och ett halvt skrev hon meningsbärande texter. Efter julafton skrev hon texten *takfralajlklapr,* alltså tack för alla julklappar. Vid starten för sexårsverksamheten både skrev och läste hon. Hon har jobbat sedan hon var 12 och därefter sällan varit rädd för att anstränga sig eller ta för sig av möjligheter. Hon har verkligen det man kallar grit. Ödmjuk, beslutsam, empatisk och humoristisk... däremellan spänner förmågorna. Siri är vuxnare än sin mamma. Hon planerar, tar ansvar och är en fenomenal logistiker för sitt liv. Hon jobbar med sånt som ingen annan skulle kunna tänka sig. Hon hjälper dem som mest behöver det. De som är ensamma, smutsiga, nerkissade, utanför och hemlösa. De som flyr från ett land, en struktur eller sig själva.

Ruts killar, både Sixten och Sigge de prioriterade inte att skriva bokstäver. De använde hellre det grovmotoriska än det finmotoriska i sina kroppar och det har de båda gjort med bravur. Även om det redan fanns dockor och andra fantasiskapande figurer, kläder och tillbehör, dockvagnar, målargrejer och pyssel valde de sånt som kunde brumma, tjuta eller rulla. Sixten, den jollrande och otroligt glada, pratsamma lilla killen som aldrig satt på den stolen man satte honom. Som en dag kom ut med rumpan först, faktiskt höll på att dö men överlevde, har blivit en försiktig men mycket spännande individ. Han har gått sina egna vägar och sällan följt strömmen. Enda hindret har möjligen varit den egna planeringen och uthålligheten. Sixten var inte ett sådant barn som greps av panik om hans mamma med irritation i rösten vinkade till honom och sa: "om du inte kommer nu så går mamma". Det enda Sixten gjorde då var att vinka tillbaka och gå åt andra hållet. Totalt trygg med att inget hemskt skulle kunna hända. Han har tidigt tyckt mycket om att knyta kontakter, även med vuxna och har kunnat röra sig runt och plockat det bästa av det mesta. Utifrån det fröet, blev det en mycket tjusig, klok, vänlig och charmig ung man, supersocial och gränslöst omtyckt. En

54

kille med många vänner som sällan stört sig på omgivningen eller haft åsikter om andra. Sixten har öga för dem med extra behov, är en god konfliktlösare och balanserar diplomatiskt upp vågskålarna precis så skickligt som ett mellanbarn ofta gör.

Och så Sigge, som i mångt och mycket påminner om sin storebror. De båda bröderna har genom åren, och framför allt som barn, sett så identiska ut att Rut aldrig i efterhand hade kunnat reda ut på fotografier vem som var vem om de inte suttit i album. Sigge hade bråttom till världen, eller egentligen inte. Rut var tvungen att tänka till här. Han kom åtta år efter Sixten och tolv år efter Siri, så särskilt bråttom hade han nog inte men han föddes tre veckor för tidigt. Rut hade precis tackat för sig på arbetsplatsen och tänkt att få minst tre veckors ledighet innan bebisens ankomst. Riktigt så blev det inte. Hux flux bestämde sig Sigge för att komma ut, tre veckor tidigare än beräknat. Ruts planer grusades beträffande vilan och lite så har det sedan sett ut. Sigge har legat steget före och Rut har inte riktigt hängt med. Han var otroligt efterlängtad och som barn lika härlig och lättmanövrerad som veteranbilarna på Skansen. Allting gick som på räls med Sigge, liksom utan varken ratt eller broms. Allting bara flöt på. Bad man honom att komma, så gjorde han det. Önskade man att han skulle vänta lite, så gjorde han det. Så följsam, och även väldigt klipsk. Han snappade på en gång upp vad som gällde. Hans vokabulär har alltid varit enastående och han vet sådant som ingen annan vet. Han tar reda på allt som är viktigt för fritidsintressena. Sigge är för övrigt en ganska god blandning av sina storasyskon. Har lätt för sig men tvekar på startlinjen.

Våren stod nu i sin fulla blom. De allra första vårblommorna hade fått sällskap av vitsippor och blåsippor. Träden hade börjat grönska, gatorna var sopade och första utefikat avklarat. Just fikastunden ute var så tidig som den

andra april, i nya terrassmöbler, och tur nog hann de invigas
innan det blev vinter igen. Sällan har de väl haft så mycket
nordliga och svinkalla vintrar som i årets april, så mycket
hit-och-dit-väder med frost, hagel och snöglopp som detta
år. Påsklovet var rena vinterlovet och sista större snöfallet
överraskade så sent som den 26:e. Kanske, kanske
förkortade dessa sena snöfall en eller annan fästings
livscykel? Äppelträden däremot, de hoppades hon oroligt
skulle klara sig utan alltför mycket stryk.

Rut drabbades av ett akut sug efter kaffe. Hon hittade en
skvätt i bryggaren som Twist hade lämnat innan han drog
iväg in till stan. Twist sköter underhållet av statspolitikernas
mejlsystem. Det är ett arbete som innehåller tekniskt ansvar
i olika projektformer för diverse applikationer. Både de
interna och de externa näten hör till hans ansvarsområde
och de flesta kontrollerna och uppdateringar kan Twist
sköta hemifrån. Trots att det var ovanligt, behövde han
ibland lämna gården för att lösa några problem på plats. Vid
fjortontiden en gång per vecka hölls de gemensamma
produktionsmötena på kansliet. Denna dag var i och för sig
inte en sådan dag men Twist meddelade på morgonen att
han behövde åka och jobba. Han hade blivit extrainkallad.
”Tänk om de kallat in mig som ett aprilskämt?!” sa han.
Nu en timme senare kom Rut plötsligt på att det kanske var
Twist som lurat henne? Han kanske kommer hem med en
vårbukett, en flaska skumpa, tung mörk choklad och massor
av kärlek. Hon längtade redan.

Rut hällde upp kaffeslatten i en mugg och värmde det i
mikron. Twist hade lämnat en uppslagen sida från den
senaste LRF-tidningen. Det var en artikel full av tips om hur
man kommer undan sånt som flyger och bits inför den
stundande säsongen. Så typiskt Twist. Han avskydde flygfän
av alla sorter. Värst tyckte han nog om bina. Visserligen
vande han sig mot slutet av säsongerna men så här i början

visste han inte hur han skulle stå ut. Där bikuporna stod, längst bort på tomten en bit upp mot skogen, dit gick han aldrig. Rut ögnade runt i texten och läste det Twist läst.

Det finns eteriska oljor, exempelvis lavendel som luktar väldigt sött. En lukt som insekter avskyr. Polejmynta är en mynttyp som ofta är giftig för insekter. Citrongräs presenterades. En eterisk olja som kommer från det tropiska citrongräset. Kan appliceras direkt mot huden och är bra mot fästingar och loppor. Eucalyptus ihop med en liten dos av citronilla håller också insekter borta. Rut läste att forskare hade kommit fram till att denna olja tydligen ska minska betten och dess infektioner och effekter. Lime, ytterligare en citronolja som stöter bort insekter och fästingar. Går bra att använda direkt såväl på kläder som på hud. Twist hade haft en penna med sig i läsningen förstod Rut eftersom Eucalyptus, citronilla och lime var inringade alla tre. Nu förstod hon också varför skåpet över fläkten varit öppet tidigare. Twist hade så klart tittat där om det kanske funnits ingredienser för att tillverka några av de nämnda oljorna.

Ibland såg Rut att något var annorlunda i köket. Det kunde vara små eller stora förändringar och oftast lyckades hon lista ut vad som kunde föregåtts av det. Hon var som en brottmålsutredare när hon i analys och tanke gick bakåt i händelsekedjan för att reda ut vad som kunde ha hänt. Ett russin på golvet, vitt pulver på köksbänken, flott på spisen, en skål i diskhon, en smörkniv eller en potatissticka... inget var för svårt för Rut. Hon visste också vem som var den skyldige. I stället för att ställa frågor hade hon en annan strategi. Hon låtsades vara supersmart, liksom en blandning av savant, spion och detektiv. Oftast gick det hem eftersom den som tappat russinet, spillt på bänken eller som i det här fallet missat att stänga skåpdörren, glömt det för länge sen. I stället för att ställa sjutton korkade frågor, kunde hon berätta vad var och en gjort. Detta förvånade dem alla

eftersom de visste att Rut inte borde ha en aning. För dem
blev det i stället en fullkomligt olöst gåta hur de kunde ha en
sån fantastiskt smart kvinna i huset. Senare i eftermiddag
när Twist kom hem skulle hon visa prov på det.

Rut lämnade oljorna så länge och bläddrade framåt i
tidningen. Då fann hon information om ett museum för
tekniska misslyckanden som nyligen öppnat i Helsingborg.
"Museum of failure". Det är en psykolog med intresse för
lekens betydelse för kreativiteten som står bakom idén. Han
menar att det är viktigt att tillåta sig att misslyckas om man
ska få fram succéer. Det är inte bara de briljanta idéerna och
mest lyckade uppfinningarna som förtjänar en plats i
historien. I stort sett varje era och teknikkategori har sina
skräckexempel eftersom genier inte precis prickar rätt varje
gång. Det finns massor av fiasko och missar för uppfinnare
att ta lärdom av och sådana ting kunde nu få sin plats på
muséet. Ett exempelvis i modern tid borde vara kirurgen
Paolo Macchiarinis konstgjorda luftstrupe, tänkte Rut när
hon läste.

I artikeln läste hon om Jaques de Vaucanson som i början av
1700-talet föddes i en fattig familj. Fadern gjorde handskar
och själv ville han bli urmakare och hålla på med
finmekanik. Vaucanson drömde om att bygga levande
maskiner, fungerande mekaniska system för matsmältning,
blodcirkulation och andning. Den visionen hade han fått
med sig från tonårstiden då han hade jobbat med en mentor
som var kirurg. Han startade en verkstad och planen var att
bygga en uppsättning robotar som kunde servera mat och
plocka disk, allt för att imponera på dignitärer. Tio år senare
byggde han en robotflöjtist i naturlig storlek som kunde
spela tolv olika visor, och dessutom en tamburinspelare
samt en mekanisk lärka i en bur. Automater som härmade
levande varelser var en trend i den europeiska överklassen,
och Vaucanson var bland de bästa. Han blev en kändis.

Det mest avancerade tinget var hans matsmältningsanka.
Den var stor som en verklig anka och klädd i guldpläterad
koppar och hade en rad funktioner. Den kunde använda
näbben till att skumma vatten, den kunde kvacka, dricka
vatten och äta korn ur handen. Den lämnade också ifrån sig
autentiskt bajs genom ett konstgjort matsmältningssystem
som smälte maten. Vaucanson blev den förste som lyckades
tillverka flexibel gummislang, en slang som fick bli ankans
tarmar.

Men vad hände då med den bajsande ankan? Jo, den gjorde
visserligen Vaucanson berömd, men det visade sig senare att
allt var fusk. Och nu till det dummaste av allt. Dummare än
att snön lägger sig uppe på vitsipporna, dummare än att
drömma mardrömmar, att uppfinna konstgjorda luftstrupar
eller bajsande ankor. Illusionisten Houdini analyserade
ankan och upptäckte att den inte alls bajsade på riktigt utan
fejkbajsade grönfärgat ströbröd. Brödet förvarades i en
särskild behållare. Rut blev upprörd. Varför kunde Houdini
inte hålla på med sitt? Varför skulle han egentligen ge sig på
den bajsande ankan i stället för att bara fortsätta låsa in sig
och köra sina utbrytartricks? Nu förstörde han ju för
Jacques de Vaucanson som tvingades sälja alla sina robotar.
Som väl var kunde Vaucanson inte sluta uppfinna. Han
skapade bland annat en automatisk vävstol som styrdes med
hålkort. Just den fick inget genomslag, men var 50 år senare
en inspiration för Joseph-Marie Jacquards banbrytande
maskiner. Detta blev den utlösande faktorn i den industriella
revolutionen, där Spinning Jenny och Mulan blev nya
uppfinningar. Industrialismen gav upphov till stora
samhälleliga strukturförändringar, stora rikedomar men
också grym fattigdom. Människor arbetade under långa
arbetspass, sex dagar i veckan. Trots det fanns inte pengar
till annat än svältkost och kalla, utfattiga lopplådor till hem.
Under tiden pös fabriksägare och grosshandlare i sin
rikedom och flärd. Kapitalisterna som hade pengar och

makt och som var mätta och varma, hade fullt upp med att
sköta sig själva. De livnärde sig ju på de fattigas
försörjningsbehov och underläge. De fattiga ådrog sig
dödliga sjukdomar och ingen förde deras talan. Svåra
förhållanden, men inte helt obegripliga att förstå. Kanske
just därför att det *fortfarande* ser likadant ut på sina håll.

1782 avled Jacques de Vaucanson. Han testamenterade de
papper och uppfinningar han hade kvar till Kronan. Bland
annat en svarv. Vaucanson lämnade också efter sig ett bidrag
till växthuseffekten med sitt engagemang, alltså oavsett om
ankan bajsade på riktigt eller inte, var mekanik definitivt
starten till den industriella revolutionen.
Det är inte med samma glädje och fascination man använder
sig av teknik längre. I stället tar man den för given. Nya
maskiner kräver nu som då flera miljöfarliga energikällor,
såsom exempelvis kolkraft och kärnkraft. Vaucanson och
grabbarna la i första växeln till växthuseffekten och sett ur
den synvinkeln var kanske Houdini lite klokare. Han låste ju
bara in sig.

Inga av Vaucansons robotar finns bevarade idag och ankan
tros ha förstörts i en brand. Men vid sidan av ankor, är tivoli
ett ställe som definitivt förknippas med mekanik. Den allra
första nöjesparken byggdes upp i Paris i slutet av 1700-talet.
Och kanske har den, tillsammans med Gröna Lund och
Liseberg, Vaucanson att tacka. Idag är det inte med samma
glädje man går på tivoli när man vet att folk sitter och tigger
slantar strax utanför, tänkte Rut. Plötsligt slog det henne att
hon själv blivit grosshandlare och att det i hennes närhet
finns människor som arbetar många, långa arbetspass,
kanske sju dagar i veckan för brödfödan. De sliter på
yttersta marginalen och på svältkost i svinkylan, helt utan
rättigheter och särskild trygghet.

Ytterdörren var halvvägs öppen och plötsligt hörde Rut
Twist utanför. Han hade kommit hem och det lät som om
han pratade för sig själv. Han lät nöjd, nästan skitnöjd. Han
plockar nog fram chokladen och pratar ihop sig med
blommorna, trodde hon... hoppades hon men hörde med
ens vad han sa.
"Ahhh! Nu har jag kommit på hur jag ska få stopp på dom.
Med en ring av fett runt stammen." Han ryckte upp dörren
och klev in.
"Halloj älskling, nu är jag hemma", ropade han.
"Men vad du ser sorgsen ut, har det hänt nåt?"
"Nej eller jo, jag läste precis att det är bajsande mekaniska
ankor som är grunden till att polerna smälter och
korallreven dör. Men nu är jag glad igen. Vad har du med
dig och vem pratade du med?"
"Äh, för mig själv. Jag ska ta marinfett, sånt där som jag fått
av Mac för att ha på dragkroken. Kletar man ut det runt
stammen på äppelträdet kommer myrorna få problem."
En armé av myror hade rört sig upp och ner utmed
äppelträdets stam. Det har pågått ett tag nu och Twist hade
tagit plats i armén, fast på motståndarsidan.
"Jag går och fixar det direkt så kanske vi kan ta hönsen sen.
Om jag gissar rätt så har du hamnat i andra sysslor?"

Twist försvann ut med marinfettet i högsta hugg och var
snart tillbaka.
"Åh, det var inte lite kletigt det där", sa han på sin väg till
handfatet. Han öppnade dörren med armbågen och höll
upp händerna i luften så där som kirurger gör innan
operation.
"Funkade det då?", undrade Rut som tyckte det var rätt
typiskt Twist att bli så pass kalasgrisig av en relativt enkel
övning. Biologen hade nog tappat fokus i något av
momenten, tänkte hon.

"Funkar? Det får vi se. Har du varit hos hönsen än eller ska
vi ta det tillsammans?", undrade Twist.
"Vi kan ta det snart, jag ska bara gå på toa först."
"Du förresten", sa Rut som gjorde sig redo för att köra sitt
savanta tricks.
"Jaaa?"
"Jag har börjat odla nånting nytt idag borta vid bina. En
växt som jag tror kan vara underbar att blanda i olja och ha
som dressing på salladen i sommar. Citronilla."
"Kul!", svarade Twist som förstod att Rut drev med honom.
Nu skulle hon få tillbaka. Han hade slagit upp tidningen om
de eteriska oljorna och öppnat kryddskåpet på morgonen
bara för att Rut skulle få någonting att fundera över.
"Och jag har ringt sotaren och bett honom rensa röret till
fläkten", sa han och öppnade dörren till fläktskåpet.
"Det verkar vara rätt så igensatt och säkert fullt med fett. Vi
kan väl hjälpas åt att tömma allt som står där uppe innan
kvällen är slut? Jag hann inte i morse."
Rut som var på väg till toaletten, stannade i steget. Hon
vände sig om och såg så överraskad ut att han snabbt
gömde sig bakom skåpluckan för att inte skratta åt henne.
Han lyfte ner några kryddor och kikade fram bakom dörren.
Hon såg ut att ha tappat flera ton energi. Twist kände sin
Rut han, och där fick hon.
"Gå på toa nu så pratar vi mer sen."

Kapitel 3
Om bassningen från Göran, lejongapet och nylonmilfen
samt uppstötningarna och de tunga plastdjuren

En alldeles fantastisk vårdag stod för dörren. Dagen innan
däremot, hade en decimeter snö fallit. Det betydde ännu en
kvällsskottning av vallen vid vägen. Kanske den sista. Så är
det alltid. Först tror man att våren har kommit, men så
överfaller plötsligt det traditionsenliga vädermässiga
bakslaget. Förvisso snabbt bortsmält så utrymme fanns för
den utlovade våren att träda fram under resten av helgen.
Det är bra med sol varannan dag, tänkte Pernilla.
"Spara på krutet du lilla sol, så du orkar skina på oss hela
sommaren", sa hon till fönsterrutan... eller naturen, eller för
den som lyssnade. Hon avbröts tvärt i sina funderingar av
ett SMS-pling på sin telefon.
*Godmorgon nylonmilfen ;) Tack för en riktigt trevlig helg ;) Göra om
det snart igen?*

Pernilla läste meddelandet om och om igen, och funderade
samtidigt var hennes andra jag egentligen hade tillbringat
lördagskvällen. Och vad skulle hon svara? Tack själv, ja
varför inte nu på en gång? Eller: nästa gång kör vi ull eller så
får *du* hitta på nåt crazy. Alternativt: tack själv men nej tack.
Jag är ingen nylonmilf, du har skickat fel.
Ja så fick det nog bli, det senare kändes okej. Lite trist men
okej. Samtidigt tyckte hon lite synd om nylonmilfen som
aldrig fick höra hur uppskattad hon var och hur trevligt hon
haft.

Idag skulle de ge sig på tunnelloppet inne i stan, en present
som Pernilla hade överraskat Tobbe med för ett par
månader sedan och nu var det dags. Jo, faktiskt överraskat.
Det här var något de aldrig gjort. Pernilla jobbade varje år

med att komma på träningsaktiviteter att ge bort. Det blir
liksom svårare att protestera då och snudd på omöjligt att se
besviken ut. I och med själva överraskningsmomentet, i och
med att det är en present. Den här gången gällde åtta
kilometers löpning såväl över som under mark.
Tobbe svängde precis upp på garageuppfarten efter ett
besök hos greken där han tackat för pizzaleveransen förra
helgen och samtidigt lämnat över uppläggningsfatet som då
varit fyllt med pizzasallad. Greken är den som levererar
pizza i parti och minut till alla i trakten. Märkligt nog, men
kanske också tur för greken, råder ingen konkurrens. Det är
han, och endast han, som bakar pizzor i Laduvik. De är så
goda så om fler pizzerior skulle starta vore ingen
konkurrenskraftig nog att slå undan benen på denne bagare.
Grekens pizzor motsvarar vinets Châteauneuf-du-Pape i
fråga om smaksensation, det vill säga de bästa av sitt slag.

Pernilla började plocka fram frukost på köksbordet och då
såg hon servetten som Tobbe hade lämnat innan han åkte
iväg på sitt ärende. Han hade ritat en blomma och ett hjärta
med röd penna på servetten. Pyss min Darlin' stod det
också. Det är kärlek det, och ett mycket fint sätt att få börja
dagen på. Lika svårt som Pernilla hade haft genom åren att
slänga barnens teckningar och lerfigurer, lika svårt var det
att slänga fina servetthälsningar från Tobbe. Det hade blivit
en liten hög nu. Hon tänkte på nylonmilfen igen. Bergis var
det ingen som lämnade sådana hälsningar till henne, men å
andra sidan hade hon uppenbarligen inte lämnat rätt
telefonnummer till sin nylonkompis. Vem han nu var. Hans
telefonnummer gick inte att spåra.

"Kaffet är upphällt och smörgåsgrejer framställda, jag blev
så himla hungrig", ropade Pernilla mot Tobbe i hallen.
"Bra idé, jag tror jag behöver fylla på lite jag med", svarade
han och slog sig ner. Han sträckte sig efter brödkorgen och
drog de olika påläggen närmare sig.

”Tack för servetthälsningen.”
”Mm”. Tobbe förberedde smörgåsbredningen och Pernilla
studerade honom. Brödet rostades och sedan la han på
smör och skivade ost. För varje moment han kom närmare
en färdig smörgås, jobbade han snabbare och snabbare. Lite
som när man är kissnödig och närmar sig en toalett, tänkte
Pernilla. Ju närmare man kommer toaletten, desto snabbare
går man och de sista stegen springer man in, hinner nätt och
jämnt dra ner brallorna innan längtan får släppas fram.
Smörgåsen toppades med marmelad och blev klar. I samma
stund som Tobbe greppade om smörgåsens kanter för att
styra den upp mot munnen, öppnade han foderluckan på
vid gavel. Munnen öppnades som ett lejongap redan innan
smörgåsen hade lämnat bordet. Det var inte så att han
väntade tills mackan hade styrt hela vägen fram till munnen,
utan han öppnade upp i god tid. Samtidigt hängde han ut
tungan, beredd att ta emot. Det gick väl an med första
tuggan, men med de följande... när tungan blivit täckt av
ostbitar och uppblött bröd, då var det inte trevligt. Pernilla
fick anstränga sig för att inte väcka sin irritation här. Hade
det hängt slemtrådar mellan överkäke och underkäke
däremot, då hade hon inte varit tyst. Det är väl fan också,
hade hon sagt, att du inte kan äta som en vuxen människa.
Det du har framför dig är en liten nybredd smörgås och du
är en människa. Det är inte så att du är en orm och det där
är ett rådjur.

”Vad är det med dig?”, undrade Tobbe medan han bet av
den första tuggan.
”Vadå?”, svarade hon.
”Ja, du ser så konstig ut på något sätt. Tittar så konstigt.”
”Nä, inget”, sa hon och konstaterade att efter kommande
tugga skulle hela mackan vara ett minne blott. Tobbe kunde
verkligen sluka en hel smörgås i två tuggor. Kanske vore det
inget större besvär att trycka i sig ett helt rådjur heller? Med
päls och allt. Hon försökte skaka av sig bilden.

”Var det bra med greken och fullt ös som vanligt?”, frågade
hon i stället.
”Nej verkligen inte. Han hade galet ont i ryggen, något som
tydligen bara blivit värre och värre”, sa Tobbe medan han
smaskade på sin smörgås.
”Oh no, vad jobbigt, hur ska det gå?”
”Inte vet jag, och som om det inte vore nog med det, hade
hans pappa tydligen gått och fallit där hemma i Grekland
och blivit inlagd på sjukhus. Nu behövde han åka dit vilket
han insett svårigheten med, så han var verkligen i dåligt
skick på alla vis. Han var både tårögd och skruttig.”
”Vi får tänka ut nåt. Hur kan man hjälpa en pizzabagare
som inte gjort annat de senaste femton åren än att baka
pizza, han kanske rent av har det i blodet”, skojade Pernilla.
”Inte vet jag, en grek som lagar italiensk mat, vad vet man?
Så här öppen som han var idag har han väl aldrig varit. Det
syntes att han hade svårt att klara strupen och han sa att det
hade med hans pappa att göra.”
”Jag tror inte att han är grek. Jag undrar om inte Rut
berättade någon gång att han egentligen är rumän. Har du
tänkt på vad lite vi vet om honom? Vi vet inte ens vad han
heter.”
”Verkligen dåligt, det får vi ändra på. Men Dimitri tror jag,
det är nog så han heter”, svarade Tobbe och sänkte
ytterligare en smörgås i brödrosten, kikade ut på tomten och
såg ut att låta tankarna snurra. Pernilla gick och hängde en
tvätt.

Vår är inte bara sol. Vår är det ljusgröna som tittar fram. Det
är dammet och de ljusa eftermiddagarna. Lusten att planera,
kaffekoppen utomhus och de skitiga fönstren. Allt är
välkommet och bekymmersfritt. Än behöver man inte ta tag
i något, än kan man bara njuta. Snart därefter är allt förbi.
Midsommar, semester och augustivärme... och så sitter man
på jobbet igen. Vår är också att planera. Pernilla och Tobbe
om några visste så väl att de snart hade tryckt undan det

första oskuldsfulla vårmyset med hjälp av bestyr i varje
väderstreck. Det som först betraktades som vårens finaste
lilla skott skulle de snart stå böjda över och hårdhänt dra
upp sedan det identifierats som ogräs. Det ska bytas däck
och skiftas säsongsgarderober. Putsas fönster, fixas med
blommor och oljas in altaner. Buskar, äppelträd och
häckplantor måste klippas och gödslas. Trädgårdsmöblerna
behövde sin årliga dos av skurmedel, och mossa behövde
krattas ur gräsmattan. Ju mer värme och vårkänsla, desto
snabbare skulle allt snurra för att nå sitt fulländade
crescendo i maj. Maj månad är den månaden på året då alla
festligheter tydligen ska ske. Det ska packas picknickkorgar,
grillas kyckling och fixas potatissallader stup i kvarten. Man
ska spela brännboll, delta i tipspromenader, gå på svensexor
och studentmottagningar. Ingen gång skulle det umgås mer
eller göras fler kollektiva övningar än just i maj.

Då kom Tobbe plötsligt på festen som Mac, Pia-Carin, Maja
och Bengt skulle ha. AIM som de kallade den för. Helt
överraskande damp det ner inbjudningar i allas brevlådor
för en tid sedan om att det vankades fest men sedan blev
det helt tyst. Tystnaden hade sin förklaring. Något slags
tema var det på festen och Tobbe, precis som alla andra
skulle ingå i lag. Samtliga hade försetts med munkavle
angående diverse detaljer så nu hade de hamnat i ett läge då
ingen vågade prata med någon, av rädsla för att få onda ögat
av festarrangörerna. Omvända världen gällde. Bengt gick
omkring och sprätte som om han ägde hela byn. Maja
fnittrade konstant och hällde ur sig en massa små lösryckta
ord i halvkvävd form som ingen begrep. Pia-Carin gick
fortare än hon brukade, plus att hon syntes ute alltmer och
Mac han hummade mer än vanligt. Lät lite som ett gammalt
bi som fastnat långt ner i tratten på en trombon. Dessutom
hade han börjat synas med en mobiltelefon. Allt var helt
crazy.

Resten av laduviksgänget gick bara runt och blängde misstänksamt på varandra. Tobbe och Pernilla som givetvis inte var i samma lag, hade inte sagt ett ord till varandra, enligt instruktionerna och Tor var tyst han med.

Pernilla hade nyss återvänt från tvättstugan och Tobbe tittade till på henne. Hon var helt försjunken i läsning av något på sin telefon. Hon höll telefonen i handen och log åt den som om de hade en hemlighet ihop. Vad märkligt att det hade gått så långt att två människor kunde befinna sig i samma rum, kanske sitta mitt emot varandra och ändå kunde de vara i två helt olika världar. En i köket med en macka och tankar på våren och en i… ja vadå? Hur skulle han ta reda på det utan att verka snokig?
"När var det festen skulle vara?", frågade han. Det var inte en planerad fråga utan den liksom bara poppade upp. Han ville störa henne, liksom avbryta hennes frånvaro. Egentligen hade han velat fråga vad hon log åt men tyckte kanske att det var i nyfiknaste laget, det var nog därför frågan om festen kom i stället. Avgjort det bästa alternativet. "I maj någon gång, jag minns inte. Kan kolla sen", svarade hon utan att släppa telefonen med blicken. Pernilla såg fortsatt lika nöjd ut och det gjorde att Tobbe hamnade i ett dilemma. Han ville verkligen veta vad det var hon njöt så av att läsa. Han försökte igen.

"Det kommer att bli en bra dag idag, riktigt vårlik som det ser ut. Vad vill du göra då?"
"Mm", fick han till svar.
"Varför svarar du så, vad är du så fångad av?", undrade han och då äntligen fick han ögonkontakt. I samma stund kände han att det nog inte var den typen av ögonkontakt han hade önskat. Pernillas ögon hade den där speciella lystern som gjorde att han visste att hon inte var helt tillfreds med hans sätt att umgås just nu. Hon var tyst, verkligen alldeles tyst, men ögonen liksom suckade. Det var det sista utfallet han

hade önskat av alla alternativ som fanns att välja bland när han kalkylerade med konsekvenserna av att störa.
Men idag hade han tur. Pernilla sken upp och började självmant berätta vad det var hon hade så kul åt.

"Jag läser ett mejl som har kommit från skolan. Det handlar om hur det fungerar i vårt personalrum och jag bara älskar hur andras ordning, eller rättare sagt andras oordning, skapar så mycket humoristiska situationer. Lite som din-mamma-jobbar-inte-här-anda."
Tobbe skrattade stelt eftersom han i det ögonblicket förstod att han hade hamnat i ett nytt läge där hemma vid köksbordet. Han var liksom inte född igår. Nu skulle hon säkert börja läsa högt om någon som han inte var ett dugg intresserad av och som hon sedan skulle ställa kontrollfrågor om. Innehållet skulle mest troligt också handla om något där även han skulle komma att förstå möjliga vägar till förbättring. Han hade liksom kommit ur en stel situation och hamnat i en ny. Från ögon som suckade till munnen som kritiserade. Han började fundera över om det fanns någon möjlighet till exit här men längre kom han inte innan hon började.

"I fredags eftermiddag stod det minst 20 koppar i diskhon trots att diskmaskinen var halvtom. Det är viktigt att alla tänker på att ställa koppen i diskmaskinen efter sig, och även se till att den inte står på en annan kopp eller ligger ner. Varje gång du lägger en kopp i maskinen så måste någon annan ta sin tid för att ställa den upp. När det kommer till personalrumsansvaret så ligger det på var och en av oss, vi har inte någon anställd för att hålla det rent. För allas kännedom har man dragit sitt strå till stacken när man tömt och fyllt fyra diskmaskiner per termin. Jag vet att jag tidigare under terminen sagt sex till sju tömningar men har nu gjort en förnyad kalkyl av det hela. Det går även bra att plocka in någon annans kopp då och då för att kompensera för de koppar man själv glömmer. Systemet kommer dock aldrig att bli perfekt så det är viktigt att inte ha den förväntningen och

sedan gå och svära över kollegor som glömmer koppar. Btw, glömmer alla en kopp i månaden så har vi 400 glömda koppar per termin. Det blir fort stora siffror när man är så många som vi är. Att sätta på en kanna kaffe tar cirka en minut och det går åt ungefär sex termosar om dagen eller femton liter om man räknar med kaffemaskinen. I morgon är det måndag. Då tar vi nya tag. Och glöm för guds skull inte att göra rent efter dig på toan, det är mer än en gång som vi haft klagomål över det slarvet. Jag har ingen färdig kalkyl, än mindre lämpliga enheter för att göra uträkningar på vad det innebär för den som kommer efter. Bara att det är fruktansvärt äckligt om var och en inte gör snyggt efter sig. Klart slut. / Göran"

Efter uppläsning log de båda. Pernilla med skrattårar i ögonen och Tobbe av lättnad. Hon fortsatte att umgås med sin telefon och han med sina tankar.

Seglingskalendern hade kommit och med den en vidare och vildare plan för sommarens alla seglingar. Först ut var alltid isflaksracet i april. En av de kallaste föreställningarna då vattnet bara var några enstaka grader och vinden fortfarande kylig. Innan dess skulle båtarna rustas upp. Segelbåtarna var det lilla jobbet i sammanhanget. SCANDalen däremot, deras motorbåt, var den som ställde till elände. De hade köpt den med en tanke om att utnyttja sommaren och närheten till vattnet fullt ut. Att kunna ta sig en bit längre ut i skärgården, att kunna dra iväg på badturer, ta med en grill och lite middagsmat eller rent av besöka en av alla fina skärgårdskrogar som finns. Riktigt så blev det inte. Istället avlöste den ena korkade händelsen den andra och de kom liksom aldrig längre än till ett evigt kvalande i det-går-inte-riktigt-som-man-tänkt-sig-finalen. Först hittade de inte någon båtplats. Sedan klantade de till det när de rustade båten vilket ledde till översvämningar som i sin tur föranledde nya reparationer. Dessutom stod båten i långa perioder på Mac's verkstad på grund av motorhaverier av olika sorter. Alltså, båten karvade ut spår i den mentala hälsan och så djupa hål plånboken att det inte fanns ekonomiskt utrymme för andra utflykter. Det var helst mackor och en termos med kaffe på bryggnocken som gällde och bränsle betraktades enbart som ytterligare trista utlägg.

Okej, klart de hade kommit ut en del. Som längst en tur utanför Sandhamn för att titta på segling och så en sväng till Pernillas syster på Svartlöga. Det senare med en övernattning ombord. De hade också åkt många dagar och eftermiddagar till en härlig vik i närheten där de solat och badat. Tobbe hade då putsat på båten medan Pernilla legat i aktern på solmadrassen och läst en bok. Med det i minnet var det inte så tokigt med motorbåt trots allt. Några kvällar hade de packat med sig middag och lagt sig för ankar i Djurgårdskanalen strax nedanför Sjöhistoriska muséet där de ätit och fikat medan de njutit av att vara i stan på det udda viset. Inte sällan avrundades utflykten med en tur under broarna, vidare runt Gröna Lund och tillbaka. Fast varje utflykt gjordes med lite spända skinkor, de visste aldrig vad slutnotan skulle bli. Vad varje tur hade kostat, vore en uträkning för den där Göran att sätta klorna i.

”Minns du de långa sommarloven som aldrig verkade ta slut?”, sa Pernilla plötsligt. Tobbe hoppade till, mest av förvåning eftersom de just för stunden verkade vara på samma våglängd, lite i samma tankesfär.
”Hur det kommer sig att de upplevdes så mycket längre då, beror kanske på att två månader när man bara är barn är en stor del av det korta liv som passerat. Nu som vuxen är samma tid en betydligt mindre del av ens totala livstid. Det sägs att det är anledningen till känslan av att tiden går fort.”
”Låter rimligt”, svarade Tobbe.
”Upplevelsen av tid förändras med åldern men även i takt med vad vi ägnar vår uppmärksamhet åt i just det givna ögonblicket. Den förklaringen har jag läst och den verkar högst trolig. En gång i tiden var livet så pass okomplicerat

att tid inte var något man behövde jaga. Det fanns inget som hette att ha ont om tid, att saker skulle hinnas med eller göras undan. Man bara utförde saker i tur och ordning. Den tiden skulle jag vilja ha tillbaka."

"Aha, du menar det enkla livet, och att göra sånt som betyder något. Där saker och ting bara är och där helt vanliga människor finns, fast sett i dagens ljus, alldeles ovanliga eftersom de *inte* är vanliga. Nu ska ju allting vara så jäkla extra allt. Ingen är vanlig, eller enkel, alltså nor…", Tobbe hejdade sig precis innan han sa *normal* eftersom han visste att det i sig skulle bli ett never ending samtalsämne. För Pernilla var det normala att vara precis hur man ville så länge ingen annan drabbades av det. Enligt henne var normer till för att brytas eftersom de hämmade beteenden, skapade klyschor, gjorde människor fördomsfulla och i värsta fall gav upphov till förtryck. Han hörde Pernilla. "Normal tänkte du säga va?"

"Nej", ljög Tobbe.

"Det är så otroligt mycket som ska klämmas in hela tiden och livet är verkligen ingen actionrulle", fortsatte Pernilla. Tobbe förstod inte riktigt var de hade hamnat i samtalet. Pernilla var inte precis den som levde i ultrarapid. I stället levde hon livet som en actionrulle, som om den sista dagen var kommen.

"Hur som helst. Ibland ska tiden gå fort, typ bara fem sekunder", sa hon som om hon precis läst hans tankar. "Jag satt och åt med några elever häromdagen och frågade dem om de hade hört talas om femsekundersregeln. Ja visst! sa en av dem och fick något entusiastiskt i ögonen. Hon visste vad det var. På min fråga om eleven visste att man forskat på detta med femsekundersregeln och kommit fram till att den också stämmer, såg hon lätt hänförd ut. Ingen av de övriga verkade veta vad vi pratade om, så då berättade jag vad regeln går ut på. Att om man tappat något ätbart på marken, har man fem sekunder på sig att ta upp det innan

det blir bacillusk-äckligt. Tar man upp det illa kvickt så
hinner läckerbiten inte besudlas med snusk och baciller.
Inom fem sekunder alltså, kom ihåg det. Men vadå, var det
någon som undrade. Om man till exempel tappat sin
frukostmacka i en hög med bajs, kan man bara sitta lugnt
och räkna 1-2-3-4 innan man tar upp den? Jajamensan
svarade jag."
"Smart Pernilla", sa Tobbe och såg minst sagt äcklad ut.
Han återkopplade till sina egna tankar runt att det var dags
att rusta båtar.

"By the way. Du vet annonsen på motorbåten som jag satte
in för ett par veckor sedan", sa han och bytte samtalsämne.
"Så fort det blir lite varmare får vi vara beredda på att en
eller annan vill komma och kika."
"Hoppas att vi kan bli av med den", svarade Pernilla.
"Det känns elakt men vi kan verkligen inte ha den kvar. Nu
är den så genomgången den alls kan vara. I perfekt skick för
att säljas, därför hoppas jag", la hon till för att det kändes
bra att förklara sig.
"Håller med", svarade Tobbe.
"I annonsen fick jag med all tänkbar information. Självklart
att det är en Mercruiser 5.0 med 260 hästkrafter. Att det är
ett Bravo 3 drev och duopropp. Om marschfart, maxfart
och de renoveringar som utförts men också om möjligheter
till övernattning och matmys i sittbrunnen. Jag har också
nämnt både soldäck och badstege."
"Toppen! Ja du, några sjukt onödiga utlägg har jag haft i
livet. Motorbåten är det ena. Mina nya glasögon är det andra
och en snuskigt dyr bikini från Scampi är det tredje. Knappt
använt något av det."
"Åjo, lite har vi använt motorbåten", sa Tobbe.
"Förresten du glömde T-shirten från Tyskland."
"Vilken T-shirt?"
"Det enda vi fick ut av resan och startavgiften i Kellenhusen
när vi var där. Då det tokregnade hela tiden."

Pernilla skrattade.

"Ja ja. Det är ett minne det, men är du redo för att byta om och åka in till stan. Starten skulle väl gå vid tre, halv fyra?"

"Stämmer, och jag är snart klar."

Efter fem års byggnation, 10 000 sprängsalvor och lossning av 4 miljoner ton berg har 12 000 meter spår lagts och 500 meter kabel dragits. Den nya citytunneln var äntligen klar och invigningen skulle skötas av drygt 30 000 löpare från 33 nationer. Den nya tunneln kommer att få två nya stationer och fördubblad järnvägskapacitet. Men först tyckte de att ett gäng löpare skulle springa igenom och med sina lungors kraft rena luften från byggdamm och Rocagil. Däribland två tröttmössor från Laduvik. För Pernilla var konsten med träning inget man i första hand gjorde för att vara duktig, för att gå ner i vikt eller så. Det handlade mer om att få till det som en del av dagen. Minst tre joggingpass plus promenader och lite styrketräning utöver det. Att delta i lopp var verkligen kryddan på moset eftersom det blev mer jippobetonat än den vardagliga motionen. Så tänkte hon. För Tobbes del gällde lite annat. Han vilade sig hellre i form och ändå orkade de lika mycket när det gällde. Medan Pernilla behövde forma sin kropp med veckovis av massiv träning, räckte det för Tobbe att sträcka lite på sig. Höger – vänster - höger, så blev han fit. Pernilla var den som fick dra hårt i kopplet varje gång, så även denna dag.

De gick ut till bilen.

"Jag har sänkt bilen tre centimeter fram och femton millimeter bak, kan du se det?"

"Eh nej tyvärr, det kan jag inte", svarade Pernilla med samma geist som en trött växeltelefonist.

Tobbe var otroligt noga med val av bil. Förutom en absolut nödvändig motorkapacitet som inkluderade ett jävla liv behövde sätena vara sköna, gärna med sportpaket och svankstöd. Det skulle vara tonade rutor runtom bak och en

växelspaksknopp som kändes skön i handen. Storleken på,
och greppet om ratten var viktigt och motorhuven fick
gärna vara skyddsbehandlad.
Vidare skulle alla typbeteckningar och dekaler bort och
fälgarna behövde vara av snygg sort, inte alltför trassliga så
de blev krångliga att hålla rena. Där nånstans börjar han
närma sig ett bilköp. Där går det från otänkbart till
intressant, men tydligen behövde chassiet också sänkas
några millimeter.

Om Tobbe ska röra sig en kort sträcka från A till B så måste
pellen tvunget köras ner i botten någonstans på sträckan.
Gärna utan förvarning så att den oförberedda passageraren
endera slår huvudet i sidofönstret, får en uppstötning
alternativt får uppleva känslan av tarmar som packas ihop
mot ryggslutet. Mer än en gång har Pernilla tänkt tanken att
de som passerats på vägen antagligen sagt till varandra något
i stil med; "stackars kvinna se hur hon har det".
Bilen dånar fram och det är bara för dem som rör sig
utanför bilen att hålla undan. Frågan som Tobbe ställt
angående sänkningen av bilens chassi förblev i det stora hela
outvecklad. Han hade säkert inte räknat med något annat. I
stället sa han:
"Om man har joggingkläder och sportskor, varför trycker
man på grön gubbe när det är så gott som otrafikerat?"
"Ja, jag undrar varför", svarade Pernilla som kunde släppa
det krampartade taget om passagerarhandtaget när de
saktade in för rött ljus.
Det blev grönt igen och de åkte vidare.
"Jag tänkte på det du sa igår om att alla andra verkar ha så
mycket för sig och att vi aldrig gör nånting. Tycker du
verkligen att det är så?", undrade Pernilla.
"Nä jag vet inte."
"Vi gör ju massor av saker varje månad, släng en koll i
bildarkivet på datorn om du undrar."
"Kolla, en Z4!", sa Tobbe.

"De flesta runt oss undrar ju jämt hur vi hinner allt och tycker att vi aldrig är hemma."
"Mm. Undrar om mina glasögon inte är polariserande ändå."

En stund tystnad följde innan Pernilla fortsatte.
"Ok, vi kanske inte har parmiddagar så ofta men sånt får man väl planera för."
"Just det, jag har en vinst på 60 kr att hämta ut. Jag vann ju sist", skrattade Tobbe.
"Så saker att göra har vi alltid, just det missnöjet du känner är nog ett annat hål i dig än just att vi gör för lite."
"Nä, så kan det nog vara", svarade Tobbe plötsligt. Han hade liksom gjort allt för att försöka prata om annat.
Det blev tyst igen.
"Såg du den där bilden förresten på Facebook? Den med båten med stulet växelhus?", sa han sedan.
"Nej", svarade Pernilla och drog upp volymen på radion. Hon hade pratat nog. De var uppenbarligen inte i samma mentala rum för tillfället.

27 000 startande hade kommit till Stockholm Tunnel Run och loppen i Citybanan hade pågått hela dagen. Tobbe och Pernilla som varit med i en del lopp vid det här laget, hade ett par rutiner. Det första de gjorde var alltid att kolla in platsen och eventuell information. Det andra var att lajna upp i bajamaja-kön. Därefter förberedde de sig för starten vilken denna gång var ganska sen, i den 20:e startgruppen av 28. Starten gick vid Karolinska sjukhuset och målet låg vid Medborgarplatsen åtta kilometer bort, så de fanns ingen väskinlämning vid start. I stället rekommenderades deltagarna att ta en jacka de inte längre ville ha och som vid startfållan kunde ges bort. Tonvis med skänkta jackor gick till Stockholms Stadsmission. Pengaöverskottet från loppet gick till olika ideella föreningar för barn och ungdomar och närmare 700 000 kronor samlades in. Dagen till ära var det

ett fantastiskt fint vårväder med sol som värmde, men ett par kilometer efter start leddes de ner i tunnelmörkret. Halva loppet var relativt platt men följdes sedan av ett par stigningar på uppemot fjorton procent. I de brantaste backarna gick Tobbe och Pernilla och just den sista biten var en riktigt brant uppförsbacke. Långt framför dem syntes ljuset och efter knappa 47 minuter kom de i mål. Åter i sol och under applåder och hejarop. Alltså springlopp, det var verkligen lika med folkfest!

Det finns studier som visar att hjärnan är programmerad för att göra så liten insats som möjligt för att få så mycket resultat som möjligt. Vad det är som gör att man reagerar olika på saker och ting finns i ens värderingar och inställning, det vill säga attityden. Att träna sig mentalt, är lika ansträngande som ett fyspass och det går faktiskt att träna bort gnäll och energitjuvar.
Är det egentligen möjligt att attrahera det man önskar? Ens känslomässiga läge är magneten som drar till sig matchande energier. Det man sänder ut får man tillbaka och allt går att träna. På vägen hem från springloppet, när deras kroppar var skönt trötta och sinnena kommit till ro, fanns utrymme för att låta tankarna flyta runt. De åkte kommunalt tillbaka till parkeringsplatsen där de ställt bilen. Pernilla hade precis läst om attraktionslagen och försökte komma ihåg vilka träningsverktyg man kan se till att ha med sig.

Ett: Ta saker mindre allvarligt – det mesta är oväsentligt inom fem år.
Två: Byt känsla – träna på att byta känsla då och då för att veta att det finns val. Chocka dig själv med nya reaktioner!
Tre: Gör misstag och se det som utmärkta läxor. Träna bort rädslan för att göra fel. Tänk och agera som om fel är bra.
Fyra: Träna tacksamhet, tänk ofta på hur lyckligt lottad du är.

"Vad gör du?", undrade Tobbe.
"Vadå?"
"Ja, du sitter och räknar med fingrarna, så nånting gör du."
Pernilla tittade ner på sin hand och såg att fyra fingrar på
höger hand lagt sig tillrätta i vänster hand.
"Jag försöker komma på hur man kan träna på
attraktionslagen."
"Okej, men är det verkligen något för dig? Du vet väl att det
inte är en quick fix, utan något man *är*. Lite av en livsstil,
liksom ingen önskelista."
"Hm", svarade Pernilla.
"Exempelvis att sakta ner och leva mer medvetet. Är det
verkligen du? Hålla koll på hurdan man är och jämföra sig
bakåt i tiden, på sina tidigare versioner"
"Kanske inte då", svarade hon.
"Du har lugnat ner dig betydligt, men har alltför svårt att
vara cool."
Pernilla kände sig lite påhoppad men så kom hon på
ytterligare ett verktyg, ett som hon slog i huvudet på Tobbe.
"Fem", sa hon och höll upp hela handen framför honom.
"Le mer. Le utan att du har anledning, det är ett leende det
med. Något för dig att tänka på", la hon till.
"Och sex, släpp taget. Det som har hänt, har hänt. Det som
har varit, har varit. Bygg framåt."
"Ja, nu är du väl snart hemma. Bergis finns det något med
som säger att man ska titta sig i spegeln och säga att man är
fantastisk, snygg och bäst också", föreslog Tobbe.
"Helt rätt! Man ska prata med sin spegelbild. Se om man ser
ut att uttrycka oro, orättvisa, skuld och rädsla eller längtan,
kärlek, hopp och tillit. Också lyssna på hur man låter på
rösten."
"Suck", svarade Tobbe.

När de hade kommit hem, passerade de duschen och så
småningom ett mål mat. Tobbe sprang runt och letade först
efter sina glasögon, sen efter ett papper som han förlagt och

slutligen efter sitt passerkort som skulle med inför
morgondagen. För varje pryl han letade efter, frågade han
Pernilla om hon sett den och varje gång svarade hon nej.
Har du sett mina... och *nej* hade liksom gift sig med varandra,
typ bildat par för evigt. När maten blivit klar, var det mer än
en pinal som behövde ställas undan från köksbordet innan
det gick att duka. Två datorer, några glas från morgonen, en
bunt med räkningar, en utriven artikel, ett reparations kit
och en katt. De åt och pratade lite om dagen och loppet de
sprungit. Ingen av dem hade lust att jobba nästa dag,
måndagar var lite si och så tyckte de båda. När middagen
var undanröjd slog Pernilla sig ner vid datorn. Hon öppnade
upp Facebook och skrev till Rut.
*Framtidsmål: När jag blir stor ska jag vara duktig på att ha fint på
köksbordet. När T blir stor ska han bli duktig på att hålla reda på
grejer. Utvärderas vid ett senare tillfälle.*

Nästa dag när Pernilla precis klivit in på jobbet och vidare in
i sitt rum kunde hon höra genom dörren vad eleverna på
morgonfritids sa. Tjuvlyssning var ingen dålig start på dagen
och idag höll de på med någon slags rollbesättning.
"Jag kan vara pappa."
"Å jag vill vara bebis."
"Jag är hund."
"Okej, jag kan vara mamma."
"Nej förresten jag är hamster."
Därefter följde manus och sceneri.
"Ni två måste vara kära". Något ohörbart mumlades.
"En bebis måste ha jättemycket utrymme."
"Jag hämtar filtar."
"Hur gör vi med hamstern?" Inget svar.
"Ni måste vara kära annars kommer det inte att gå."
Ohörbart igen. Hur mycket Pernilla än försökte få grepp
om fortsättningen, blev de tystare och tystare. Pernilla log åt
det hon hörde och det som var upptakten till pjäsen. Många
gånger glömde barnen att hon fanns där på andra sidan

dörren när de gick in i sina lekar. Det var inte första gången som hon fick chans att lyssna på deras olika morgonaktiviteter.

När terminen startade upp efter jul hade någon målat nagellack på alla borden i matsalen. Mitt på varje bord var en kladdig fläck, stor som en femkrona målad. Vem kan ha gjort så och varför? Pernilla drog åt sig andan när hon såg det första gången. Vid närmare betraktelse av borden visade det sig att alla borden hade olika nagellacksfärger, eller egentligen var det så att bord om fyra hade samma färg men det fanns minst ett tiotal färger. Kanske femton. Rött och lila nagellack, grönt, silver, blått, gult och en massa andra färger. Färgerna hade inte placerats på borden med hjälp av en mall eller så. Ingen form var den andra lik. En del var stora, andra små, en del var helt överdrivet stora och de flesta var galet fult målade. Det såg ut som om förskoleklasserna eller fritidseleverna blivit insläppta en eftermiddag i matsalen utan tillsyn. Så himla olämpligt, stackars barn. Vad de kommer att få skämmas. Varje lunch skulle de behöva se det där, tänkte Pernilla.
Men, så visade det sig att det var ledningen på skolan som fått den briljanta idén att märka upp alla bord med färg. Tanken var att vid lunchtid tilldela klasserna varsin färg så att de skulle kunna sitta nära varandra i matsalen och äta. Pernilla till exempel åt med en klass på fredagen som hade röd färg. Då letade hon och eleverna helt enkelt upp de röda borden och satte sig tillsammans för att äta. Som det hade fungerat tidigare hade fyra elever satt sig ner på ett ställe och fem på ett annat, två här och två där. Det ledde till noll sammanhållning men med stora chanser för de utstötta att hamna helt på villovägar. Det var verkligen en jättebra idé att med den nya lösningen få alla klasser i hela skolan schemalagda i färg till lunchen. I sann pedagogisk anda fanns ett diagram utskrivet och uppsatt i matsalen vilket visade vilken färg klassen hade. Fasta platser gällde också

och eleverna satt sex och sex i placeringar som mentorerna noggrant tänkt igenom.

Kvarstod gjorde att borden var ruggigt fult målade. Ytterligare ett dilemma var att det kunde vara väldigt svårt att se likhet mellan kladdet på bordet och färgen på det utskrivna diagrammet. För lärare som åt flera pass i veckan kunde det bli alldeles för spännande att med 25 rastlösa och hungriga elever i hasorna, reda ut färgmatchningen på plats. Grått på bilden var silver i verkligheten, lila var mörkrosa och den mossgröna mer petrol. En ur personalen föreslog lite försiktigt att det kunde vara fint med tejp i stället, givetvis utan att påpeka någonting om att det nuvarande färgsystemet eventuellt såg lite kladdigt ut. Personalen i fråga föreslog att tejpen kunde sättas lite diskret och snyggt på bordsbenen, och fick okej på det.
Någonting som var genuint fint på den här skolan, tänkte Pernilla, var att nyfikenhet och engagemang fanns. Det var fler ja- än nejsägare och man uppmuntrade varandra som tänkande människor.

Till stor häpnad upptäcktes att det fanns hur mycket tejp som helst på Clas Ohlson. Bra maskeringstejpen fanns i massor av utföranden. Tapet, fönster, sensitive, inne, ute, premium, eco-premium, proffs, proffs 19 mm och flexible. Fast nu skulle det inte vara just maskeringstejp utan en annan slags tejp. Personen som hade kläckt idén om tejp på stolsbenen gick fullkomligt över styr i sina val av olika tejpsorter och kulörter. Många rullar köptes in. Coola färger, djurmönster, prickigt, randigt, rutigt och så.
Därefter hände absolut ingenting. Nagellackskladdet var kvar och av tejpen syntes inget. Förklaringen var enkel. Färgvalen gick inte att få fram på datorn när ett nytt pedagogiskt diagram över bord och färger skulle göras. Givetvis. Zebrarandigt och småprickigt hörde inte till datorns färgkodningar så ingen skiss kunde erbjudas. Nya

tejprullar införskaffades, även nya bord och en bit in i
vårterminen fanns hopp om att det skulle kunna se riktigt
skapligt ut. Pernilla trodde att hon skulle sakna
nagellackskladdet. Hon hade vant sig och det såg kreativt
och charmigt ut. Det kom ett förtydligande mejl om saken
och det var Göran som hade varit i farten igen.

*Färgerna på borden är markerade med tejp på stolsbenen. Katrin
kommer för tydlighetens skull att markera även på bordsskivan med
tejp. Onsdag nästa vecka kommer de nya borden och då kommer
markeringen bara att vara på bordsbenen. Enklast är om vi klarar
oss med tejp på enbart ett av benen. Anledningen till det är att borden
ofta hamnar i oordning när vi hyr ut matsalen och istället för att flytta
runt alla bord kan vi då enkelt byta tejp. Att byta tejp på ett ben är 4
gånger enklare än att byta på alla fyra. Dessutom är det snyggare med
mindre tejp. Det kan tyckas otydligare med att bara ha färg på benen,
men det borde inte vara några problem att hitta borden.*

Plastdjuren är ändå bäst. Det är sexåringarnas placeringskort
och det är deras fröknar som ställer ut dem. Så fort
plastdjuren ställs ut på borden är det bara att lätta från
stolen. Ingen vill ha vilsna sexåringar som rör sig runt och
tappar köttbullar, häller ut mjölk eller får gräddsåsen i
gungning. Ingen. Inte ens sextonåringarna. Plastdjuren
markerar att sexåringarna är i antågande. Plastdjuren inhyser
respekt.
BAM, en elefant ställs på bordet. BAM en zebra. BAM, en
giraff. Femtonåringarna som degat sig kvar efter maten och
börjat fippla med mobilerna, trots att det är förbjudet i
matsalen, rusar från sina platser i takt med att djuren närmar
sig.

Matsalen och matsituationen är den plats i skolan där
mycket händer. Alltifrån mobbning till plötslig matbrist.
Tappade tallrikar är också ett vanligt inslag. Ibland med mat
på och ibland utan. Även hinkar med trasor och

diskmedelsblandat vatten välts ut, och ibland... särskilt vid jul kräks någon mitt bland alla lunchätare. Ofta en av de små så klart. Även maten kan skapa konflikt. Hamburgare och taco kallas konfliktmat. Det kan bli konflikter redan i matsalen men också senare under helgen. Men då i form av mejl till rektorn. Föräldrar drar sig inte för någonting. Tycker de att deras barn inte fått äta sig mätta, med andra ord hur många hamburgare som helst, *måste* de skriva till rektorn. Detta oavsett veckodag. I personalen hade de skojat om att under helgen efter konfliktmatdagarna, vilka ofta utspelade sig en fredag, kunde de arrangera ett autosvar: Om ditt barn inte blivit mätt, tryck ett. Om du frågat ditt barn om hen tog av allt som fanns att välja på, tryck 2. Om du frågat ditt barn om hen ätit enligt tallriksmodellen, tryck 3. Om du fått "nej" på alla frågor, ber vi dig informera ditt barn om vikten av att äta en allsidig kost. Om du fått svaret "ja" på alla frågor beklagar vi det inträffade och meddelar att vi är på plats igen på måndag.

Det plingade till på Pernillas mobil.
Se där! Jag har också drömmar om hur det ska bli när jag blir stor. Den första har redan börjat bo in sig... Efter tre veckors försök har jag äntligen blivit vuxen på riktigt. Dricker numera kaffe utan mjölk... alltså även om det finns ;)
Det var Rut som hade svarat på Pernillas SMS från dagen innan. Pernilla log åt det hon läste. Så typiskt Rut, hon förde ofta en kamp om sånt som ingen annan tyckte var särskilt skitviktigt.

Klockan var numera framställd till sommartid och sopbilarna hade för länge sedan gjort sin första framstöt. Några röster hade hörts kring varför det här dribblandet med klockan alls får fortgå. Tiden ställs fram och tillbaka, fram och tillbaka som en parallellaktivitet ihop med trädgårdsmöbler och grillar. Nationell samverkan, tänk att det alls fungerar och att det går att tämja miljoner människor kollektivt. Med vetskap därom, skulle man inte kunna satsa på en dag utan flygtrafik och värna om miljön på det viset? De som kom på Earth Hour, har lyckats väl. Genom att få folk att släcka lampor under "jordtimmen" manifesteras det kollektivt att klimatet på planeten är någonting att bry sig om. Det globala rekordet med 187 deltagande länder är inte illa. På Earth Hour's hemsida finns fler aktiviteter vid sidan av att släcka lampor. Teman på klimatvänliga upplägg kring exempelvis butiken, bilen, biffen, bostaden och börsen om man vill satsa mer. Det minsta man kan göra är ändå att våga sig på en mörkläggning och på köpet kanske få till lite hångel? Pernilla veterligt fanns det ingen utmärkande peak gällande barnafödande nio månader efter Earth Hour. Barn har fötts i alla tider och antagligen ganska jämnt fördelat under året. Det finns säkert någon statistik som visar fördelningen mer exakt, exempelvis att det föds fler barn under sommarhalvåret och färre när det är mörkt och kallt. Kanske är det tvärtom, men hur som helst har Pernilla konstruerat en alldeles egen hemmagjord statistik. Hon tänker att det alltid finns ett skäl till att barn produceras.

Endera är man född i perioden december till februari och då har man kanske tillverkats under Earth Hour och under härliga vårdagar. I glädjens och skrattens tid, då en önskan finns att satsa och bygga på framtiden. Då ljuset väcker alla lustar till liv och samvaro. Naturen vaknar till liv och människor gör detsamma. Kanske på en vårfest, någons bröllopsfest eller möjligtvis på Valborg? Våren är tiden för att vakna upp och tänka nytt, och det ligger med andra ord någon slags reflektion bakom just denna familjeplanering. Marsbarn däremot är så långt man kan komma från välplanerade. De är en produkt av föräldrarnas yvighet under semestern, då de kopplat av så mycket att de släppt på allt. De har helt förlorat tankarna på vardagsbestyr och rutiner, tappat verklighetsförankringen helt och hållet.

Kanske knappt reflekterat över vad yvigheten eventuellt
kunde leda till.

För dem som är födda i perioden precis därefter, i april eller
maj, råder ytterligare ett annat scenario. Eller egentligen två.
Endera kan det vara så att de blivande föräldrarna
hårdplanerat det lilla barnets ankomst. Lite på samma sätt
som när man bokar en valp eller en kattunge. Tänkt att till
våren skulle det vara lite gött med tillökning, precis så där
fint som det fungerar i naturen. Träden grönskar,
blommorna knoppas, djuren får sina ungar och allting föds
på nytt. Lite flowerpower upplägg så där. De har dessutom
semester så dags och har all tid i världen för att sätta sin
tillökningsplan i verket.
Ett annan tanke kring dessa föräldrar är att de har pressen
på sig att vara perfekta. De som är födda på våren, inbillade
sig Pernilla, kanske har föräldrar som för övrigt lever ett
ytterst välplanerat liv utan chanstagningar. De har räknat ut
att det kalendariskt skulle passa perfekt med ett barn till
våren. Då dagsljuset stimulerar amningen och en stundande
semester kommer som ett perfekt avbräck på vardagen.
Hela den lilla familjen har möjlighet att umgås och lära
känna den nya situationen. Allt detta i ett övrigt mycket
snyggt och välstädat hem med nyputsade fönster, ärtsoppa
och pannkakor på torsdagar, skor så välputsade att speglar
vore överflödiga och en fruktskål i salongen fylld med mer
än bara chanserade äpplen och bananer.

Barn som kommit till världen i juni eller juli, de har föräldrar
som lever på hoppet. Eller, så har de föräldrar som lever på
sista sucken. De har redan glömt sommaren, men eventuellt
kramat ur det sista ur brittsommaren eller indiansommaren.
Tagit vara på den korta reprisen av värmen i september och
början av oktober. Kanske åkt ut på landet eller blivit
nostalgiska över all närvaro de delat under sommaren.
Kanske bokar de en kryssning, en utlandsresa eller en SPA-

helg för att få till en slags desperat höstromans. Pernilla
avskydde hösten men kunde nog ändå se det vackra i allt det
färgstarka. Då sommarens minnen knappt längre känns
närvarande. En slags exotisk, romantisk kontrast uppstår i
mötet med den klara och kalla luften under några soliga
perioder av oktober. När det börjar bli krispigt.
Sena julibarnen har för övrigt extra nöjda pappor. De
kanske har krupit intill julibarnens mammor efter en kall
heldag ute med däckspyssel och garagestädning.
Vinterlagringen av sommardäcken hade blivit klar och ett
dåligt samvete mindre kändes, eftersom denna upplagring
inbegrep fälgtvätt och däcksbyte samt en allmän genomgång
av ordningen i garaget. Som kronan på verket hade bilen
också fått ett invändigt omhändertagande inför vintern. Ett
sista lager vax hade mitt på dagen gnidits in över lacken
precis innan eftermiddagskylan slagit till. Och som om det
inte var nog med allt detta, hade alla husets hängrännor
gåtts över. Som sagt, julibarnen var en produkt av mycket
nöjda pappor.

Septemberbarnen har samma slags föräldrar som vårbarnen.
Ledigheten och avrundningen har fått dem att slappna av.
Arbetsåret har tagit vila och livet tar sig fram på lagrarna av
tidigare succéer. Skillnaden är möjligen att
septemberbarnens föräldrar är än mer bestämda och
målinriktade. De ser slutet på året som ett tillfälle att sätta
punkt och avrunda. De kanske till och med har hunnit med
julstädningen, bytt gardiner, griljerat skinkan och tagit in
granen och då känt att det blivit dags att hångla till det.
Totalt motsatt att sätta punkt finns de som blir extra till sig i
trasorna av att starta upp. De lever enligt principen "ut med
det gamla och in med det nya". Det är dessa föräldrar som
får sina barn i oktober. De har levt ut sitt liv och alla lustar i
januari. Firat in det nya året, skålat i champagne eller
Trocadero, skickat iväg en Khom Loy i yrvinden medan de i

tystnad begrundat symboliken. Stiger den högt blir det en flicka, svävar den mest omkring blir det en pojke, typ så.

I Pernillas egentillverkade statistik återstod nu augustibarn och novemberbarn. Av dessa stackare hyste Pernilla en särskild sorg över augustibarnen. De är paniktillverkade. Tänk november månad, då det är kallt, grått, blött och så mörkt att inte ens det kortlivade dagsljuset orkar leverera med styrka. Det är halt, fast inte av is och snö utan av hoptjofsade och slemmiga löv. Folk krummar ihop sig, surar och går i ide. Om de inte redan sjukskrivit sig eller börjat knapra antidepressiva medel, rör de sig enbart till och från jobb eller mellan hemmet och matvaruaffären. Övrig tid hänger de med huvudet och försöker överleva. Vem fanken ger sig till att planera för barn då?
Ibland kunde Pernilla få upp fullkomligt träffsäkra bilder i huvudet medan hon tänkte och nu såg hon för sitt inre de stackars nakenråttorna på Skansens akvarium. Kala, frusna, dystra, bleka och fula små varelser som lever i kompakt mörker. Förvisso är det så att även de förökar sig, så varför inte?

Det helt opposita läget till att födas i augusti är att vara novemberbarn. De barnen är tillverkade helt utan någon särskild tanke eller anledning. Det har inte handlat om slarv och inte om en väl genomtänkt familjeplanering. Det har knappt hunnit bli vårljust och någon uppmuntrande värme finns inte heller. Det handlar inte om nystart och inte om avslut eller sista sucken. Det finns helt enkelt ingen rimlig förklaring till att göra barn i februari och kanske är det just det som är det unika?

Pernillas föräldrar planerade ett barn i november och blev med barn i februari. Igen alltså, för då fanns redan Pernillas storasyster, ett majbarn endast nio månader gammal. Vad som fick föräldrarna att besluta sig för ett barn till, var det

ingen som visste men lagom till att februarikylan satte in var
det ett faktum. Det kan ha varit Pernillas mammas längtan
efter ett syskon till majbarnet. Det kan ha varit olycksfall i
arbetet. Det kan också ha varit Bengts önskan om att få en
son. I stället kom novemberbarnet Pernilla.
Tobbe som tagit del av Pernillas säregna barnafödarkalender
upplyste henne om att Alla hjärtans dag är en kärleksdag i
februari vilket gör novemberbarnen till verkliga kärleksbarn.
Det är bara det att när Pernilla föddes så fanns inte
fenomenet Alla hjärtans dag.

En sak är säker. I november kan man inte fira födelsedag i
sommarklänning, man kan inte ha tårtkalas i trädgården,
man kan inte hänga ballonger på ytterdörren och
kompisarna kommer inte med inslagna hopprep och
gummitwist. Ingen har energi för några lekar eller
femkamper. Alla gäspar och längtar hem till sängen
eftersom det är mörkt som i en gravkista ute.

Kapitel 4
Om polletter, metspön och kaffegökar
samt sötpotatis och fesvarma korvar

Det var en tidig, tidig morgon lördagen den trettonde maj och luften var ännu lite sval så dags på dagen. Mac mindes första maj som säsongens första shortsdag. Det var både fantastiskt och härligt med den värme som kom. Men, men... den sjunde och åttonde maj vräkte det plötsligt ner regn som blev snö och den tionde var det minus sju grader på morgonen. Då var det svårt att hitta någon med shortsen på. Det påstods att det här var den kallaste majmånaden på 36 år och det finns anledning att tro dem tänkte Mac. Burr, det är svårt att tänka sig någon kallare värme än vårvärmen. De senaste dagarna hade de haft tur. De varma vindarna var tillbaka och denna gång med lite stabilitet, så de hade bjudits på idel sol och sköna temperaturer. Även denna dag kändes lovande. Det var torrt i marken, grönt i gräset och varmare i vattnet. Om de inte visste bättre skulle de säga att sommaren var här för att stanna. Dock var det inte helt ovanligt att midsommar drog ner på takten beträffande förväntningar och samtidigt höjde graden av besvikelser. Hur som helst, det här var dagen för festen och det visade sig vara en alldeles utmärkt dag.

Mac hade precis varit nere vid båten och tittat till allt som behövde kollas av inför dagens övningar. Han hade köpt bambupinnar och plockat ihop metkrokar, linor och flöten vilka han satte ihop till något som liknade fiskespön. Fem lag och fem metspön. Lagen bestod av tio medlemmar vardera och de hade alla fått tydliga instruktioner brevledes om festen. Lika tydliga som hemlighetsfulla var nog en passande beskrivning av upplägget.

I inbjudan framgick att de skulle komma till festen som ett lag. Det stod vilken dag festen var och var laget skulle infinna sig på angivet klockslag. Det gick också att läsa vilka som arrangerat festligheterna, nämligen åldringarna i gänget Pia-Carin, Mac, Maja och Bengt. Däremot var det inte lika lätt att lista ut vad festligheterna kunde tänkas bestå av. Namnet på festen, alltså bokstäverna "AIM" hade avslöjats vara akronymen för Alla I Mask, men det varje lagmedlem enbart visste, var vad det egna laget skulle klä ut sig till och vilka som ingick i laget. De visste däremot inte vilka mer som skulle komma på festen, inte heller om de andra gästerna skulle vara utklädda och om så var fallet, i så fall till vad? De hade inte lov att prata om festen med någon annan än sina egna lagmedlemmar vilket var en ganska enkel uppgift. De hade så att säga fullt upp bara där eftersom det ingick i förberedelserna att träffas ett par gånger innan festen för att värma upp lagkänslan, välja lagkapten, prata igenom den aktuella outfiten samt snickra ihop en kampsång.

Förutom fem fiskespön skulle också fem korgar ställas i båten. Korgarna innehöll muggar, kaffetermosar och någon sorts kaffehalva eller kaffegök samt en bullängd. Den biten hade Pia-Carin tagit hand om. Vidare skulle ett skissblock och några pennor med ombord samt en telefon och ett pussel. Korgarna, fiskespöna och festfolken skulle köras ut till olika öar, med tillräckligt stort avstånd till varandra att de vare sig skulle se eller höra andra lag. Målet var att få till något av en öde ö-känsla.

Pusslen var färdigriggade, fem till antal även dem, och det hade fallit på Bengts och Majas lott att inhandla dessa. 200 bitar ansågs vara möjliga att lägga samman på rimlig tid till ett färdigt pussel. De hade till och med testat olika storlekar på pussel innan de bestämt sig. På baksidan av varje pussel, hade de skrivit GPS-koordinaterna 59°33'58.8"N

18°37'51.6"E med svart tuschpenna. Inte förrän pusslet var lagt kunde laget vända på det och få fram siffrorna. I samma stund som de listat ut koordinaterna skulle de ringa Mac och berätta det. Då först skulle de bli hämtade från ön, med samma motorbåt som hade kört ut dem. Hur lagen fördelade sina sysslor sinsemellan hade festarrangörerna inte lagt sig i utom på denna enda punkt. De ville veta vilka personer i lagen som skulle lägga pussel för att kunna ge specifika instruktioner i förväg.

Av respektive lags tio medlemmar, skulle fyra av dem ut på öarna. Planen var att två personer skulle lägga pusslet såsom beskrivits, någon annan i laget skulle samtidigt försöka dra upp en fisk. Lagets fisk skulle vägas senare under dagen och ingå i poängsamlandet och den fjärde lagmedlemmen skulle teckna en bild av det omgivande landskapet från ön sett. Teckningen ingick i en separat tävling i land sedan. I och med det, var fyra lagmedlemmar sysselsatta. De övriga sex fick lite andra uppgifter. Två skulle delta i femkamp och fyra skulle ingå i en strutfotbollsmatch. Fyra medlemmar från varje lag, det blev en tjugomanna-match det. Strutarna var förberedda. Helt vanliga A4-papper i något kraftigare papperskvalitet, formade till en strut med ett litet titthål längst fram. Det satt ett gummiband i öppningen baktill så att deltagarna, efter att de satt struten framför ansiktet, kunde dra gummibandet runt bakhuvudet och därigenom få struten att sitta stabilt. Bollen gick sedan knappt att se och matchen inte att följa, utom genom det minimala hålet i struten. Det var Sigge som efter en kompisfest hade berättat för sin mormor om strutfotbollsmatchen vilken Maja återgav för de övriga festarrangörerna som absolut ville ha den aktiviteten med under dagen.

Allt som lagen utförde, gav poäng. Mac kände sig ofattbart nöjd med allt, eller med nästan allt då. Han tyckte verkligen att det var under all kritik att ta med mobiltelefoner ut på en ö. Inte mycket till öde ö-känsla då. Fiskespö så klart och kaffe med kask var väl helt okej, så även ett skissblock och till nöds kanske ett pussel... men en mobiltelefon? Det var som taget ur leken "En ska bort". Mobiltelefoner var ett Satans verk och utomordentligt fånigt. Man pratar med varandra face to face, eller låter bli, så enkelt är det. Den här gången var han emellertid tvungen att foga sig för fåniga nymodigheter.

Mac var nästan hemma och svängde upp från skogen och in på grusgången mot huset när han såg något ligga på stubben framför sig. En gråbrun, skrynklig klump i storleken av ett stort päron, eller kanske mer som en bakpotatis. Han gick fram för att titta på den, satte sig på huk och petade lite på den. Det var märkligt. Var det inte en potatis? Jo, det såg inte bättre ut, men varför i all sin dar låg den där? Den såg ut att ha legat ett tag också och ingenting hade han märkt tidigare. Han måste fråga Pia-Carin om det.

Annonsbladet från ICA låg i den osorterade posthögen på Pia-Carins plats vid matbordet. Hon läste det alltid och det trevliga med det var att det var lokalt. Alla priser och erbjudanden gällde verkligen bara deras egen ICA-butik i Laduvik. Således slapp de ta del av alla centrala erbjudanden och rabatter från Storstockholms alla ICA-Maxi vilka ändå inte gick att dra nytta av. Som extra grädde på moset i deras lokala annonsblad, fanns dessutom alltid en bild föreställande veckans anslagstavla längst bak. Detta var en tjänst för dem som hellre än att stå på plats och läsa, kunde göra det hemmavid. Liksom i lugn och ro. Och de äldre och skröpliga som hade svårt för att komma ut, fick då också en chans att ta del av det som annonserades. Bakgrunden till tjänsten bestod av två delar. Den första var Bengts ovilja att ha en anslagstavla över huvud taget. Han förföljdes fortfarande av minnet av en mycket grisig anslagstavla utanför ICA en tidig morgon för ett antal år sedan. Någon hade hängt upp en fläskfilé på tavlan som vid det laget blivit svårt nerskiten av fågelbajs och rödfärgad av köttsaft. Fåglarna skränade fortfarande runt Bengts huvud när han anlände. Ändå var det mesta köttet redan uppätet, och fåglarna verkade inte ha några som helst tankar på att sluta skvätta dret på tavlan hur mycket Bengt än schasade på dem. Den andra anledningen till att ha anslagen i annonsform, var att *om* det nu måste finnas en anslagstavla på ICA, behövde innehållet på anslagstavlan bara annonseras under begränsad tid. Max en vecka "live". Därefter, och så fort Bengt fotograferat innehållet och lagt ut det i annonsbladet, tömdes hela anslagstavlan. Det anslagna kunde därefter beskådas ytterligare en tid i annonsbladet för den som var intresserad. Kunderna fick ha sin anslagstavla kvar, annonsörerna blev nöjda och Bengt själv fick ordning på torpet. Det var bilden på anslagstavlan som Pia-Carin tittade på nu. I den öppnade sig en hel värld av prylförsäljning och tjänster, förmaningar och varningar. Allt radades upp huller om buller.

Workshop i amerikansk keramikmålning, Yoga med bollar och klossar, träning för mammamagar och möjlighet för ponnyridning fanns för den som var intresserad av något sådant. Det söktes också efter allehanda lokaler, medarbetare till en ny radiokanal samt hund- och barnpassare. Pia-Carin blev genom annonsörerna tipsad om gårdsförsäljning av kött och fisk samt ayurvediska varor och ekologisk gurkmeja. Hon fick också kontaktuppgifter till en körledare och en smyckestillverkare. Slutligen föll hennes ögon på en annons om nose work-klassiker. Ingenstans förklarades vad det kan ha varit för sorts klassiker men Pia-Carins tankar gled osökt in på operationer. Det kunde kanske vara någon typ av plastkirurgi, sådant annonserades kanske under täckmantel och med viss försiktighet. Särskilt i en sån här liten håla. Hennes ögon sökte sig vidare runt och då såg hon vad nose work-klassiker var. Annonsören var en hundkonsult. Pia-Carin skrattade till. Så klart att det var en hundkurs av något slag. En kurs i spårning.

Att läsa annonser roade henne mycket eftersom helt nya världar öppnades i fråga om vad andra människor sysslar med. Hon tänkte; om folk annonserar finns det en marknad. Lagning av iPhones och iPads är exempel på en helt ny marknad som inte gick att hitta för bara några år sedan. Finstilt ganska långt ner på annonsbilden stod det: *Kokt rimmad komule säljes. Ett fettsnålt kött, utmärkt till sallad ihop men vinägrett på olja, vinäger, lök, gurka och kapris. En smaksensation! Hälsningar ICA-Bengt.* Pia-Carin svalde. Vad hade han nu för idéer? Vis av erfarenhet undrade hon genast om detta var något hon borde undersöka eller uppmuntra, alternativt få honom att avstyra.

Det knackade på dörren och Pia-Carin slog ihop annonsbladet innan hon öppnade.
"Örnen har landat", sa Maja och klev in.
"Det är bra det", svarade Pia-Carin.
"Ja alltså, den har inte bara landat, utan är också beredd att slå ut vingarna och flaxa järnet idag. Vi har ju massor att göra", la Maja till för säkerhets skull."
"Skojar du? Hur mycket som helst och det ska bli skitkul!" svarade Pia-Carin. "Då väntar vi bara på Bengt. Mac kommer snart, han är ute vid båten och preparerar inför att forsla våra gäster ut på öarna. Då får vi en liten stund själva först. Mysigt! Kaffe och en macka skulle inte sitta fel va?"

De fyra hade planerat i månader för dagens evenemang så nu var det mest bara checklistan kvar. Att gå igenom den fick bli aktiviteten för morgonen. Maja hade tillgång till Taffel, det vill säga gårdsbutiken på Ruts och Twists gård. Lokalen som tidigare varit hönshus och som renoverats upp för en rad ändamål, bland annat som festlokal. Café, pluggstuga, palzeria samt museum var övriga verksamheter

som hölls i gårdshuset men idag skulle det färdigställas inför kvällens middag. Ingen eller inget skulle kunna störa dem. Maja visste att Twist skulle sammanstråla med Sixten och Tariq hemma hos Wulffs för att ha förvärmning och gemensam frukost där. Han skulle med andra ord inte stå i vägen för Majas framfart. Sixten hade kommit hem från Kanada där han bor och jobbar för tillfället men hans lag var på annan adress. Inte heller Rut var på gården. Hon hade hamnat hemma hos Englunds, alltså Pernillas syster tillsammans med Pernillas dotter Fia och Tobbes son Malte. Sigge var också utflugen. Han och Tobbe var hos Wiströms och förberedde sig.
Mini var givetvis förbjuden att vara hemma, eftersom han bodde alltför nära festens huvudkontor. Han, Waheed och Tor var hemma hos Tobbe och Pernilla för att förbereda sig de med, ihop med resten av sina lagmedlemmar. Man skulle kunna säga att det här var en förmiddag då inte en siffra var rätt eller en bokstav särskilt begriplig. Ingen var där någon skulle, i gengäld kunde man förvänta sig precis vad som helst.

Dagens och kvällens mat och dryck hade de komponerat enligt idéer förknippade med lättlagat och enkelt och alltsammans var inhandlat med stöd av Bengts personalrabatter. Till välkomstdrink hade de planerat ett läskande och ganska svagt bål. Även bålet hade de laborerat ihop och testat smaken på i förväg. Det skedde för ett par helger sedan hemma hos Maja. Trots många försök och smakprovningar hade de inte lyckats särskilt väl att slå ihop ett bål som såg läskande ut. Färgen liknade det vatten som teckningsfröken i skolan genast skulle kommentera som lägligt att byta ut innan färgerna i färglådan skulle smutsas ner av det. Den liknelsen skrattade Maja åt så mycket att hon blev alldeles dubbelvikt. Bengt skrattade han också, fast han visste inte riktigt åt vad. Han tyckte bålet såg läckert ut. Murrigt och spännande. Mac höll med Maja och Pia-Carin

hade fått ont i huvudet och sluddrade något om att Yahoo
nog behövde komma ut på en liten kissrunda. Efter lite
svammel och fniss hade de till slut hittat god balans på både
dosering och färgnyans. Bålet skulle serveras ihop med
snacks och smörgåstårtor som redan var tillredda och bara
att ställa fram. Efter lagens ö-turer och innan fotbollen,
skulle greken stå för pizzor till hela gänget. Bengt hade
huvudansvaret för beställningarna och kontakten med
greken. Han skulle inhandla alla ingredienser även till det
och därmed behövde de bara betala greken för själva
arbetet. Det som var en extra bonus här var att matchen i
strutfotboll skulle hållas precis invid pizzerian och de
räknade med stor publik. Med stor och hungrig publik för
att vara exakt, så greken skulle ha att göra den dagen. Det
var ett som var säkert. Middagen sedan, det var den som
skulle intas på Taffel. Grillspett, bakad potatis, pastasallad
och grönsaker stod på menyn. Som sagt, enkelt och gott och
det mesta var förberett.

"Vilken dag vi kommer att få", sa Maja.
"Helt underbar. Det ska bli så himla kul, och allvarligt talat...
kunde vi haft större tur med vädret?"
"Absolut inte. Det vi behöver komma ihåg nu är att ordna
med mycket vatten. Både på ön, vid fotbollsplanen och
senare på eftermiddagen."
"Bra att du säger", svarade Pia-Carin. "Jag vet att det finns
dunkar med tappkran nere i vår källare. Jag ska be Mac
hämta upp dem."
Precis när hon sa det tog Mac i dörrhandtaget och klev in.
"Hej Maja", sa han.
"Hej!"
"Nu smäller det snart. Vi har bara lite mer än tre timmar på
oss att fixa allt. Var är Bengt?"
"Han är borta hos greken och ställer in de sista inköpen där
men han borde vara här snart", svarade Maja.

"Ok. Du Pia-Carin? Vad är det för något som ligger på stubben i skogen? Det ser ut som en potatis."
"Det *är* potatis. En sötpotatis."
"Okej. Vill du berätta?"
"Det är en installation. Stubbe med sötpotatis har jag döpt den till. Jag köpte fel, skulle ha bakpotatis och så blev det sötpotatis så jag har lagt ut dem lite här och där. Fler frågor?"

Frågor, tänkte Mac. Varför skulle han ha det? Han hade sällan några frågor. Så sent som igår eftermiddag hade hon ställt sig framför honom och frågat om han såg något särskilt på henne. Han hade tittat och tittat som aldrig förr men såg ingenting. Ingen ny frisyr, inga nya smycken, inte heller några nya kläder eller håruppsättningar, nej ingenting. "Jag kom på att det var länge sedan jag viftade med öronen så nu gör jag det", hade hon till slut sagt när han sökt runt med blicken över hela henne i flera minuter.
"Det är bra för då får man ordning på halsen också, och hakorna. Jag viftade ofta förr men en del saker lägger man av med utan att man tänker det, men nu är jag igång igen."
"Fint", hade han svarat. "Jag kan se att öronen rör sig, och halsen också faktiskt."
Mac hade heller inga frågor den sommaren då de helt blivit utan vatten för att Pia-Carin gjort slut på det. Hon hade fått för sig att en tall behövde vattnas. Det var en andes röst som sagt att tallen behövde få lite vatten och då fick den det. Sedan glömde hon att stänga av kranen och hela cisternen tömdes. Så... en sötpotatis på en stubbe är helt i sin ordning. Till och med någonting man kan förvänta sig att finna.

Maja skrattade så hon tjöt när Mac försökte återge Pia-Carins idéer och precis då hördes en resolut knackning på dörren. Det var Bengt som kom. Han var mjölig på tröjärmarna och i håret. Hans glasögon såg dammiga ut och

tröjan var smutsig på magen. Röd av något som säkert var tomatsås och så några andra mer odefinierbara fläckar.
"Hej! Vad har du råkat ut för? Haft morgonjour i ett bageri?"
"Ohh, jag var hos greken nu och levererade det sista." Bengt pustade innan han fortsatte.
"Och han var helt knäckt av både jobb och bekymmer. Hans pappa mår skit där hemma i Grekland och nu hade han jobb över öronen, så vet ni vad han föreslog?" Bengt pratade på både in- och utandningen medan de andra lyssnade. Innan någon av dem hann svara fortsatte han.
"Han frågade om jag kunde tänka mig att hjälpa till några dagar då han behövde ta sig hem för att pyssla om sin gamle far. Så klart jag inte kan, hade jag svarat men på det örat ville han inte lyssna, så panikslagen var han. I stället började han mala på om vilken knipa han hamnat i och att han inte kunde tänka sig någon bättre pizzabagare att fråga än mig. Då sa jag att jag inte var någon pizzabagare men då tog han fram en massa ingredienser. Jag sa att jag inte ens kunde göra degen, men det behövdes tydligen inte för det fanns färdiga degar att bara ta fram och så helt plötsligt stod vi där sida vid sida och bakade pizzor. Och vet ni? Det var så in i vassen kul så nu kan jag ju inte säga nej. Eller kan och kan, kanske jag kan men om jag inte lyckats hittills så..."
"Andas lite nu Bengt", avbröt Maja honom.

"Ja, förlåt. Jag är så full av intryck att jag visst inte kan hejda mig, och se hur jag ser ut nu när vi ska ha fest och allting."
"Du kan låna en ren tröja av mig och resten löser sig. Vill du också ha lite kaffe innan vi börjar gå igenom checklistan för dagen?", sa Mac.
"En fråga bara Bengt", sa Pia-Carin. "Hann ni gå igenom pizzamenyn för dagen?"
"Ja, givetvis! Det var där vi började, så det är helt klart."
"Bra! Medan vi fikar klart, kollar vi av allt då. Mac, har du koll på allt som ska ner i båten plus femkampsdetaljerna?"

"Absolut. Jag ska bara lägga ner pusslen i båten och alla korgar som du gjort i ordning", sa Mac och tittade på Pia-Carin. Hon nickade till svar.

"När det gäller femkampsgrenen att göra upp eld och koka vatten, så finns allt utom tändstickor", skojade Mac eftersom tanken var att lagen *inte* skulle ha tillgång till tändstickor. Tändstål, tidningspapper och träull var det enda som skulle finnas till hands.
"Klädnypor har jag fixat", sa Maja som hade fått på sin lott att ordna den grenen. En deltagare från varje lag skulle tävla i konsten att sätta så många klädnypor som möjligt i ansiktet.
"Plus ja- och nej-leken", la hon till. "Alla frågor är klara."
"Kan du inte ge några exempel på frågor som du valt så vi andra är med på noterna?" föreslog Mac.
"Okej. Alla står på led och får en fråga var, och fort ska det gå. Första frågan: Var Jesus en fisk? Svaret blir ja eftersom man ska svara tvärtom. Har du en näsa? Svaret är nej, och så vidare. Svarar man rätt ställer man sig längst bak i ledet, svarar man fel åker man ut. Den som står ensam kvar har vunnit. Fattar ni?"
"Det blir bra, jättekul! Så hörni, då ska bara bålet toppas med is och så ska smörgåstårtorna ställas fram", sa Pia-Carin.
"Strutarna är klara också", la Maja till. "Alltså till strutfotbollen. "Vad återstår mer?"

Det blev tyst ett tag och sen tog Mac till orda.
"Jag har lite gamla grejer kvar i källaren. Sådant som jag inte orkade flytta över till Twists och Ruts gårdsbutik. Kanske vi kan göra en tävling av det? Lagen får fundera kring värdet av de olika prylarna och försöka prissätta dem. De som ligger närmast i sina värderingar vinner. Vad tror ni?"

"Ja, hinner vi så. Vi måste sätta ut alla reflexer i skogen
också till kvällsleken. Vi kanske kan dela upp oss? Pia-Carin
och jag tar skogen och ni tar källaren?", föreslog Maja.
"Visst sjutton, vi måste samla ihop en massa ficklampor
också och se till att det sitter fräscha batterier i dem",
påminde Pia-Carin.
"Behöver vi inte. Nuförtiden har alla mobiltelefoner och i
dessa sitter världens bästa ficklampa. Jag fullkomligt älskar
den mobil-era vi är i", sa Maja. Mac blängde runt och bet sig
i tungan. Han visste att tiden inte var inne för vare sig
protester eller föreläsningar.

"Men vänta! Har vi koll på Minuten?", undrade Bengt.
"Vi och vi? Det var ju du som skulle hitta på uppgifterna.
Har du missat det?"
"Tydligen. Kan vi inte hitta på några ämnen nu då? Det
behöver bara vara fem ämnen och en äggklocka. Ämnena
skriver vi ner och äggklockan står där", svarade Bengt och
kikade bort mot spisfläkten.
"Första ämnet kan vara: *När jag satte de andra i klistret för att
jag glömde bort att göra min del av uppdraget.* Ingen tvekan, inga
upprepningar och inte lämna ämnet. Varsågoda, en minut."

"Andra ämnet kan vara: *När jag blev ombedd att vara
ställföreträdande pizzabagare under några dagar.* Ingen tvekan,
inga upprepningar och inte lämna ämnet. Varsågoda, en
minut", sa Maja och tittade på Bengt.

"Den minten har du ju redan klarat galant!"
De skrattade åt Bengt som fick en lätt rosa ton på kinderna,
och även han skrattade åt sig själv. En konst han blivit bättre
och bättre på genom åren ihop med de andra. Förr blev han
mest bara arg och vresig när han fick menande kritik. Nu
för tiden kunde han faktiskt skratta åt sina egna tokigheter.
"Kom Bengt så får du en ren tröja innan vi går ner i
källaren. Jag ska visa dig något som jag har där", sa Mac.

100

”Vi går till skogs då”, sa Pia-Carin. ”Vi ska sätta upp bokstäverna på träden. Vi kan väl sätta fast reflexerna med häftstift va?” undrade Maja och det trodde Pia-Carin.

”Den här du”, sa Mac när han och Bengt kommit ner i källaren.
”De här apparaten kom till Sverige från Storbritannien via Norge redan på 1890-talet men användes mest från 20-talet. De monterades upp på butikernas ytterväggar.” Bengt och Mac stod framför en varuautomat från förr, en sån där maskin som levererade något gott om den matades med pengar.
”Ja jädrans du. Det var inte igår man såg en sån här. Först hade man väl biljetter, frimärken och cigarrer i dem, men snart även livsmedel, visst?”
”Absolut. Det var trälådor med elevatorer, där varufack länkade i travar sänktes ned till en lucka efter att man lagt i några tioöringar. Man kunde ta ut en chokladbit, ett äpple eller en dricka. Sortimentet växte och snart fanns ett stort urval av specerier tillgängliga dygnet runt.”
Bengt öppnade luckor och tryckte på knappar. Han var ivrig som ett barn.
”Mina föräldrar som arbetade med mat, eller i alla fall pappa, han berättade att 20-talets träautomater hade sina brister. Med polletter, runda plåtbitar, pinnar och ståltråd kunde man lura automaterna att kostnadsfritt spotta ut sitt innehåll och trots att det kom robustare konstruktioner i plåt med en mer avancerad myntkontroll, stals det friskt från dem. Falskmyntare kunde lägga ner timmar på att tillverka imitationer av enkronor och ingenjörer hade fullt upp att komma på kluriga konstruktioner för att förhindra stölderna”, sa Bengt.
”Jag vet! Men det fanns lösningar för att stoppa tjuveriet. Exempelvis en myntsorterare som gjorde så att små mynt föll ut och för stora fastnade. Mynt med hål fångades av ett finger i maskinen och en liten böjd spiral hindrade mynt

med snöre från att dras upp igen. De var kluriga på att lura
lurendrejarna", skrockade Mac som tog luft och fortsatte att
berätta.

"De lätta mynten lyckades inte trycka ned vågen medan för
tunga tryckte ned den för mycket. Det var helt mekaniskt
och ström hade man bara till belysningen. Senare
konstruktörer som arbetade med reläer, dragmagneter och
lysdioder kunde inte fatta hur en människa kunnat tänka ut
all denna mekanik."

"Alltså Mac, du har banne mej allt. Vad kommer just den
här ifrån?"
"Idéerna kom från olika håll. Paris, Hamburg och Kristiania
vill jag minnas. Den första automatrestaurangen öppnade
1901 i Sverige tror jag. Man stoppade in rätt summa pengar i
myntinkastet och från den långa väggen med varufack kom
det ut enklare rätter. Kall och varm dryck levererades ur
kranar. På andra sidan långväggen fyllde personalen på med
mackor, kotletter och soppor. Under andra halvan av 30-
talet fanns minst 8000 automater med varor till flera
miljoner kronor."
"Jag fattar, men varifrån kommer precis den här. Var har du
fått den ifrån?"
"Jo det var som så att på 40-talet blev självbetjäning en
nymodighet. Snabbköpen var föregångarna till vår tids
närbutiker med ett mindre sortiment av dagligvaror.
Samtidigt förändrades också innehållet i automaterna:
sardiner, ansjovis, kex, kaffepaket, vindruvor och konserver.
Kylvaror som fanns var mjölk, ost, ägg, pastej, mackor och
landgångar och Sveriges största automat sattes upp av ICA-
handlaren Bror Andersson vid Skanstull i Stockholm. Du
vet, där Ringens köpcentrum ligger idag. Det fanns ett stort
sortiment av butiksvaror, cirka en tredjedel kylvaror. Här
erbjöds även fesljummen varmkorv vilken levererades i
tuber. Senap och ketchup fick man i små plastpåsar. När de

tog bort automaten fick jag en chans att ta över den. Jag kände handlaren där."

"De tog bort den? Varför då? Var det inte så att när butikstängningslagen skärptes och öppettider minskade under veckorna, började handlare sätta upp varuautomater? Var det inte också så att de spred sig och att en massa importfirmor bildades... inte tog man väl bort dem?"

"Inte först. 50-talet blev varuautomaternas guldålder då även automater för kylvaror tillverkades. Efter kriget blev det som sagt ytterligare skärpningar av butikstängningslagen så öppettiderna i affärerna förkortades. Det blev startskottet för en snabb utveckling av automathandeln och varor fylldes på igen efter ransoneringens slut. Lite senare här kom chokladautomaterna. Och cigaretter, kondomer, strumpbyxor och dambindor. På sina håll hade det blivit ordningsproblem runt automaterna, exempelvis samlingsplatser för raggare. Jag tror att det var Socialstyrelsen som slog bakut och ville förbjuda all automathandel. Man ansåg att den förde med sig allvarliga sociala och moraliska olägenheter som penningslöseri på onyttigheter, men också stölder. Det var någonstans här som ICA-handlare Bror ville bli av med sin automat. Den var dessutom trasig så det började med att jag skulle laga den. När den sedan var klar, ville han inte ha den längre."

"Det här kommer jag ihåg", sa Bengt och berättade vad han mindes från tiden.

"Handlare protesterade mot automaterna och menade att kundkontakten gick förlorad. De tyckte att man kunde paketera allt möjligt men när det gällde färskvaror, så ville man överlåta åt kunden att välja mellan självexpediering av färdigförpackade varor och inköp genom manuell, personlig försäljning."

Mac berättade vidare att det mot slutet av 60-talet blev kraftiga prishöjningar. Exempelvis steg priset på cigaretter till över tio kronor, vilket skulle leda till att automaternas

växlingssystem behövde göras om. Med en ökad
narkotikaanvändning bland unga ökade också
vandaliseringen eftersom automaterna erbjöd relativt enkla
möjligheter att skaffa pengar. Reparationskostnader och
försäkringspremierna gick upp och när affärstidslagen
avskaffas 1972, kunde butiker ha öppet hur länge de ville.
Jourbutikerna gjorde sitt intåg och handlarna plockade ned
sina automater för gott. Automatproduktionen i Sverige
upphörde därmed.

”Fast automaterna lever kvar”, sa Mac sedan.
”Idag är de robusta och inbrottssäkra. De står fortfarande
på tågperronger och i bussterminaler. Nu kan man betala
med kort eller schwunga pengar”, avslutade han.
”Swisha”, sa Bengt.
”Jajaja, schwissa då.”
”Nej swisha”, envisades Bengt. Det är en slags mobil
betaltjänst. Det enda du behöver är en smartphone och en
app samt ett mobilt bankID, sen kan du betala till andra
som är anslutna.”
”Idioti”, sa Mac. ”Smartphone, app, bankID... du pratar.”
”Vet du vad vi gör?”, sa Bengt.
”Vi sticker bort till ICA och handlar loss en massa godsaker
och sen fyller vi upp automaten med lite av varje i godisväg,
så har vi tilltugget till fikat fixat. Folk får swisha oss och ta
vad de vill ha. En telefon har väl alla med sig en sån här
dag?”
”Handla med telefoner låter inte klokt och inte heller att
lysa med dem i skogen... men har du koll, så kör vi. Vi måste
skynda oss på. Nu är det bara ett fåtal timmar kvar tills alla
kommer.”

De hörde ett skrik bortifrån skogen och det lät som Maja.
Sedan en skrattsalva som släppte all kontroll. Så där som det
bara blir när man ska försöka prata och skratta samtidigt.

”Ajdå”, sa Mac. ”Där var det nog någon som halkade på en potatis.”

Kapitel 5
Om diagnosverktyg och popup-effekter
samt tjut, pip, pling och röda bitar

Dumma Dobby. Dumma, dumma Pernilla. Idag var det den första lediga dagen av flera i en långhelg och vart hamnade hon? Vid datorn hela eftermiddagen med jobbdokument. Och varför då? Jo, för spec.tanter är sedan starten av terminen och ända in mot slutet helt marinerade av tankar på handlingsplaner, extra anpassningar, åtgärdsprogram och särskilt stöd. Extra mycket mot slutet kanske, med tanke på att det kring elever som inte når kunskapskraven måste vara bra ordning på dokumentationen av anpassningar, åtgärder och fortsatt stöd. Ständigt i vilda diskussioner kring olika elevtyper och deras skolsvårigheter, vilken dokumentation som behövs och vad som *måste* finnas samt med vilken ordning saker behöver prioriteras. Minst tusen funderingar kretsar likt planeter i sin bana runt solen, omöjliga att stoppa eller styra. Det svåra är att få till en stabil rutin, och varje fråga eller fundering från en kollega mynnar ut i svävande svar. Varje elevfall är unikt och det ger upphov till många det-beror-på-resonemang. Några papper kommer att bli kluriga att motivera, andra svåra att skriva och en del kanske omöjliga att förstå.

Pernilla och hennes spec.kollegor anar ibland att deras övriga kollegor irriterar sig på dem. Det enda lärarna vill är att få undervisa och så förföljs de i jakten på papper av olika sorter. På grund av all dokumentation tvingas lärarna gå ännu mera på knäna för att göra det de åläggs, och gör de inte det, blir spec.häxorna bekymrade. Fatta, vilket engagemang. Vilket i-världsengagemang, vilka champagneproblem, vilka bekymmer. Men nog så viktiga ändå. I skolans värld behöver alla insatser och tankar dokumenteras, annars ser det ut som om ingenting görs för de elever som inte riktigt går i mål. Ändå vet alla som arbetar i skola att massor görs. Inte minst för elever i behov av särskilt stöd. Ofta är det elever med olika former av neuropsykiatriska funktionsnedsättningar, utredda eller outredda som kommer till korta innan målgång. Måns Lööf, på BUP i Gävle har skrivit en beskrivande text om funktionshindret ADHD. Han kallar den "Bönder och jägare".

Så här är det. Det finns två sorter av människor, och det har det gjort sedan tidernas begynnelse. Det finns bönder och jägare. Bönder kan planera och vänta. De sår och skördar tålmodigt och noggrant. Jägare däremot måste vara på spänn hela tiden, redo att reagera mot faror och snabbt agera. De uppfattar minsta ljud. Nu ska vi ta reda på om DU är en jägare. Det är inget fel på dig, Det är samhället som är anpassat efter bönder och inte efter jägare. Man kan inte sätta en jägare i ett fyrkantigt bås och säga åt dem att sitta still. De är inte gjorda för det!"

Idag ställs höga krav på förmågor att kunna planera, organisera, förutse och vara flexibel. Med neuropsykiatriska funktionsnedsättningar har man svårare att vara uppmärksam, följsam och uthållig. Man är stresskänslig, agerar gärna impulsivt och har svårt att förstå konsekvenser av sitt eget handlande. Dirigenten i hjärnans framlob, den så kallade exekutiva funktionen, tjänstgör inte som hos andra. Med bristande förmåga att överblicka, sortera och prioritera, trasslar det gärna till sig för exempelvis personer med ADHD. Att inte vara lika bra som andra på att hantera krav och reglera affekter, stå ut samt motivera sig, utgör ytterligare exempel på sådant som försvårar möjligheterna att fungera i dagens samhälle. Snarare är det tvärtom, man fungerar inte som andra förväntar sig. Hur mycket svårigheterna märks beror lite på var personen är i livet och vilka krav som ställs utifrån. Under perioder av uppväxten kan missanpassningen vara så utmärkande att det kallas för att inte längre vara åldersadekvat. Ofta under puberteten. Det är då det brukar glunkas om utredning. Ett behov uppstår hos vuxna att reda ut det som inte upplevs vara normalt. I ett läge där det kanske är extra viktigt att vara som alla andra.

Personer med ADHD tar gärna till olika lösningar och strategier i sina försök att behålla kontrollen och öka motivationen. Lösningar som inte alltid är särskilt ändamålsenliga och som kan variera med ålder. Det kan exempelvis handla om att rymma, ljuga, spotta, slå eller skrika, ägna sig åt skadegörelse och hota. Det kan också handla om att gå in i sig själv, avskärma sig, rymma, bygga upp ångest, hamna i självskadebeteende, rus, eller hålla sig frånvarande från skola och arbetsplatser. Det kan olyckligtvis också vara att skylla på andra, problemförskjuta eller att använda sig av trista ordval. Mycket av detta är som sagt ett slags strategiskt beteende. Personal som i sitt dagliga arbete har många individer omkring sig, behöver ofta påminna sig om att de allra flesta gör oftast sitt allra bästa. Utgångspunkten bör vara att människor gör vad de kan och klarar av i varje aktuellt ögonblick. Den som ligger på golvet och ålar runt, kallar andra för elaka saker och vägrar att samarbeta, gör ändå sitt allra bäst just där och då. Det vanligaste förhållningssättet, som också är lättare att ta till eftersom det är inbyggt, är att i sin roll omedvetet låta sig påverkas av ett slags popup-system.

Socialpsykologen Ana P Gantman har kommit med en teori som beskriver vad popup-effekten går ut på. Hon menar att det finns som motorvägar i hjärnan där det sker ett val av vad vi vill se. Hon förklarar att det vi väljer att se i första hand är potentiella faror och tack vare det finurliga systemet har vi överlevt. Exempelvis tolkas grenen i skogen i första

hand som en orm, eftersom det ökar våra
överlevnadschanser.

På samma sätt förhåller vi oss till andra människor, och vi
snappar då upp moralisk information mycket snabbare än
konkret. Vi filtrerar strategiskt bemötande och försöker
bedöma faror, exempelvis vilka människor som kan skada
oss. Dessvärre är filtreringen svårare att göra när det
kommer till människor, vilket leder till att vi *bedömer* hellre
än *förstår*. Vi fäller hellre än friar och vi fjärmar oss från
människor som vi är rädda för. Det är så popup-effekten
funkar. Det är svårt att undvika det moraliska perspektivet
så popup-effekten slår till när ett barn ålar runt och skriker.
Det är lättare att tänka: "du måste... du borde kunna... du
borde fatta... du kan om du bara vill". Problemet är bara att
det inte är sant. Hur mycket en person med
neuropsykiatriska funktionsnedsättningar än *borde*, så går det
kanske inte.

När svårigheter medför problem i förhållande till skola,
arbete och fritid uppfattas det som onormalt. För den som
inte kan leva upp till omgivningens allmänna krav ställs
gärna en diagnos. Ett papper önskas som intygar diagnosen
för att slippa avfärda individen som orkeslös, dum och lat.
Om vi får papper på svårigheter försvinner en del av den
moraliska aspekten. Därför kan man säga att en utredning
och en diagnos gynnar situationen. Lite udda kan vi
konstatera att samhället behöver diagnosen mer än
individen. Vi blir mer motiverade att anpassa, då vi *måste*
anpassa, och kan då "ursäkta" eller förstå det vi vet något
om. Diagnosens största effekt är att den undantrycker den
moraliska popup-effekten.

Pernilla tycker att det är intressant att veta mer om
diagnoser och vilka hinder och möjligheter de medför. Det
hon däremot saknar är bra texter om ADD, undergruppen
till ADHD. Samma problematik som finns i beskrivningen

av ADHD "minus" hyperaktiviteten gäller vid ADD. Medan omgivningen ser en individ med ADHD som överaktiv, jobbig och stressad kan en person med ADD i stället upplevas som lat, oengagerad och initiativlös. Personer med ADD stör inte omgivningen på samma sätt och kan därför lätt glömmas bort. I stället för hyperaktivitet syns ett slags dagdrömmeri, en eventuell brist på engagemang och ork. Oavsett svårigheter handlar det om ifall intresse finns för uppgiften. Både personer med ADHD och ADD kan styra sitt fokus och engagemang, sin arbetsglädje och handlingskraft mot uppgiften om intresse finns. Med andra ord; att kunna styra sina förmågor *förbi* barriären av det där tråkiga styrs selektivt av motivationen. Tyvärr, det är inte ofta som skolrelaterade uppgifter går att göra skitroliga.

Som tur är finns vetskapen idag om att det busiga, dagdrömmande och ofokuserade barnet ändå hittar rätt bana i livet. Detta tack vare sin mognad, men det är också avhängigt av den förståelse som finns och det stödet som ges. Därav alla papper. Papper med information, bakgrundsbeskrivningar, anpassningar, åtgärder, uppföljningar samt idéer om inkluderande och tillgängligt lärande. Men inte bara papper utan även rätt förhållningssätt i bemötandet, där personen med sina svårigheter ska kunna få en känsla av sammanhang och tillhörighet. Få möjlighet att skapa goda relationer och hopp om framtiden. Det ökar chanserna till engagemang hos alla elever och kan därför ses som skolans viktigaste uppdrag. Därför är spec.tanter extra jobbiga.

På tal om diagnoser, tänkte Pernilla och kom att minnas festen. AIM-festen. Det hade varit så vansinnigt kul alltihop. Förmodligen den allra roligaste festen hon någonsin varit på. Pernilla, Siri och Emil hade varit hos Forsbergs som var deras lagkamrater. Tidigt på morgonen hade de setts och gått igenom det de behövde inför dagen och kvällen. Siri

hade utsetts till lagledare och de hade satt ihop en kampsång som de skulle köra medan de paddlade till festen. Paddlade alltså. Forsbergs hade en kanot och i den kunde de alla trycka ner sig och hjälpas åt att paddla och sjunga.
En och två och tre indianer, fyra, fem och sex indianer, sju och åtta och nio indianer, tio små indianer. Alla hade de fjädrar på huvet, alla var de stora och starka. Alla hade de pil och båge, alla gillar de och kramas.... skrålade de på oavbruten repeat samtidigt som de höll takten till paddlandet.

Alla hade satsat hårt på klädseln. Kläder som rakt igenom var dekorerade med fransar och fjädrar. De hade smycken, mockasiner och ansiktsmålningar. Några satsade på peruker och lösflätor. Var och en hade satsat efter bästa förmåga och tillsammans såg de alldeles lysande ut. Laget hade till och med köpt en wigwam som de satte upp när de kom fram till festen.
Väl framme mötte de upp de övriga lagen och det var en lika överraskande som dråplig syn. Rut och hennes lag var sjörövare. De kom härjande med en stor svart döskalleflagga hissad på en lång pinne. Klädda i trekvartsbyxor, skjortor och västar. På huvudena hade de sjörövarhattar med döskallar. Runt halsen och i fickorna hängde det smycken och värdesaker som de rövat. Sjörövarsvärd och pickadoller, snusnäsdukar och sotade ansikten. Deras kampsång var givetvis:
Sjörövar Fabbe farfars far är minsann en sju särdeles karl
kring alla hav han far och far tjohej hade littan lej.
Sjörövaryrket passar bra, det är bara att röva och ta, och det sa,
Fabbe, gillar ja. Tjohej hade littan lej.
Men då, vad står på? Fabbe blev plötsligt blek och grå.
Oj då, vad står på? Oj oj oj oj oj oj oj!
Sjörövar Fabbe farfars far är minsann en sjusärdeles karl
men han är sjösjuk i alla dar, tjohej hade littan lej.

Det gäng som indianerna mötte vid ankomsten och som också hjälpte till att lyfta upp kanoten på land, var tomtarna. Här var Tor lagkapten, det förstod de, eller var han möjligen renskötare och tomtefar? Han gick nämligen runt och sa *ho ho ho, nu hugger vi tag här ho ho ho* till sina lagkamrater. En liten ren hade de delad vårdnad om. Det var alltid någon av dem som hade uppfostringsskola med den. "Men va´fan... stå still nu", hörde Pernilla Tor säga till renen som vägrade stå på egna ben. De fick helt enkelt hitta en stubbe eller en sten att luta den mot. Tomtarna behövde ingen närmare presentation. De var jultomtar och givetvis klädda i rött och vitt, hade skägg, glasögon och varsin säck att kånka på. Några av tomtarna bar på stora magar men ett par ganska smala tomtar fanns det också. En av dem tappade magen i vattnet när han högg tag i kanotens stäv för att dra upp den på land. Den tomten var Mini.

Det var en kyckling som hette Gullefjun, hon skulle ge sig ut på promenad. Och solen lyste och gräset lockade och hela världen var så hjärtans glad. Det fanns ett hål uti hönsgårn's nät. Där genom trippade med lätta fjät Den lilla Gullefjun med mjuka silkesdun och alla hönsen sa ka-ka-ka-ka.
Ett gäng påskärringar sprang runt och sjöng. Gullefjun var den kampsången de hade valt. Där syntes Sixten i täten, men även Twist. Hucklen, fräknar och röda kinder... vilken syn. Var de hade hittat sina klänningar och förkläden visste inte Pernilla, men laget var ett fantastiskt inslag i sammanhanget. Någon hade en kopparkittel, en annan en katt och de alla tjoade runt sittandes på varsin kvast. Tobbe såg hon till en början ingenstans, men så småningom kom även det sista laget på plats. De hördes lång väg när de skrålade och sjöng.
Sida vid sida, tillsammans hjälps dom åt
Staten och kapitalet, dom sitter i samma båt
Fast det är inte dom som ror, som ror så svetten lackar
Och piskan som kittlar, kittlar inte heller

De inte bara hördes, de syntes också, och tog plats. Skinnkläder med nitar, nätstrumpor, kängor och midjejackor i bombermodell. Alla var hårt sminkade med kajal och svart nagellack. Tjejerna i lagen med svarta läppar. Tuppkammar, mohikanfrisyrer eller rakade. Några hade färgat håret grönt, andra rosa. Några inslag av skotskrutigt fanns i klädväg också, eller trasiga jeans. Silverkedjor, tatueringar, säkerhetsnålar, hundhalsband och jeansvästar. Det var ingen hejd i fråga om att hitta formen. De levde sig också in i sina roller med full styrka. Gräsliga i humöret. Kaxiga, otrevliga och uppkäftiga, utan särskilt intresse av någon eller något annat. Tomtarna var de enda som inte trotsades eftersom det stod klart och tydligt deklarerat att julklappar endast delades ut till dem som var snälla.

Pernilla mös när hon tänkte tillbaka på festen och alla deltagarna, på galningar som varit på plats. Hela festen var så välordnad och trevlig. Ja, förutom just den delen som hade med Bengts behov att göra. Att ständigt och jämt vilja trycka till Tobbe, som om han trodde att han skulle lyckas vinna sin dotters hjärta genom det.
Det var efter ö-turen, när punkarnas lag precis kommit tillbaka. Då hade Tobbe tappat precis all coolhet. I stället var han en mycket uppriven och utpumpad punkare. Tobbe och Malte var de i laget som skulle ta sig an pusslandet på ön, och det var inget litet pussel. 500 bitar. De andra medlemmarna i punklaget fiskade och drack kask, tecknade landskap och fikade. Tobbe la pussel som en besatt. Först kanterna och sedan de andra bitarna. Han hatade att lägga

pussel men just idag var han inte Tobbe, utan snarare Sid
Vicious eller Thåström. Okej, de la säkert inte heller pussel
men de gav i alla fall järnet när de behövde. Och där på ön
behövdes det, så mycket hade Tobbe förstått. Utan lagt
pussel, ingen hämtning och således ingen mat.
Hur som helst blev det problem. Dels var det så in i helsike
många bitar och dels var nästan alla bitar röda. Ändå var
Tobbe inte den som gav sig. Var uppgiften att få pusslet
klart, och inte möjligt att vända upp och ned förrän efter
det, så var det bara att gilla läget. Alla lagen visste att det på
baksidan av pusslet stod några koordinater som skulle
telefoneras från ön. Först då skulle de bli hämtade. Malte
tyckte att de skulle ringa tävlingsledningen och säga att
uppgiften inte gick att lösa, men Tobbe vägrade. De skulle
minsann fortsätta ett tag till. Malte gick ändå och ringde och
fick tag på Bengt.

”Ehum, ja det är väl bara att kämpa på”, svarade Bengt.
”Hur länge hade ni suttit sa du, jaha en och en halv timme?
Ja, men ett tag till kan ni få på er. De andra på öarna är inte
heller klara än”, sa Bengt och såg Maja närma sig så han la
på i örat på Malte.
”Vadå inte klara än?”, undrade Maja. ”Det är de ju. De flesta
har ju redan börjat beställa sina pizzor borta hos greken. De
enda som saknas är punkarna, var det de som ringde?”
”Jajaja, men de kan inte ge upp så lätt. Det lät som om de
var nära målgång. De är nog snart klara”, intygade Bengt.
Tobbe och Malte försökte vid ett tillfälle att vända pusslet
innan det var klart för att få ut delar av koordinaterna på
pusslets baksida, men då rasade nästan allt och de fick börja
om från början. Punkaren som fått uppgiften att teckna
omgivande landskap, hade gjort det så länge att bilden inte
bara var fin utan både färglagd och detaljskissad. Tecknaren
hade fått till både vågskum på vattnet och skira lövskrudar
på träden. Han med kaffekasken hade dragit upp fisk och
slängt i sju gånger samt somnat av ruset från kaffegöken

innan Tobbe och Malte ens kommit halvvägs. Pusslet blev inte färdigt och koordinaterna alltjämt oidentifierade. Malte hade gett upp för länge sedan och Tobbe var fly förbannad på alla röda bitar.

"Det ser ut som ICA-loggan", sa den bildmedvetne tecknaren som anslutit sig.

"Tror du? Nu har vi i alla fall suttit här i snart tre timmar och jag orkar inte mer", sa Sid Vicious. Hans hårda svarta kajalstreck runt ögonen hade dragits ut och mattats av på grund av ansträngningarna. Tobbe såg kanske inte så mycket ut som coola Sid längre utan mer som en ledsen clown.

"Äh, jag ringer igen", sa Malte och denna gång var det Maja som svarade.

"Var är ni? Alla andra har både påbörjat och avslutat pizzaätandet. Var det så svårt att få ihop ett par hundra bitar? Vi hämtar er nu", sa hon.

"Ett par hundra? Femhundra bitar snarare."

"Femhundra? Näe, alla andra har lagt tvåhundra. Hur kan det här komma sig?" I samma stund tittade hon upp och såg Bengt stå där och tjuvlyssna. Han låtsades pyssla med någonting annat när hon tittade på honom.

"Bengt, vad har du nu ställt till med?"

"Ehum, inget. Vadå? Oj nu hörde jag att Mac ropade, du Maja kan du vänta ett ögonblick... jag kommer snart."

I stället för att preparera ett tvåhundrabitarspussel som de överenskommit, hade Bengt tagit ett femhundrabitars med ICA-loggan som motiv från sitt kontor. Pusslet hade han sedan lagt i punkarnas korg där han visste att en av pusselläggarna var Tobbe. Alltså, Bengt kunde inte låta bli att förstöra deras fester om han fick chansen. Totalt omedveten om värdet av att skoja lagom, gick han alltid för långt.

Pernilla ryckte till av att telefonen vibrerade och pep till, det var ett SMS som kom.

Jag sticker till stan nu men när jag kommer hem ska jag städa mitt rum. Det ser ut som en bomb har slagit ner. <3

Det var Tor som meddelade sig. En träffsäker men stulen metafor, tänkte Pernilla. Hon hade inte tittat in i hans rum på dagar men det han skrev var säkert alldeles sant. Det brukade se ut som ett bombnedslag där, men det hörde till ytterligheterna att han använde den liknelsen. Inte ens när Pernilla påtalade att det såg ut som en sanitär olägenhet i rummet, att till och med ett bombnedslag skulle ge ett mer välstädat intryck, höll han med henne.

Jaså tycker du? Nä, så farligt är det väl inte? messade hon tillbaka utan att ens gå och titta efter. Hon återgick till sina funderingar.

Just maj är nog den tuffaste månaden på hela läsåret. Det är färre dagar att arbeta på, så varje dag blir som ett exalterat töcken. I samma period dignar mejlboxen och några elever gråter av stress. Kanske även personalen. Många nationella prov utförs och flera specialöverenskommelser skräddas fram för både elever och mellan kollegor. Det handlar i första hand om elever som löper risk att bli utan betyg och särskilda planer måste därför följas. Det handlar också om elever som tror att de inte kan någonting, eller inte kommer att klara fortsättningen och bara därför stressar sig sönder och samman. Och så elever som redan räknat ut att de kommit dit de behöver betygsmässigt och därför lite grann börjat ta sommarlov. Sist men inte minst alla lärare, som i full galopp håller sig sysselsatta med bedömningar och betygssättning. Det här är en sådan period då man absolut behöver undvika personalrummet, eftersom det ofta bara innebär ännu mera jobb.

Så här års kallade Pernilla sig för speciallärarvraket. På sin post kunde hon ibland fixa himla fina stoltegrejer. Lyckats få en elev att ta nya tag och gaska upp sig, hittat ett material som fungerat, upplevt extra fin kontakt med någon som inte

alls velat gå till specen eller bevittnat när en talgdank slagit
ner hos ytterligare någon. Men det var alltid det där mindre
framgångsrika händelserna som följde med hem.

På en arbetsplats med många människor och kanske
specifikt på en skola, lär man sig ständigt nya saker. Den nya
informationen behöver inte komma från en pedagog så
klart, det fanns andra yrkeskategorier på arbetsplatsen.
Skolsköterska, ekonomer, bespisningspersonal, kurator,
skolassistent samt studie- och yrkesvägledare. Ekonomen
Göran var fantastisk på att räkna ut saker hela tiden. Han
mätte insatser i tid och pengar och nyligen fick hon höra av
honom att när man mejl-ledes efterlyser något som
försvunnit på en arbetsplats med cirka åttio anställda kostar
det 200 kronor. Anledningen till det är att så många måste ta
sin tid i anspråk genom att de behöver stanna upp och
fundera. Sånt kostar. Med ett så ända ut i fingerspetsarna,
ekonomiskt tänkesätt hade man det nog aldrig tråkigt.

Plötsligt pep det om Pernillas mobil igen. Det var Tor som
sökte kontakt. Han gjorde ofta så, skickade flera mess på
rad.
Kan jag få vara hemma klockan tio... snälla?
Pernilla läste och undrade i samma ögonblick vad som
skulle hända med det så kallade bombnedslaget i hans rum
då. Hon avvaktade lite med att svara. Då pep det igen om
telefonen.
*...så kan jag va hemma hela dagen i morgon... så kan vi räkna
matte... vi kan jogga också.*
Vad var det vi hade här? Hon funderade. Var det:
A) Gott exempel på förhandling? B) En dimridå? C) En
pollett som trillat ner? D) Något skumt i görningen?
Pernilla trummade iväg ett "okej" som vanligt. Hon gjorde
gärna det med förevändningen att ett ja var bättre än ett nej.
Så att säga hellre fria än fälla.

Ytterligare ett SMS-pip kom. Pernilla hade många gånger
bett Tor att samla ihop allt han ville till ett och samma
tillfälle eftersom Pernilla varje gång ett nytt mess kom, fick
avbryta sina saker. Å andra sidan tyckte hon att det lät lite
slött från hennes sida att inte klara av att ta upp telefonen
mer än en gång.
Kan du swisha 65 kronor? Var texten i displayen på Pernillas
telefon. Detta swishande hit och dit, det gjorde Pernilla mer
argsint än om hon skulle få tre, fyra SMS efter varann. Nu
var det både och... många SMS på rad OCH småpengs-
swish.
Nej, blev svaret. Hålla på och sala pengar så fort man
lämnar tomtgränsen, nej där fick lille Tor springa på oväntat
motstånd. Eller oväntat var det nog i och för sig inte.
*Meh, du ger ju mer pengar till barnen i Afrika än till ditt eget barn,
40 då? Eller 35?*

Upphovet till stress och ett gediget bidrag till pågående i-
landsproblem är SCANDalen, den norska daycruisern.
Pernilla och Tobbe lyckades pricka en av månadens mest
soliga dagar då de i den sjuttongradiga värmen tog bort
båtställning och presenningar och putsade upp båten
ordentligt. Dagen efter hade de fyra visningar och en av
intressenterna slog till. Äntligen! Förra säsongen fick båten
sig en genomsmörjning som hette duga så de visste att de
inte sålde någon gris i säcken. Han som köpte båten var
kunnig inom området "mindre friktionsfritt ägande" och
högst medveten om att reparationer och service följde med
på köpet av en äldre sorts båt. Ändå kändes det surt att
behöva flytta fram överlämningsdatumet två veckor på
grund av nya komplikationer.

De skulle putta i båten en eftermiddag, dagen innan den
skulle byta ägare. De skulle *bara* putta i båten, som det
brukade heta. Att allting jävlades just vid sjösättningen hade
blivit mer regel än undantag. De krokade på båten efter

bilen vid uppställningsplatsen och körde den till rampen.
Där vevade de i båten och fick den på plats vid bryggan.
Det var då fenomenet *bara* förvandlades till något mycket
mer komplicerat. Som så många gånger förr.
Är det någonting som Tobbe blivit i det närmaste manisk på
att kolla, så är det huruvida båtens motorrum är torrt, detta
eftersom det genom åren varit alla möjliga sjöar där.
Sjövatten, glukol, motorolja och nu senast regnvatten. Så
fort båten kommit i vattnet bad Tobbe Pernilla att kolla om
det kommit in något vatten i motorrummet.

"Är det torrt i motorrummet?", skrek Tobbe. Han stod på
bryggan och knöt fast båten medan hon var ombord med
huvudet hängande ner i motorrummet.
"Det beror på vad du menar med torrt", svarade Pernilla.
"Men du fattar väl vad torrt är?"
"Ja så klart, nu är det torrt men snart kommer det att vara
blött. Snart kommer det att finnas en liten sjö här i
motorrummet. Vi kan inte ha båten i vattnet, Tobbe. Den
tål visst inte vatten, tänk om den sjunker?"
"VAAADÅÅÅÅÅ??! Kommer det in vatten eller?"
"Både ja och nej, alltså det droppar. Från en mojäng här på
golvet, droppar det vatten. Dripp, dropp, dripp, dropp. Jag
kan filma."
"Äh vad fan. Vi måste ta upp den igen och undersöka
saken."

Den skandalösa SCANDalen-damen vevades upp och
kördes tillbaka från rampen och vidare till sin
uppställningsplats på land. En blöt fartrand var allt som
återstod av dagens sjösättningsförsök. I den vildaste av alla
fantasier trodde de att det hade räckt med en enda mening:
Jippi, båten är såld! Men så blev det inte riktigt. För tillfället
såg inte läget världsbäst ut. Det droppade och läckte från en
mojäng i botten. Precis när de fått upp båten, ringde
köparen, men Tobbe vågade inte riktigt svara där och då.

Han behövde väl ha lite förberedelsetid så han väntade en
stund innan han ringde tillbaka.
Köparen ville bara veta hur det gick och om han kunde
hämta båten på lördag. Han sa:
"Goddag goddag herr båtsäljare, är min båt färdig?"
"Ack nej", svarade Tobbe.
"Är den inte färdig? Varför det då?"
"Ack jo, det bidde ingen torr båt."
"Jaså, bidde det ingen torr båt? Vad bidde det då?"
"Det bidde en sjö i båten."
"Jaså, bidde det en sjö i båten? När blir den utpumpad då?"
"Nästa lördag."
"Det var bra det, herr säljare. Tack så mycket, herr säljare.
Adjö, adjö, herr säljare", sa köparen och la på luren.

Att göra hål i botten på en båt är ungefär lika korkat som att
spotta snus i motvind, dra en tiger i svansen eller hoppas på
fiskefångst i en golvbrunn. Ändå var det ett hål i botten av
båten, förmodligen för att det suttit ett ekolod där en gång i
tiden. I hålet satt nu i stället en genomförare som hade blivit
dålig och otät. Tobbe ringde givetvis Mac men han hade
inga sådana grejer utan tipsade dem om att besöka
båttillbehörsbutiken. Tobbe köpte lämpliga grejer och
lagade hålet och sedan gjorde de ett nytt försök att sjösätta.
Pernilla visste att för många med båt, var sjösättningen en
dag att se fram emot. Ett magiskt event, ett slags dop. En
ljus och fin stund som markerade starten på en efterlängtad
säsong. Tobbe och Pernilla var helt överens om att den
känslan aldrig riktigt infunnit sig i deras säsongsstarter.
Premiärturen liknade mer en nervös skridskotur på kärnis
än en båttur fylld av längtan och glädje.

SCANDalen sänktes med all tänkbar försiktighet ner i
vattnet igen och denna gång var det mer lyckosamt. Faktiskt
helt utan problem, inget drippelidropp eller andra
överraskningar. De kastade loss och tog en kort tur i viken.

120

Någonstans där, i viken alltså, började ett pipljud tjuta.
Tobbe och Pernilla tittade på varandra.
”Men vad är nu detta?”, undrade Tobbe och ett nytt pip lät.
Snart ytterligare ett... och ett... Till slut hade det pipit så
mycket att de tyckte det var bäst att lägga till vid bryggan
igen.
”Ska vi klocka ljudet?”, föreslog Pernilla. Hon tog fram
mobilen och startade den. Tobbe svarade inte, han var helt
sammanbiten. Efter ett tag sa han:
”Det var så klart inte superkul att ringa till köparen och
säga: Jo du mannen, det är hål i botten på båten, det måste
vi laga innan du kan hämta den”, sa han.
”Fattar”, svarade Pernilla som hade startat tidtagningen.
”En minut”, sa hon när pipljudet tjöt för säkert tionde
gången.
”Å andra sidan är det inte så kul att ringa igen och säga: Jo
du mannen, vi har fixat hålet i botten men nu har vi ett
frekvent återkommande högljutt pipande i stället… typ ett
varje-minut-tjut som ljuder, men man kan ha mysigt ändå
ombord tänker vi. Eller tror vi, och hoppas vi”. Tobbe
tystnade.

Pernilla hade vid det här laget blivit till lika delar uttråkad
som uppgiven. Hon kände inte att hon hade så mycket att
bidra med så hon skrev ett meddelande till Rut.
Now the motorboat is in the plurr. Again alltså. Last time it
drippelidroppade. This time it beeps every two minutes (only). Can be
a "giver" (givare), can also be the sjöpump. The happy part is that the
beeps are soft. The Captain inform the crew that a real alarm is kind
of more frekvent and upprörande. No worries med andra ord. First
he mentioned the impeller (en gummidetalj I think) but that was just to
måla fan på väggen, I presume. Let's baxa the kärring to its
bryggplats and leave her...

De försökte samla sig och prata igenom situationen. Tobbe
hade realistiska funderingar. Han googlade på sin telefon

efter firmor med båttillbehör och rätt kompetens. Han kom fram till att ett nytt samtal med Mac vore på sin plats, eller kanske Maringuiden eller Drev AB. Pernilla kände sig mer kreativ, men hennes funderingar låg farligt nära försäkringsbedrägeri. Släppa på all förtöjning och gå därifrån? Skita i att låsa båten? Tändvätska och tändstickor? Lätta på den nyligen ditsatta bottenpluggen och sänka skiten? Fylla upp båten med cement?

Tobbe ringde några samtal och läste allt han kunde komma över angående signaler ombord. Det som följde sedan var rena röran. Först byte av en tomgångsventil och en oljetrycksgivare, men inte slutade det pipa för det. För att inte fortsätta att byta ut varenda detalj i motorrummet behövdes det ett diagnosverktyg. Sådana växer inte på träd. På ett enda ställe fanns verktyget att hyra och så dags på dagen började det närma sig stängningsdags. Bredsladd dit och bredsladd till båten, och strax därefter bredsladd tillbaka till uthyrningsföretaget. Diagnosverktygets display visade nämligen bara halva siffror så då gällde två saker: Endera vara duktig på att gissa siffror, eller på att låtsas som om läget var under kontroll. Inget av det fungerade. I stället visade det sig att det som funkade bäst var att svära. Jättemånga gånger faktiskt. Vid det här laget släppte Tobbe också ut ett par halvkvävda, andnödsljud. Typ som om han hade pyspunka. Eller höll på att implodera.

Han fick kontakt med mannen som hade hyrt ut verktyget och han svor också lite grann eftersom det var ett mycket dyrt verktyg. Det hade kostat 14 000 att köpa in, och den som hade lånat det sist borde ha sagt till att det inte fungerade. Uthyrarens övertygelser om sakers varande och funktioner kom fullkomligt i skymundan av Tobbes panikslagna slash otröstliga outlook varpå han bakom disken till slut lånade ut sitt privata diagnosverktyg. Mest troligt kostade även det 14 000 kronor i inköp. Tobbe och

Pernilla körde tillbaka till båten. Nu var det verkligen bråttom eftersom alla fel som eventuellt skulle upptäckas behövde ställas till rätta innan helgen då alla reservdelsställen skulle vara stängda. Tobbe hade ingen kalaslust att ringa "Jo du mannen" för tredje gången.

Glädjande! Med diagnosverktygets hjälp klarnade det. Diagnosen fastställde att en vattentrycksgivare behövde bytas ut, vilket den skicklige Tobbe kunde göra nästa dag. Den nye ägaren kom för att hämta SCANDalen och de möttes på båtklubben. Stämningen var god men snudd på nervöst uppsluppen. *Man vet ju aldrig* var en stämning hårt förknippad med båten och Pernilla som kan sin mans känsloregister tyckte att han verkade spänd. Köparen var spänd han med fast av en annan anledning. Det var länge sedan han hade haft en motorbåt och nu skulle han köra ganska lång väg till sin hemmahamn i södra skärgården. Lagom långt bort kändes det som för Pernillas och Tobbes vidkommande.

"Tutelut", sa Tobbe när han demonstrerade tutan. Köparen såg svårt generad ut, men drog på munnen och fick ur sig ett "hehe".
Efter att båten tankats full gav de sig av, SCANDalen-damen och hennes nya ägare.
"Hoppas hon har bättre tålamod med honom än med oss", sa Pernilla till Tobbe där de stod på bryggnocken och vinkade av båten.

Så äntligen kunde de säga meningen som de egentligen hade önskat säga redan för en vecka sedan: *Jippi, båten är såld!* Inte ett ljud hade hörts sedan. Det de kunde känna sig trygga med var att köparen var en båtvan person. Inte någon som trodde att ett båtköp var lika med guld och gröna skogar, såsom de själva trott när de köpte båten. I och med försäljningen var det slut på eran av motorbåtsägande och

därpå följande städdagar. Städningen på båtklubben, som
börjat med en svart sopsäck och slutat med ett glas rött vin.
Tvärtom, alltså att börja med vinet och sluta med huvudet i
en säck, hade varit fullt möjligt men otänkbart. Timmen
som passerade mellan säck och vinglas dessa städdagar,
ägnades åt att plocka skräp och snacka skit. Som tack för
besväret belönades alla deltagare med ett sagolikt
hamburgermål et al. Att ha blivit av med båten betydde
samtidigt att vinglaset ryckts ur handen på dem. Så även
hamburgaren, och det var synd.

Sorgebarnet med Mercruisermotorn var borta och seglingen
lät vänta på sig, det var just en annorlunda vår. De har nog
aldrig kommit igång så sent med seglingen som denna
säsong. Tidigare år hade de varit ute med fyllda segel redan i
slutet av mars eller åtminstone i mitten av april men nu
verkade det inte bli segling förrän mot slutet av månaden.
Hobien hade de visserligen riggat och ställt på plats, men
hoppade av första racet. Det var snö, blåste 14 sekundmeter
och var nollgradigt. En urusel kombination. Våren var så
ofattbart kall. Att vara på vattnet, ihärdigt utsatta för vind,
då gick det bra att hålla sig för skratt. Den första
Viperträningen bjöd på underbara förhållanden. Softa
vindar och åtta till tio grader. Fyra båtar var ute och de
körde bana till halv nio på kvällen. Äntligen var träningen
igång, en serie av 15 träningstillfällen var bokade mellan
april och november.

När dagen blivit till eftermiddag och så småningom kväll,
kom Tobbe hem och de satte sig vid middagsbordet. Gång
på gång stördes de av telefonerna som lät. Mejl annonserade
sin ankomst, SMS pep till och rätt som det var ringde det på
en av telefonerna. På Pernillas mobil var den inkommande
trafiken tätare än normalflödet på en medelstor larmcentral,
men just denna kväll var det Tobbes mobiler som kallade på
uppmärksamhet. Han var nämligen incidentledare under

veckan. Var det någonting den moderna nutidsmänniskan behöver hantera så är det att stänga av ovidkommande yttre stimuli. Och kanske framför allt, att kunna sortera i vad som är ovidkommande eller inte.

Tobbe har tre mobiltelefoner en sådan här vecka. En för familjen, en för jobbet och en incidentledartelefon. I det senare fallet behövde han alltid vara tillgänglig, och ibland dygnet runt om någon server i världen skulle lägga av, eller om en användare skulle få problem med sitt konto. Det var en väldigt viktig telefon, mycket viktigare än jobbtelefonen och långt mycket viktigare än familjetelefonen. Ändå glömdes den både här och där. Hemma om de var borta, på nedervåningen när de sov uppe, Om den var med på utflykter var den ibland utan batteriladdning och några gånger hade det hänt att den inte var vidarekopplad. Pernilla tänkte på heroinisterna runt Sergels Torg. Flera av dem hade tre telefoner de också. En för familjen, en för polarna och en för langarna. I deras fall var prioriteringsordningen exakt densamma. Telefonen med det dryga femtiotalet bästa langarna var viktigast, polarna var nummer två och familjen nummer tre. Skillnaden mellan en heroinist och en incidentledare i Stockholm är stor, bland annat i fråga om hur de hanterar sin allra viktigaste telefon.

"Kan du ringa mig på 0768-numret får jag höra var det ringer", bad Tobbe. "De har stängt av den här telefonen." *De* i det här fallet var telefonoperatören trodde Pernilla. Tobbe hade beställt ett nytt abonnemang till en av telefonerna och sådana skiften gjordes inte enkelt. Under den här perioden behövde Tobbe nästan hantera fyra telefoner eftersom en för tillfället var lite "in between". Han visste kort sagt inte vilken telefon som var vilken och inte heller vilket nummer som gick vart.

"Nu ska det ringa där... nej där!" Tobbe flackade med blicken mellan telefonerna men ingenstans ringde det. "Vad konstigt..."

Ett försök senare ringde det... fast då i Pernillas telefon, men det var ett av de mest inkommande larmen till hennes ordinarie central. Tor behövde veta när maten var klar.

"Men älskling, vi har ätit för länge sedan, var är du? hörde Tobbe Pernilla säga. Samtalet avslutades som så många gånger förr, med att Pernilla fick flamröd hals och ihopdragen mun av den uppgörelse som gjordes. Efter sådana samtal var det ofta tyst en lång stund. Pernilla behövde samla sig och komma på banan igen.

"Var skulle du säga att du har din intelligens?" undrade hon sedan.

"Ja inte är det när det gäller relationer och kommunikation i alla fall", svarade Tobbe.

"Men så illa är det inte, vi har ju hållit ihop länge nu."

"Hm, men det är väl för att du ser mig som ett objekt att träna på", skrattade Tobbe.

"Äh, vi tränar ju båda. Det är så man gör i relationer."

Tobbe hade börjat leta efter grejer på sin telefon. Alltså på incidentledartelefonen.

"Exempelvis i god kommunikation, håller man inte på med telefonen mitt i en konversation eller medan någon annan pratar."

Tobbe la ner telefonen på bordet, sköt den åt sidan och kom på en sak att berätta.

"Vid fikat igår på jobbet var det någon som berättade om en familj som hade två diskmaskiner", sa han.

"En som man ställde smutsig disk i och en som man plockade ren disk ur. Det är smart, man tar bara det man behöver och ställer fram det direkt. Det sparar skåputrymme."

”Men det kan väl knappast funka? Är det så att man alltid måste använda samma uppsättning disk i fråga om glas och typ av tallrikar, så att det kan fungera utan uträkningar? De som har det så måste ju ha en skruv lös.”
”Det var väl att ta i. Varför skulle inte det funka? Klart att det går. Tänk vad skönt det vore. Bara plocka på ett ställe och ställa in på ett annat.”
”Fast här hemma kan vi inte ens synkronisera att alla äter samtidigt. Ska vi dessutom lägga energi på att styra upp vilket porslin som får användas... öppöppöpp... har du inte redan tagit ett glas? Du tänker väl inte ta ett till? Va? ...vin idag? Nej, det går inte. De glasen står inte redo än... och så vidare.”
”Att vi inte får ihop det med middagar är för att alla vill vara individualister och inte kunna rätta sig efter andra.”
”Exakt! Ska vi dessutom tämja individualister till att ta rätt sorts porslin och glas också, då måste man ju starta ett excel-ark för att få överblick... och då menar jag att man måste ha en skruv lös om tid läggs på sånt. Lite Jacques Tati. Har du förresten sett Mon Onkel?”
”Ja det tror jag. Okej, men då är det väl ledarskapet som behöver ses över?”, föreslog Tobbe.
”Visst, och det tar tid att rätta sig efter varandra i en familj. Vägen är lång och krokig och det kan ta år, man måste prioritera och välja rätt områden då.”
”Jag skulle vara glad om vi exempelvis lyckades få ihop samordnade middagar.”
”Genom sig själv lär man känna andra och genom andra lär man känna sig själv. Flocktänk! Så går vägen från egocentrism till gruppsamverkan. Inte via diskmaskiner.”

Efter middagen behövde Tobbe läsa och lösa sina olika telefonpling så han försvann en stund ihop med sina telefoner. Pernilla skulle försöka få igång teven. Varje gång hon behövde få fart på tekniken, påminde situationen henne om när hon var liten och olovligen hade smugit sig in på

pappas kontor. Hon hoppades att hon skulle få operera i
fred utan att bli avbruten, eller fråntagen rätten att
undersöka saker närmare på egen hand. Att få bild på teven
gick bra men att få igång ljudet och välja kanal sen, det var
värre. Det hela började med att hon lyckades slänga några
kanaler i papperskorgen vilket gick förvånansvärt fort, hon
hann inte ens se vilka det var. Hon tryckte på olika knappar
och helt plötsligt hade hon hittat kanalväljaren. Ett tag satt
hon och tittade på teve och googlade samtidigt. En film på
Youtube intresserade henne så hon startade upp den på
mobilen och plötsligt visades den på teven! Hon hörde att
Tobbe började bli klar med sitt och nu skulle han undra vad
hon höll på med. Pernilla försökte stänga av all kontakt
mellan mobilen och teven, inklusive bluetooth men filmen
gick för full hals fortfarande.
"Vad tittar du på? Ska vi inte kolla på nyheterna?", undrade
Tobbe.
"Jo visst", svarade Pernilla och räckte över fjärrkontrollen.
"Det där är fel fjärris", sa Tobbe och sträckte sig efter den
andra. "Den här funkar inte alls."
"Jag vet", ljög Pernilla och kände sig ännu dummare.

De tittade på nyheterna och därefter på vädret.
Meteorologen meddelande att de nästa dag skulle få en
ganska solig dag. Han höll snudd på en överpositiv ton och
fick en tupp i halsen på ordet *ganska*. Då vet man att vädret
blir långt ifrån okej, tänkte Pernilla. Informationen om att
det inför den tionde maj skulle bli snö reklejmades något.
Det skulle inte bli två decimeter, utan endast två centimeter.
Tydligen stor skillnad enligt den halvnervösa meteorologen.
Det kan inte vara kul att stå i mitten av maj och prata om
snö, tacka fan för att det blir tuppar i halsen då.

Morgonen efter hade Tobbe snävt med tid eftersom han
skulle infinna sig på jobbets morgonmöte redan kvart i åtta.
Han som incidentledare var ansvarig för mötets innehåll.

128

”Vad innebär det exakt?” undrade Pernilla.
”Jag samlar in info från olika aktörer efter nattens
händelser.”
”Vad kan det vara för händelser då menar du?”
”Lite allt möjligt som driftsstopp och annat.”
”Så man kan säga att du håller i mötet då?”
”Ja lite så. Jag sammanställer händelser, fördelar arbetet och
rapporterar allvarliga incidenter till ledningen typ.”
”Oj! Är det i det läget som jag skickar mess och ber om
inloggningskoden till Linas matkasse? När du är viktig och
har världen på dina axlar. Bra tajming.”
”Ja kanske det. Det är då vardag och fest liksom smälter
samman”, skojade Tobbe. Pernilla hann precis kommentera
vilken lugn incidentledarvecka det varit så långt. Någonting
hon inte borde ha gjort för sen brakade det fullkomligt lös
vid frukosten.

Incidenttelefonen ringde med ett dovt klingande, en totalt
felinställd signal med tanke på allvaret som snart följde.
Tobbe stod med näsan i kattoaletten och skottade den ren,
så han hörde inte larmet, utan det var Pernilla som fick ge
honom luren.
”Tobias Wanjelin, incidentledare”, svarade Tobbe med
myndig stämma iförd endast kalsonger och en spade med
kattbajs. En stunds hummanden följdes av ett par ”ja” och
några ”nej” innan han avslutade såväl telefonsamtalet som
skottandet.

”Hela intranätet ligger nere. Det är allvarligt”, sa han till
Pernilla medan han krängde på sig skjortan. Tobbe
påbörjade kort därefter ett jobb med att jaga rätt på
kontakter som kunde backa upp problemet. Han fick snabbt
iväg åtta mejl och några SMS.
”Nu får tanterna det hett om öronen”, sa han till Pernilla
som i sin tur svarade att det väl var den som var
incidentledare som borde få det hetast om öronen. Tobbe

förklarade att IT-delen var det han skulle ta hand om medan det här uppkomna läget var något som personalen på driften skulle ta. Som incidentledare ska man tillsätta rätt resurser för att lösa incidenten, med andra ord sätta rotation på folk. Ett svårt arbete vid den här tiden på morgonen när fler än Tobbe står med endera morgonmackan eller tandkrämsskum i mun.

Ytterligare några samtal ringde i tät följd på incidentledartelefonen och Tobbe gjorde allt han kunde för att få tag i folk.
"Va fan, inget fungerar alltså...och nu har systemet legat nere i 30 minuter", sa Tobbe som efter ännu fler försök till kontakt telefonledes inte mötte annat än malande mobilsvar. Pernilla kunde höra den ena telefonsvararrösten efter den andra läcka ut genom glipan mellan Tobbes öra och telefonluren. Själv lämnade han kryptiska och mumlande meddelanden efter pipet, antagligen för att Pernilla inte skulle höra vad som pågick och vilka som var inblandade i incidenten, men han hade kunnat tala både högt och tydligt. Hela Tobbes jobb var så kryptiskt och svårbegripligt för henne att hur mycket han än hade försökt att beskriva det, gick det inte in. Hon förstod vare sig det, eller morgonens pågående drama. Till slut fick Tobbe ändå napp på ett av sina många kontaktförsök och någon svarade.
"Tobias Wanjelin, incidentledare. God morgon", sa han. Pernilla noterade att han hade ställt ner tonläget lite och lät ovanligt myndig på rösten.
"Nätet är nere. Ingen svarar i andra änden. Det är det enda felsymtom vi har och vi måste leta reda på någon som vet vad det är. Jag vet inte vem som håller i just det nätet", fortsatte han. I andra änden lät det på mumlet och tonläget som om någon tänkte och funderade, till och med skruvade på sig lite grann. Personen kanske inte ens hade kommit upp ur sängen.

130

"Vet inte. Det är mest troligt en serverapplikation som bråkar. Någon i servergruppen borde veta. Vem är det egentligen på serversidan som har beredskap? Kan du gräva på ditt håll så kan jag fortsätta gräva vidare här", hörde hon Tobbe säga sedan. Han hade därmed kommit till den delen av jobbet som kallades för att sätta rotation på folk. Den med kattbajs på en spade schasar igång och leder den med knäig pyjamas att leta upp en tredje part. Under tider sitter någon med välstrukna pressveck eller nylagt hår och trummar med fingrarna i väntan på att en datorskärm ska leverera det som begärts. Vem sitter egentligen i skiten här? Förmodligen de som är satta att gräva.

Gräva och gräva, tänkte Pernilla som kom på att hon borde kolla hur långt Tobbe egentligen kom med katt-toan. Samtidigt funderade hon över vilken tur hon hade som slapp väckas av ett sånt meddelande som den stackaren i andra änden precis fått. Hon skulle mest troligt få dåndimpen av den sortens rivstart trodde hon. Hemma i incidentledartrasslet hade de snart passerat frukoststunden i sällskap med telefoner som ringde och SMS som skickades. Även Pernilla hade börjat rycka tag i några jobbgrejer eftersom läget ändå var som det var. Det var väl en sagolik tur att de just den här morgonen inte hade krav på sig att föregå med gott exempel när det gällde mobiler vid frukostbordet. Tor var nämligen hos sin pappa.

Efter frukosten gick Tobbe upp till badrummet för att borsta tänderna och Pernilla gjorde detsamma fast på nedervåningen. Då ringde det på incidentledartelefonen igen. Telefonen låg kvar i köket på samma våningsplan som Pernilla var. Det ringde och det ringde. Var det något Pernilla fattade så var det att hon inte borde svara med tandborsten i mun och absolut inte på någon annans telefon. Och definitivt inte på en incidentledartelefon.

"Vafaaan…", hörde hon Tobbe fräsa från övervåningen och därefter snabba fötter som sprang över golvtiljorna. Han gled fram den sista metern och slirade i kurvan innan han störtade nerför trappan.
"Kan du svara?", hörde hon men det brydde hon sig inte om så klart. Istället tolkade hon orden som en Freudiansk felsägning från någon som vid det här laget hade fått nog av hög puls på morgonen. Ord från ett semi-omedvetet plan, en önskan om att någon annan skulle ta över. En känsla hon för övrigt själv haft på sitt jobb cirka tretusensjuhundra femtiofem gånger.

Telefonsamtalen fortsatte under hela promenaden till bussen och där skildes de åt. Incidentledaren och hans fru.

Kapitel 6
Om muren, diktatorn och dakernas hövding
samt kärleken och den försvunna äggledaren

Det smällde till under bilen när taxin körde över den första
av alla järnstängerna på vägen.
"Welcome to the island", sa Zampelis och log mot sin
kompis på passagerarsidan. Dimitri log tillbaka. Det bullrade
och skakade om bilen när de körde över de nästkommande
stängerna i färisten och Zampelis förblev tyst en stund tills
de helt hade passerat över bron. Syftet med vägbeklädnaden
var att få bilister att sänka farten i passagen eftersom bron
också var uppfällbar.
"Så säger jag till alla när vi kommit så långt. Sen säger jag
inget mer eftersom det knappt går att prata", sa han med
skratt i rösten. Färisten var av gediget slag, så det skramlade
nästan öronbedövande. Under tiden tvingades resenärerna
till en stunds tystnad. I utrymmet mellan uppsluppenhet och
tystnad skapades en snudd på andäktig känsla av
förhoppning och förväntan. Den kom liksom på köpet och
gjorde sitt till att överfarten markerades tydlig. Inte förrän
det högljudda skramlet helt var över gick det att växla några
ord igen. Då hade de lämnat fastlandet bakom sig.

"Gissa vilket skrammel jag mer lämnat bakom mig?" Det
var Dimitri som bröt tystnaden.
"Där jag bor, det är inget stort ställe ska du veta, där är det
några människor som drar igång det ena efter det andra. De
har kul tillsammans. Alldeles i närheten driver jag min
pizzeria. Sedan jag flyttade härifrån har jag i princip bott och
jobbat på samma ställe. Alla känner alla. Eller rättare sagt
alla känner *till* alla, jag vet egentligen inte hur nära alla
verkligen står varandra."
"Det låter fint", sa Zampelis.

”Absolut! Mitt i centrum förra helgen och särskilt runt
pizzerian invaderades vi bokstavligen av tomtar, indianer,
påskkärringar, punkare och sjörövare.”
”Påskkärringar? Punkare?”
”Ja, utklädda så klart, du fattar nog inte förrän du får se. Jag
ska visa lite bilder senare. Alla åt pizza hos mig och så snart
det spred sig i orten vad som stod på kom det bara fler och
fler nyfikna människor.”
”Nyfikna på vad?”
”På vilka de var och vad de skulle göra. Varför de var
utklädda och så. Efter maten, när alla torkat sig om
munnen, spelade de fotboll. Strutfotboll. De sprang
omkring med pappersstrutar framför ansiktena och jagade
en boll. Fortfarande utklädda. Jag ska visa dig det också sen.
Folk skrattade så att de höll på att gå av på mitten. Jag fick
en massa kunder den dagen och strax efter all uppståndelse
stack jag.”
”Inget av det där låter särskilt klokt, men du, tråkigt med
din farsa. Jag gillar honom”, sa Zampelis. Han tänkte inte
dra ner stämningen men ville ändå visa att han brydde sig.
Samtidigt kunde han inte dölja sin oerhörda glädje över att
få återse sin vän.
”Fan fatta, det är ju sexton år sedan vi sågs. Sexton år! Trist
ändå med det som hände. Jag har fattat mer sedan jag blivit
äldre, fått lite referenspunkter och så.”
”Mm, det är som ett mörkt hål långt inne i mig, i och för sig
mindre nu än förr. Ett hål som jag sakta lyckats arbeta bort.
I varenda pizza som jag lagade de första åren bakade jag in
mina bekymmer och all sorg. Det är något där inne som
saknas. Farsan har ju berättat en del så jag vet inte vad jag
faktiskt minns, och vad jag fått berättat för mig. Jag var väl
bara fyra år när jag kom hit”, svarade Dimitri.
Zampelis märkte att han växlade snabbt från sina glada
sverigeminnen till stämningen som nu blivit. Han verkade
inte riktigt vara på humör, han var sig inte riktigt lik. I alla
fall inte så som Zampelis mindes honom.

134

”Var det länge sedan du pratade med din pappa?”
”Ja, tyvärr.”
”Vet han ens om att du bytt namn?”
”Det tror jag inte, fast Decebal finns kvar så klart. Det namnet är också en del av mig.”

Zampelis och Dimitri var båda födda tidigt 80-tal men hade helt olika bakgrund. Medan Zampelis var en stolt grek från landsbygden med stor familj och många vänner, hade Dimitri alltid levt ensam med sin pappa Beniamin. Han och pappan hade kommit till Grekland från Rumänien när Dimitri bara var fyra år, då i något som mer liknade flykt än en semestertripp. Dimitri hade med sin pappas hjälp skonats från många märkliga upplevelser i livet, ett liv som i mångt och mycket handlade om ren och skär överlevnad. Rumäniens styrdes under hans uppväxttid av diktator Nicolae Ceauçescu, en politiker som regerade över landet med järnhand utifrån en Nordkoreansk kommunistisk modell. Det rådde censur, regleringar, ransoneringar och importstopp i ett samhälle där angivare var ett vanligt medborgarinslag.

Ceauçescu formades i unga år av arbete och politik samt av de värderingar han växte upp i. Han gick i lära för att bli skomakare men efter att nazityskland hade ockuperat Polen och Rumänien allierade sig med Tyskland, fängslades han tillsammans med andra kommunister. När han släpptes ut ur fängelset anslöt han sig till kommunisternas ungdomsförbund där han arbetade sig upp till ordförandeposten. Vid trettio års ålder avancerade han till jordbruksminister, senare försvarsminister och 20 år senare blev han statsråd. Det här var i mitten av 60-talet. Ceauçescu byggde upp en slags personkult kring sig och blev populär hos de ledande västmakterna. Rumänien var det första landet i öst som upprättade diplomatiska kontakter med väst. Frikostiga lån, bistånd och politiskt stöd

kom från USA. Richard Nixon besökte till och med landet i
början av 70-talet. Även inrikespolitiskt blev Ceauçescu
inledningsvis populär men populariteten sjönk sedan
livsmedelsbristen blivit ett faktum. Bristen på livsmedel
hade uppstått sedan jordbruksproduktionen sålts utomlands
och importstopp införts. Mat- och elransonering infördes
och medan Ceauçescu själv levde luxuöst och flärdfullt fick
folket svälta. Ceauçescu styrde alltsammans hårdfört och
kontrollerat med hjälp av den fruktade säkerhetspolisen
Securitate.

"Hur har du kunnat lämna allt där hemma?", hörde Dimitri
plötsligt att Zampelis frågade.
"Du som verkligen suttit fast med din restaurang, har du
någon som hjälper dig nu?"
"Ja jo, så klart. Jag har hjälp. Jag behöver nog samla mina
tankar lite innan jag kan uppskatta att vara tillbaka här. Det
har varit mycket den sista tiden."
"Det här är vår ö, är det inte?", sa Zampelis i någon slags
förhoppning att kunna gaska upp sin vän.
"Ja visst", svarade Dimitri men tänkte något helt annat.
Absolut, det hade varit hans ö under en del av uppväxten
och visst, en stor del av hans hjärta fanns kvar på ön men
nu levde han ett helt annat liv, fjärran från allt detta.

I taxins backspegel hängde ett kors och dinglade i ett band
och bredvid korset hade Zampelis satt fast hörsnäckan till
telefonen. Dimitri tänkte på allt som folk hängde upp i
backspeglarna hemma i Sverige. Det var oftast vare sig kors
eller radband, snarare doftgranar och garnbollar. Det, eller
något annat som barnen handarbetat på förskolan. Han
tittade på korset och funderade över vad det betydde för
kompisens del. Var det viktigt för honom eller något man
bara hade? Stod det för trygghet? Var det ett outtalat krav
för att betraktas som en god son, man och broder? En
modegrej eller en beskyddare? Var korset kanske hans

säkerhetsbälte? Dimitri konstaterade att Zampelis körde
utan bälte, så någon slags gudomlig tillsyn behövdes alldeles
säkert.

"Vad staden har växt", sa han sedan och tittade ut genom
fönstret på Zampelis sida. Så här mindes han det inte.
Ganska snart efter bron radade stora segelbåtar upp sig
utefter kajerna. Där det tidigare legat fiskebåtar på rad låg i
stället den ena lyxyachten efter den andra med aktern
parkerad mot kajen. I de belysta och väl inredda
sittbrunnarna satt festklädda människor och drack ur
högfotade glas. Det såg visserligen väldigt mysigt ut och de
störde ingen annan, men det var inte något som egentligen
riktigt hörde dit. Dimitri vred på huvudet och tittade ut
genom fönstret på sin egen sida. Där låg restauranger
varvade med butiker, caféer och barer. Precis så som han
kom ihåg att det såg ut när han lämnade ön för flera år
sedan. Inte en enda gång hade han återvänt. Han tog stor
sats innan han lämnade sin pappa, de få vänner familjen
lyckats skaffa sig och sin närmaste kompis Zampelis.

Anledningarna till att Dimitri lämnade Grekland, var flera.
Han saknade något. Han kände att han inte kunde utvecklas
och bli vuxen där han växte upp. Han hade läst om en teori
som han fann intressant. Något som kom att bli nästan som
ett budskap riktat till honom och det fanns kanske en
mening med att han fastnat för den. Teorin kallas för
symbolisk interaktionism och är en teori som förklarar att
man genom att spegla sig i andra får sin egen självbild. Den
unge Decebal började fundera över om han hade någon att
spegla sig i som tonåring. På sin väg mot att bli vuxen. Den
smärtsamma sanningen var den att han nog inte hade det. I
alla fall ingen som han i sin vilsenhet kunde tolka som en
förebild, som någon att spegla sig i. Han saknade självbild
och han kände sig vilsen, han saknade någon att se upp till.
Det fanns ingrodda förväntningar på honom att gå i sin fars
fotspår och helt ärligt, ville han det? Att inspireras av en

pappa som mer och mer förvandlats till klagomur, gjorde
inte situationen helt enkel. Beniamin var som en vandrande
dystopi och hans tillvaro gick i det stora hela ut på att
fundera kring sådant som saknades, var bristfälligt eller
sjukt. Dimitri kom ihåg hur han fantiserade. Han tänkte att
om han kunde sätta ett klistermärke någonstans på pappan
varje gång han uttryckte sig negativt, skulle pappan ha
tredubbla heltäckta skikt med lappar över hela kroppen.
Han skulle se ut som en mumie, en träffsäker liknelse
eftersom pappan förhöll sig till livet på lika piggt vis som en
döing.

Beniamin uttryckte sällan vad han ville eller tyckte om, i
stället fyllde han rummet med sådant han inte gillade eller
var intresserad av. Han förmedlade sitt missnöje på
raffinerat sätt. I beröm som var menat som beröm lurade
ofta ändå ett negativt ord. "Duktigt värre" eller "det kunde
varit sämre", var två av hans favorituttryck. När något var
riktigt bra, formulerade han meningar som: "inte så pjåkigt"
eller "får se allt vad det här blir". Han hade liksom en
avvaktande ton till det briljanta. Exempel på pappans
glädjefyllda uttryck var: "den var snygg, men det varar nog
inte så länge". Eller så klädde han uttrycket med ironi: "det
var tur att den klarade sig mer än en dag", tanke... jag hade
hoppats på flera dagar. "Vad bra att vi kom ihåg att handla",
tanke... synd att vi glömde.
Beniamin som först hade startat ett café i byn och senare
byggt upp en stor taverna där, orkade knappt ta ut hunden
längre. I stället satt han mest och deltog lite surmulet vid ett
bord i tavernans entré. Varje gång någon gick förbi sa de
"hej" och varje gång tittade han på dem utan att svara. Sånt
drog inte folk till tavernan precis. Hur såg valmöjligheterna
ut för att göra något vettigt av detta, tänkte Decebal. Ville
han verkligen följa i sin fars fotspår? Att endera driva
restaurang eller sköta jordbruk? Nej, Decebal ville inte
något av det.

Ansatsen för att våga lämna allting var enormt stor. Den var så svår och skuldtyngd att han lovade sig själv att sopa igen alla spår och aldrig någonsin komma tillbaka. Han skulle inte utsätta sig för att titta bakåt igen. Det hade han gjort tillräckligt i sina dagar och det ledde sällan till något gott. Han var arton år. Han kunde bestämma själv, ta ansvar själv och skulle se till att inte hamna i händerna på någon annans beslut eller vilja. Vare sig politiskt, ekonomiskt, känslomässigt eller kulturellt. Han skulle vara sig själv. Börja om från noll och ta det som det kom. Ground Zero. Hemligheten med ett lyckligt liv kanske var att inte ha något eller någon att jämföra med? Flytta och börja om, så fick det bli.

Ceauçescu ville ha ett starkt Rumänien med stor folkmängd och på grundval av det bedrevs en hårdför familjepolitik. Ett av många projekt var att riva flera tusen byar och tvångsförflytta befolkningen till nybyggda bostadshus. Man ville flytta landsbygdsbefolkningen in till städerna och göra Rumänien till en industrination. Det kunde kanske uppfattas som en välkommen modernisering men folk rycktes upp ur ett system som fungerade och hamnade i ett nytt liv med hårda arbetsvillkor och fattigdom. De blev fullkomligt vanskötta i diktaturen. Projekt som startats upp slutfördes inte på grund av en dåligt skött ekonomi och människor fick nöja sig med att leva utsatt och fattigt. Barn som hade näringsbrist gavs blodtransfusioner, dessvärre med okontrollerat blod vilket fick till följd att många barn smittades med HIV. Sjuka och missbildade barn gömdes undan och hundratals barn växte upp på institutioner. Preventivmedel förbjöds undantaget kvinnor som redan fött många barn. Abort förbjöds likaså och mitt i allt detta, eller kanske snarare på grund av allt detta föddes Decebal.

”Det blev en turistexplosion här strax efter att du stuckit”, sa Zampelis. ”Fast egentligen har väl folk åkt till Grekland i alla tider men jag tror att en del länder fick ett ekonomiskt uppsving någonstans i mitten av 80-talet och det kändes av".

Zampelis kom själv ihåg vilka förändringar som följde med det och vad det innebar för hans familj, både negativt och positivt. Det positiva var att det gav dem möjlighet till stabil och stark ekonomi. Det negativa var insikten av att det aldrig skulle vara möjligt att få tillbaka det gamla livet. Livet då man hade närheten till varandra, både kroppsligt och själsligt. När de behövde varandra i försörjningen, när samtalen och tiden fanns. Då inga krav på effektivitet, konsumtion och jakt på kunder existerade. Evig jakt i att hänga med, plocka upp trender och att ständigt överträffa andra. Familjen lämnade jordbrukslivet och startade ett litet familjehotell men behöll ändå en stor olivodling som kom att tillverka ortens finaste olivolja. Därtill tillverkade de vin i måttliga mängder, mest för husbehov som de kallade det, även om husbehovet inbegrep hela hotellets konsumtion. Zampelis började jobba som springpojke runt familjens olika engagemang som snart växte till ytterligare ett hotell och hans arbete i familjens rörelser gav god ekonomi och möjlighet till en ny sorts självständighet. Han sadlade om och började köra taxi när han var i tjugoårsåldern och fick tidigt många fasta körningar mellan flygplatsen och hotellen. Därutöver hur många övriga körningar som helst mellan busstationer och hamnar, speciellt när det var högsäsong. Han arbetade varje dag även lördagar och söndagar, från mars till december, året om men det största trycket låg under perioden maj till september.

"Du, förresten. Hur gick det med den där tjejen som du flyttade till, hon den svenska?"
"Jag flyttade inte till någon", svarade Dimitri.
"Jo, kom igen. Hon som jobbade under somrarna i nästa bukt. Hon på restaurangen. Du fullkomligt bodde på stranden för att hålla koll, kommer du inte ihåg?"

"Nej, allvarligt. Jag flyttade inte på grund av något sådant.
Jag ville bara härifrån. Skapa mitt eget, liksom köra min egna
taxi. Fattar du?"
"Va? Och jag som har trott i alla år att du blev helt såld på
henne, att du lämnade oss här för att flytta närmare henne.
Att du först levde loppan men sen kanske hade gift dig,
skaffat barn och..."
"Sluta nu", sa Dimitri och spände ögonen i sin kompis.
"Glöm det, du har helt fel."

Decebal var det namnet Dimitri fick när han föddes och
pappa Beniamin har berättat historien för honom många
gånger. Med en dåres besatthet berättade han om och om
igen för Decebal om hur det hade fungerat i Rumänien. Hur
han träffade Decebals mamma, den ljuvligaste kvinnan på
jorden, och vilka omständigheter som låg bakom deras
separation. Vad det var som gjorde att de lämnade landet
och hur många gränser de passerade innan de slutligen
landade på en trygg plats. Ja, Decebal hade blivit bestulen på
sin mamma och sin uppväxt, ett tomrum i honom som
ingen kunde reparera.

Dimitris mamma var en oerhört vacker ung kvinna. Alla
tittade efter henne, så attraktiv var hon. Lång och graciös
och trots alla bekymmer hon stod inför dagligen och trots
att det enkla livet tärde på henne, tappade hon aldrig stilen.
Rak i ryggen, alltid med ett bestämt mål i sikte. Ändå gjorde
hon sällan något väsen av sig. Hon var lika enkel, diskret
och stilfull till sitt sätt, som hon såg ut. Mjuka, täta, mörka
lockar ramade in hennes ansikte. Hennes mun var absolut
det rödaste en människa kunde ha utan att bära läppstift och
ögonen mandelformade och mörka.

Beniamin hade lagt märke till att hon passerade honom
varenda dag, vid samma tid på Universitetstorget i den mest
centrala delen av Bukarest. Han satt på pass i väntan på att

ransoneringsbutiken skulle öppna och hon gick förbi. Han
satt alltid på samma ställe, alldeles intill statyn som
föreställde Ion Heliade-Radulescu. Heliade ansågs vara en
av de främsta mästarna i rumänsk kultur. Han var essäist,
novellförfattare och tidningsredaktör, även grundare och
förste president för den rumänska akademin. Heliade var
också involverad i kulturpolitiken och startade så
småningom den första privatägda tryckpressen. Beniamin
hade med omsorg valt att sitta vid just den av de fyra
statyerna som fanns på platsen som i en slags tyst protest
mot censur och diktatur. För det fria ordet. Yttrandefriheten
var vid den här tidpunkten starkt begränsad och bara de
som hade statligt tillstånd fick lov att inneha en skrivmaskin.
De som inte accepterade regimen, och motsatte sig att följa
den reglering, ransonering och censur som hade införts, fick
hårda fängelsestraff. Många gånger handlade det om tortyr
och avrättningar. Säkerhetspolisen avlyssnade, förföljde och
kontrollerade medborgarna.
Dagar blev till veckor och till slut hade Beniamin och den
vackra kvinnan börjat få lite ögonkontakt. En morgon
dristade Beniamin sig till att skoja med henne. Han satte sig
vid en annan staty på torget. När hon kom gående kunde
han se att hon reagerade över att han inte syntes till. Hon
började kika runt efter honom och när han vinkade till sig
hennes uppmärksamhet blev hon generad. Hon log till svar.
Efter ytterligare några veckor, hade de börjat hälsa. Det
hände också att de såg skymten av varandra även vid andra
tidpunkter, eftersom de rörde sig runt torget varje dag.
Beniamin arbetade med matransoneringen i en lokal som
tidigare hade varit butik. Han var en av dem som
handplockats för att sköta uppdraget och butiken öppnade
tidigt på morgonen. Bröd, mjölk, smör, kyckling, matolja,
fläsk, nötkött och socker var ransonerade varor. I många fall
även potatis, men mängden mat beskars hårt för varje år.
Tio ägg per månad, femhundra gram kött och en halv limpa
per dag var den ranson som gällde. Kvalitetsvaror

exporterades så det var i princip endast avvisad export som ransonerades. Hög- och mellanvärdigt kött kunde eventuellt köpas på svarta marknaden av dem som hade råd. Andra hade fått vänja sig vid att laga mat på kycklingvingar, klor, köttspäck eller slaktbiprodukter som de rörde runt i lite matolja och benmjöl. Regeringen kallade detta för ett sätt att minska befolkningens fetma.

"Jag har sett pappa Beniamin ibland borta i vår by, men det var många månader sedan nu", sa Zampelis plötsligt.
"Han blev fort gammal sedan han sålde sin taverna. Det var liksom inget som drev honom längre, som fick upp honom på morgonen. I början kom han över till oss, så länge han klarade av att köra sin bil, men det blev längre och längre mellan gångerna. Ibland erbjöd jag mig att hämta honom men han trivdes nog bäst i sin egen by. I Sivota", sa Zampelis.
"Det var väntat. Han har så mycket sorg i sig att när det sista han hade att leva för behövde säljas, alltså tavernan, då gick det fort utför. Var det inte så?"
"Han saknade dig och han var jättestolt. Jag har aldrig sett en stoltare pappa, jag lovar!"

Dimitri skämdes. Han hade varit en egoist som inte tagit ledigt oftare och åkt tillbaka, men samtidigt... hur skulle han kunnat ha gjort det? Nu var han ju tvungen och ändå fixade han det knappt annat än för några få dagar. Han tänkte på att han borde kontakta Bengt det första han gjorde när han kommit fram. Han var kanske inte så glad på honom eftersom han hade stuckit så där hux, flux bara. Nu var det bara en halvtimme kvar att åka innan de var framme och sen skulle han ringa till Sverige. Dimitri tittade upp mot bergen som de snart skulle ta sig upp i och igenom, och så nerför och uppför igen. Bergskam efter bergskam tills de var framme. Hans tankar drog honom tillbaka till sina föräldrars ungdom igen.

Runt torget som var beläget norr om den rumänska gamla staden Lipscani låg flera stora byggnader. Var den granna kvinnan kom ifrån och vart hon gick varje morgon hade Beniamin ingen aning om. En dag tog han mod till sig, reste sig från sin staty och mötte henne med en hälsning. Just den morgonen gick hon uppenbart i sina egna funderingar för hon hade först inte sett honom och när han dök upp så plötsligt framför henne blev hon rädd. Hon hoppade till, skrek lite och började sedan skratta. De båda började skratta. Det var ett alldeles utmärkt sätt att träffas på första gången. Ibland kan ett allvarligt ansikte bli så oerhört vackert när det spricker upp och Dimitris pappa har berättat så många gånger för Dimitri att han aldrig någonsin, i hela sitt liv, varken tidigare eller senare sett en vackrare människa. Det här var deras första riktiga möte och det skulle bli många, många fler.

Beniamin presenterade sig och fick veta kvinnan namn. Sorina hette hon och hon arbetade på ett av alla de barnhem som fanns för föräldralösa, sjuka eller missbildade barn. De flesta institutionerna under Ceausescutiden var fasansfulla, sett ur en växande människas perspektiv. Sett ur vilken människas perspektiv som helst. Det skulle inte ens vara tillåtet att behandla djur på liknande vis. Att kalla barnhemmen för barnförvaring, hur illa det än skulle låtit, hade ändå varit en förskönande beskrivning. Slutförvaring hade passat bättre. Den enda vård de små barnen fick ta del av var vanvård. De flesta barnen fick tillbringa sin tid i sängar som var nedkissade och fulla av både avföring och ohyra. Det förekom misshandel, slagsmål och trakasserier på institutionerna och barnen var traumatiserade och apatiska. De satt och vaggade sina kroppar och dunkade huvudena i väggen eller sängspjälorna, och ingen plåstrade om dem efter skadorna de åsamkat sig. Kroppskontakt var inte att tänka på. Inte heller kramar, lugnande tröst eller några mjuka röster. Inga sånger och ingen lek. De hade inte fått

omsorger på månader och år, med ett undantag, och det var
på Sorinas avdelning. Hon tillät ingen att behandla
småttingarna på hennes avdelning med annat än
omvårdnad. De behövde inte älska barnen, men de skulle
möta dem respektfullt. Barnen själva hade inte valt att
komma till världen, än mindre att bli bortlämnade eller
glömda. Föräldrarna var så fattiga att de inte hade råd att ta
hand om sina barn och de hade många barn. En del så
många som 13, eller kanske 14. Sorina visste att många av
dem som vuxit upp på institution själva ofta hamnar på
gatan i vuxen ålder om de inte tar livet av sig. Så detta med
att ta hand om de små oskyldiga barnen på mänskligt vis,
blev hennes tysta protest mot regimen… för människan.

Så gick det alltså till när Dimitris mamma och pappa
träffades, och just på Universitetstorget. På samma torg där
upploppen i samband med den rumänska revolutionen ägde
rum, då Ceausescu-regimen föll. Fast det var nästan tio år
senare och då var ingen av dem kvar i Rumänien.

Att Sorina ägnade så mycket av sitt liv åt barn och
ungdomar kunde förklaras av att hon själv aldrig skulle
kunna få några barn. När hon var i fjortonårsåldern och
hennes närmaste tjejkompis fick sin första mens förstod
Sorina att det nog snart skulle vara dags även för henne.
Men så blev det inte. Hon blev både femton och sexton år
utan att menstruationen kom igång. Till slut hade hon pratat
med sin mamma om bekymret men mamman sa bara att det
kunde dröja. Det var inget att oroa sig för. Mamman hade
lagt in ett paket med bindor i Sorinas rum så att hon kunde
vara beredd den dagen mensen kom. Men det kom ingen
sådan dag.
När hon var närmare arton år och bindorna fortfarande låg
oöppnade i förpackningen där hemma, beslutade sig
mamman för att ordna en läkarundersökning. Även där
försökte man lugna Sorina. Hon fick återigen höra att det

kunde dröja och att hon inte behövde oroa sig. Läkaren åtog sig ändå att göra några undersökningar och snart visade det sig att Sorina hade amenorré. Anledningen var att en äggstock fattades på höger sida, en medfödd defekt som inget fanns att göra åt. Efter ytterligare undersökningar visade det sig att även vänster äggledare var borta. Med stor sorg och mycket smärta mottog såväl Sorina som hennes mamma beskedet om att Sorina var steril. Utan fungerande äggstockar och äggledare, skulle det inte bli någon mens och inga framtida barn. Så oerhört sorgligt. Det var något år därefter som Sorina sökte jobb på barnhemmet med tanken att om hon nu inte kunde få några egna barn, skulle hon ta hand om de små som redan fanns.

Om allt detta berättade Sorina för Beniamin, precis som hon berättat för andra unga män som hon träffat. Hon ville väl lägga korten på bordet direkt och inte slösa någons tid. De allra flesta hade efter denna korta redogörelsen kring hennes könsdelar och genitalier tackat för sig och aldrig mer visat sig igen. Men så gjorde inte Beniamin, nej aldrig. Han hade sedan första mötet med hennes vackra leende på Universitetstorget varit förälskad i henne och ingenting kunde ändra på det. Det var Sorina han blivit kär i och barn fanns i överflöd att ta hand om när den dagen skulle komma. Och den dagen kom.

Sorina fick feber och orkade knappt kliva ur sängen på morgonen. Hon rörde sig som en zombie och hade ingen som helst matlust. Dagarna därpå var hon blek och sedan trött i veckor, hon hade inte ork för någonting. Febern gick över men i stället började hon kräkas som en besatt. Från morgon till kväll i två veckor. Plötsligt passade inte hennes kläder lika bra längre eftersom höfterna och brösten blivit större. Hon hade så klart inte en tanke på att hon kunde vara gravid, så när hennes läkare gav henne beskedet skrattade hon bara åt honom. Sorina berättade att det var en fullkomlig omöjlighet och förklarade givetvis också varför, men läkaren framhärdade envist och viftade med graviditetstestet framför henne. Jodå, om mindre än ett halvår skulle hon bli mamma. Så alldeles underbart givetvis men det tog tid att smälta. Var de verkligen beredda på att bli föräldrar? Redan om ett halvår? Och så klart att de var! Sorina och Beniamin var det lyckligaste paret på jorden.

Decebal fick han heta. Decebal som i historien varit dakernas hövding och som slagits mot den romerska kejsaren Trajanus. Den som införlivade dakerna i romarriket under namnet Dacia. Tack vare hans hjältedåd uppstod en unik dako-romans, en kulturblandning som var ursprunget till dagens rumäner. Att föda dakernas hövding var däremot ingen enkel match. Förlossningen var svårt komplicerad och Sorina förlorade mängder av blod, så mycket att Beniamin ett tag trodde att han skulle mista henne. Hon fick två omgångar med blodtransfusioner och i samtal med läkaren vid utskrivningen fick de tydligt förstå vikten av att skydda sig mot framtida graviditeter. Sorina skulle inte överleva en graviditet till.

Den lilla familjen hämtade sig så småningom från chocken och de levde i något slags euforiskt rus under Decebals första levnadsår. När han hade blivit tre månader fick de hjälp av Sorinas mamma med barnpassningen så att de kunde arbeta vidare. Beniamin i ransoneringsbutiken och Sorina på barnhemmet. De jobbade hårt och hade långa arbetsdagar vilket tärde på dem. Särskilt Sorina såg blekare och magrare ut för varje månad som gick. Hon saknade också lille Decebal och kände sig nästan nedbruten av sorg över att behöva skiljas från honom på dagarna. Varje dag och i långa perioder.

Oroligheterna fortsatte i Rumänien. Nya idéer föddes. En av dessa, var att riva 50 000 bostäder i Bukarest för att bereda

plats för ett nytt stadscentrum. Förebilden fanns i
Nordkoreas huvudstad. Ett flärdfullt presidentpalats
planerades också. Samtidigt snålades det för befolkningen.
Bensinransoneringar inleddes, förbud mot bilkörning vissa
dagar och planerade strömavbrott ett par timmar per dag.
Gas och värme stängdes periodvis av och televisionen
minskades till en enda kanal. Det mesta som sändes var
propaganda. Så småningom kom också ett dekret med
beslut om att allmänna platser inte fick hålla mer än sexton
graders inomhustemperatur. Sorina kom hem från
barnhemmet varje dag så genomfrusen att hon aldrig riktigt
tinade upp. En kväll när hon kom hem var hon frusnare än
vanligt men samtidigt varm som en kamin. Hon hade dragit
på sig en infektion med feber som följd. Febern höll i sig i
flera dagar men hon jobbade ändå. Till slut, efter mer än en
vecka med hög feber bad mamman henne att kontakta en
läkare. Mamman påminde henne om att det inte var första
gången sedan hon hade börjat arbeta igen som hon blivit
sjuk. De senaste två åren hade hon haft alltför mycket
infektioner och så här kunde de inte ha det. Sorina blev
magrare och magrare, ständigt utan ork och matlust.
Dessutom hade hon muskelvärk och svullna lymfkörtlar.
Hon bokade därför en läkartid som låg två dagar fram i
tiden. De två dagarna bestämde hon sig för att vara hemma
med sin mamma och lille Decebal som vid det laget hade
blivit tre år. Samma dag som hon skulle till läkaren såg hon
att de besynnerliga fläckarna på huden som hon hade haft
sedan länge, nu blivit fler och inte ville läka.
"Tänk om jag har fått skabb?" sa hon till sin mamma. "Eller
löss? Det vore väl inte så konstigt med tanke på allt som
barnhemsbarnen kommer med."
Läkaren tog emot Sorina och kikade på henne över
glasögonkanten. Hon berättade om sina besvär och visade
fläckarna på huden. Läkaren ställde frågor och undrade var
hon jobbade. Han läste hennes sjukhusjournal och noterade
att hon fått blodtransfusioner i samband med Decebals

födelse. I samma stund som han läste det, drog han på sig
latexhandskar och såg allvarlig ut.
"Vi ska ta några blodprover på dig och innan vi har fått svar
på dem behöver vi ha dig kvar här. Det kommer att ta några
dagar."

Decebal blev hemma med enbart mormor igen men
Beniamin kunde komma hem lite tidigare eftersom nya
beslut från regimen inte tillät affärer att vara öppna efter
halv sex på kvällen. Många handlare startade därför en
svarthandel, så även Beniamin. På nätterna tog han hem
varor och dessa sålde han sedan hemifrån. En nödvändig
åtgärd nu när han hade sin hustru på sjukhus, samt en son
och en svärmor att försörja. Det fanns en risk, det var han
medveten om, att bestraffas med upp till tio års fängelse om
hans svarta affärer blev kända. Men situationen var pressad
så han hade inget val, utan tog risken.
Sorina hade blivit kvar på sjukhuset i ett allt svagare
tillstånd. Det verkade nästan som om hon kommit in i
grevens tid. Decebal och Beniamin var där varje dag och
tittade till henne.

På Sorinas fjärde sjukhusdag, precis efter att Beniamin
stängt butiken på torget, mötte Sorinas mamma och
Decebal honom för att göra dagens besök på sjukhuset
tillsammans. Läkaren tog emot dem i dörren men i stället
för att leda dem till Sorinas rum, bad han dem komma med
till hans kontor. Sorinas mamma kände allvaret, så hon drog
lille Decebal närmare sig.
Så fort de stängt dörren bakom sig, berättade läkaren att
Sorina var allvarligt sjuk. Han berättade också att han hade
misstänkt från början vad det kunde tänkas handla om. Med
hennes jobb och alla sjuka barnen där... Att hon ådragit sig
lunginflammation, att det ihop men febern tvingat honom
att behålla henne där. Att blodproverna gett honom de svar
han inte önskade och att hon nu låg i isolerat rum. Han

avrådde dem bestämt från att gå dit in men sa att de kunde
titta in genom fönstret till rummet. Sorina hade fått den
mycket smittsamma och livsfarliga immunbristsjukdomen
AIDS. Med stor sannolikhet hade hon smittats för tre år
sedan då hon fick blod efter förlossningen. På mycket kort
tid hade sjukdomsförloppet gått från etapp tre till etapp
fyra. I de båda sista etapperna ger sig flera opportunistiska
infektioner på kroppen och i det läget orkar kroppen till slut
inte kämpa emot sjukdomen. Andningsorganen urholkas
och mag-tarmkanalen invaderas av de bakterier som
normalt är ofarliga. Hela kroppen ger upp. Det var i det
kritiska läget Sorina befann sig nu och ingen återvändo
fanns. Hon kämpade med den ena lunginflammationen efter
den andra, och just nu var hon medvetslös. Läkaren hade
försökt kontakta familjen under dagen men det verkade som
om telefonerna varit avstängda. Detta var i sig inget
förvånande, tänkte Beniamin.

”Vad tystlåten du är”, sa Zampelis.
”A jag tänker. Jag tänker på pappa och mamma och det som
pappa berättat för mig om livet i Rumänien. Själv minns jag
så klart inget från den här tiden men jag lider med pappa.
Det gnager i mig.”
”Är det så att saker rivs upp nu när du är tillbaka?”
”Tror inte det, men det känns ändå sårbart på något sätt. Jag
är nog nervös också plus att jag som sagt har kastats mellan
festligheterna hemma och resan hit. Pressen hänger över
mig nu att göra rätt, att få till ett bra möte med pappa. Jag
har varit för bortskämd med att bara tänka på mitt kanske.”
”Jag hoppas ni får ett bra första möte tillsammans och att ni
hinner prata mycket. Han är säkert nervös han också men
betydligt piggare nu om man jämför med när han precis
blivit inlagd. När han får träffa dig igen blir han säkert som
ung på nytt.”
”Mm kanske, vi får väl hoppas att du har rätt.”

Decebal var i det stora hela förskonad från tråkigheterna i Rumänien. Detta eftersom han var så liten att upplevelserna hade förträngts och försvunnit. Dessutom hade han aldrig behövt känna annat än trygghet i sin familj. De goda vuxna hade skyddat och tagit väl hand om honom. Pappa Beniamin berättade att det inte hade tagit lång tid sedan de kommit till Grekland, innan de etablerade sig på nytt. Beniamin hade gjort allt för att ordna ett så bra liv som möjligt utan Sorina. Han ville inte att någonting skulle fattas Decebal. För Beniamins egen del var upplevelsen att allt fattades i det läget som blivit. Han saknade sin älskade Sorina. Han saknade mamman till sin son. Han saknade hennes omsorger och ljus. Hennes närvaro och tankar, hennes doft och levnadsglädje. Sitt eget hopp om sin framtid.

Decebal växte upp utan bekymmer, eller i vart fall utan fler bekymmer än andra barn och tonåringar normalt sett hade men han märkte på pappan att någonting saknades honom. Vad, gick inte att ta på men någonting var det. Som ungdom sedan började han känna irritation över att ha en pappa som så ofta syntes ledsen och med svag passion för självaste livet. Ständigt med en mun som ett streck och en panna i bekymrade veck. På grund av detta var Decebal hemma allt mindre och ägnade en betydande del av sin tid ihop med Zampelis och hans härliga familj. Det här märkte hans pappa. Han kunde förstå varför det blivit så och vad det kunde tänkas handla om.

En kväll bad Beniamin Decebal att stanna hemma för att de behövde prata lite. Beniamin ville berätta om Sorina. Han berättade om hur de hade träffats på Universitetstorget, och om deras kärlek. Om Sorinas leende som fört honom in i en alldeles galen förälskelse och ett sådant vackert liv att han aldrig kunnat sluta älska henne. Han berättade om Sorinas hårda arbete för barn och unga, många gånger mot regimens idéer om institutionaliserings normer. Han berättade hur hon brann för att göra ett hundraprocentigt arbete för barnens bästa. Beniamin var osäker på om han skulle berätta om Sorinas sterilitet, men gjorde det. Om den oerhörda glädje som fyllde dem båda när det visade sig att de mot alla odds och möjligheter väntade barn. Det var som den finaste gåvan, en skänk från ovan och en skatt från himlen. Decebal var deras kärleksbarn som de tacksamt tagit emot och gjorde allt för. Det vill säga allt som var möjligt i en hård diktatur som krävde mycket av dem som föräldrar där arbetstryggheten var oreglerad och omsorgsmöjligheter begränsade. Också allt som var möjligt med tanke på den sjukdomen som sedan tog alla resurser i anspråk, den som tog Decebals mamma ifrån honom. Den som tog barnhemsbarnens ängel ifrån dem. Beniamin berättade om sitt eget arbete, och vad det innebar i form av arbete sju dagar i veckan i ransoneringsbutiken på torget. Han berättade även om de svarta affärerna hemifrån på kvällarna och allt nattspring som var förutsättningen för att dessa kvällsaktiviteter skulle fungera. Som ensamstående pappa behövde han arbeta jämt. Sova, det kunde han göra i sin ålderdom sen. Och just det, menade pappan, var det han satt i nu. Sin ålderdom. I ett land han inte tillhörde. I en stad som inte var hans. Med en son som aldrig var hemma. Med ett jobb han inte valt och med en kärlek han inte fick behålla.

Här någonstans förstod Decebal kanske ändå sin pappa. För att visa respekt och tacksamhet och kanske i ett försök att börja titta över sin egen horisont, började han läsa om Ceauçescu-tiden i Rumänien. Till ursprunget var han ändå rumän även om han efter en uppväxt i Grekland, trots allt kände sig svensk. Rumänien var en del av hans bakgrund vad han än kände för det. Rumänien var den plats där hans släktingar låg begravda, och där hans mamma lämnats kvar. Genom att ta reda på mer, kanske han visade att han brydde sig lite i alla fall.

Decebal läste om Berlinmurens fall i november 1989 och hur demonstrationer som startade i Bukarest en månad senare ledde till Ceauçescus fall. Rumänien var bara ett av alla de länder vars revolterande befolkning gick emot sin regering. Vid den tiden hade Beniamin redan lämnat landet. Hans nattliga räder för att få ihop varor, tillsammans med de upptrappade svartaffärerna blev alltmer riskfyllda och det började ryktas om att det fanns angivare som försökte sätta dit honom. Rykten av den karaktären var viktiga att ta på allvar och det fanns ingen tid till att utreda sanningshalten i dem. Beniamin visste att höga fängelsestraff väntade om de nosade rätt på honom och angivare fanns det gott om. Han tog beslutet att packa ihop sina egna och sonens viktigaste ägodelar och flydde sedan hals över huvud. Vart visste han inte först, det viktigaste var att komma ifrån Rumänien och gärna längre bort än till grannlandet Bulgarien. Därför siktade han mot Grekland. I Bulgarien under samma tid, var det också oroligt med militära insatser på marken, i vattnet och i luften men Beniamin hade tur. Precis då låg stort fokus på att krossa den turkiska minoriteten i Bulgarien så på mirakulös väg och med rätt kontakter, lyckades de ta sig genom landet och hela vägen till Grekland.

Några år senare i Rumänien rasade allt som ett korthus. Omvälvningarna var betydligt blodigare där än i någon annan öststat. Det gavs order om att beskjuta obeväpnade demonstranter som protesterade mot regimens minoritetspolitik. Många demonstranter miste livet i protesterna. Ceauçescu reste till Iran där han instruerade sina underordnade att krossa allt motstånd och därefter gjorde han ett teve-framträdande i syfte att samla stöd för det socialistiska styret. Trots det fortsatte missnöjet att gro och när Ceauçescu höll ett massmöte med folket vid centralkommitténs byggnad blev han utbuad. Folkmassan ropade antikommunistiska slagord och besköts av militären. Folket anstiftade mer våld och fler stormningar i syfte att

avsätta Ceauçescu. Han tvingades fly från
regeringsbyggnaden i helikopter, någon annan väg gick inte
att komma fram om han ville undgå den argsinta
folkmassan. En nödregering av Ceauçescu fientliga
kommunister tillsattes, och presidentparet fängslades. De
anklagades för bland annat folkmord och korruption och
dömdes till döden genom arkebusering den 25 december
1989. Så sent som sommaren 2010 grävdes kvarlevorna upp
för att med hjälp av DNA säkerställa att det verkligen var
Nicolae och Elena Ceauçescu som begravits.
Dimitri kom ihåg att han tyckte att mycket av det som han
hade läst verkade så främmande. Tillsammans med pappans
berättelser kunde det ändå ge en ledtråd till varför Beniamin
inte kändes så mycket grek som Dimitri önskade. Och det
var under den här tiden han kom i kontakt med teorin som
förklarade vikten av att ha någon att spegla sig i. Det var
också då han bestämde sig för att flytta till en plats där han
var välkommen och trivdes. Då han också bytte namn från
Decebal till Dimitri.

Taxin kom fram till huvudgatan i den lilla fiskebyn Sivota.
Gatan slingrade sig utmed kajen och även här, liksom i de
hamnstäder de passerat utmed vägen från flygplatsen, låg
lyxyachter parkerade på rad. Precis framför Beniamins
bostad stannade Zampelis sin taxi och stängde av motorn.
Han gav Dimitri nyckeln till lägenheten som han lånat av
Beniamin och de sa hej då till varandra. Zampelis lovade att
köra Dimitri till sjukhuset nästa dag.
Dimitri tryckte in nyckeln i låset men klev inte in. I stället
satte han sig utanför i mörkret och njöt av kvällsvärmen och
dofterna från de restauranger som alltjämt lagade mat åt
sina gäster. Det var ett sorlande och tjoande en bit bort.
Svårt att avgöra om ljuden kom från en av båtarna eller från
någon av restaurangerna längre bort. Dimitri tittade på
klockan. Den var strax före midnatt men han trodde att det
var okej att ringa Bengt. Han behövde höra hur allting gick

med tanke på hur snabbt han hade dragit på morgonen. Efter fyra signaler la han på. Klart som fasen att karl sov, han var nog helt slut. Dimitri skulle göra ett nytt försök nästa dag.

Kapitel 7
Om bandanan i kundvagnen och grävlingen i frysen
samt degrullarna och familjesjälen

Hela kylen var full av bruna kartonger och i varje kartong
låg tjugofyra pizzadegar rullade runt varsitt smörpapper.
Bengt var på plats och denna morgon, likväl som varje dag,
tog han fram degrullarna ur kartongen och la ut dem i
värmen. Han lät dem vila några minuter i rumstemperatur
och därefter bearbetade han dem smidiga. Med ett stadigt
grepp om kaveln och med hela kroppstyngden lutad över,
kavlade han ut degen framför sig på bordet. Minst ett
tjugotal likadana rullar låg i väntan på att möta liknande
behandling.

Bengt funderade. Hur fan hade det blivit som det blivit
egentligen? En sak visste han, och det var att för 50 år
sedan, kanske inte ens för 20 år sedan hade han tippat på att
han skulle stå där han stod idag. Han funderade en vända
till. Nej faktiskt inte ens för ett år sedan, eller ens i förra
månaden, hade han en rund aning om att han skulle hamna
här. Som pizzabagare. Nej aldrig på tiden. Mycket tänkte
han om sin framtid men där gick ändå gränsen. Det här var
verkligen det dummaste i universum. Och ändå stod han nu,
just som pizzabagare, och kavlade.

Många gånger förr hade saker och ting blivit motsatt det
man trott eller hoppats. Mer än en gång hade det hänt som
inte kunde hända och utvecklingen hade rakt inte gått att
förutspå alla gånger. Tänk att man så sent som 1994 skojade
om att det i framtiden skulle gå att ta bilder med sin
mobiltelefon och sedan skicka iväg dem. Ett skämt som i
allra högsta grad slog igenom. Och Steve Ballmer, VD för
Microsoft, som tvivlade starkt på att iPhone alls skulle

lyckas få någon betydande marknadsandel. Det var 2007. Bengt kavlade och log. Han kom på fler roliga historier. Thomas Watson, styrelseordförande i IBM, trodde någon gång på 40-talet att det fanns en världsmarknad för maximalt fem datorer. Bara några år efter det hade man inte kommit längre för då skrevs det i tidskriften Popular Mechanics att datorer i framtiden kunde komma att ha kring tusen rör och väga ett och ett halvt ton. Det man jämförde med då var den mest kraftfulla datorn som var utrustad med artontusen elektronrör och vägde trettio ton. Ken Olsen som var VD för datorföretaget Digital Equipment, sa att det inte fanns några skäl till att någon skulle vilja ha en dator hemma. Året var då 1977. Bengt visste inte på vilket ben han skulle stå i frågan. Gillade han teknikens framfart eller inte. Sympatiserade han med Mac eller inte här, och vad visste man egentligen om framtiden?

Det Bengt däremot visste, var att sedan den dagen han hamnat vid bakbordet i pizzerian, hade en slags känsla omslutit honom. Känslan av att vara betraktad. Varje moment han påbörjade eller avslutade och varje sak han utförde, styrde han med absolut noggrannhet. Han uppfattade det nästan som om en jury granskade honom. Efter varje deg han hade kavlat och varje matvara han hackat eller skivat, fantiserade han om att en poängspade värderade hans arbetsinsats. Det ven till i luften och håret reste sig, sen kom utlåtandet. Så klart var det bara inbillning, men en sak var säker. Någon följde honom med blicken. Efter de första pizzorna viskade det: "en poäng, one point, un point alternativt två poäng, two points, deux points" i hans öron. Efter några dagar hörde han "fyra poäng, four points, quatre points" och så här dags hade han börjat närma sig de högre poängen. Så kändes det i alla fall. Att han fick de här vibbarna var inte så konstigt med tanke på att han hade hamnat i en situation som han inte riktigt behärskade. Sådana situationer kunde sluta precis hur som helst, det var ett som var säkert. Dagarna passerade och funderingarna likaså. Känslan av att vara betraktad. Till slut hade han avfärdat det hela med att det antingen var Jante eller möjligtvis Hybris som höll koll på honom nu när han äntligen hade fått lite snits på pizzaruljansen. Världen var full av missunnsamma typer, inget konstigt med det.

Bengt hackade champinjoner, skinka, lök, paprika, korv, sparris och purjolök. Han lättade på locken till tomatsåsen, oliverna, majsen, ananasen och peston. Rev ost och skivade avokado. Som en maskin for Bengt fram mellan kylskåpen och svalen, skärbrädan och bunkarna. Han plockade fram påsar med soltorkade tomater och pinjenötter. Medan han hackade och skar upp grönsaker och annat, fick han gott om tid över till att grubbla och fundera. Festen, den var ju en lyckad föreställning. Det var så kul att se alla när de kommit på plats. Sjörövare, tomtar och påskkärringar. Vilken skön mix av yrkesgrupper, några som tar och några som ger plus sådana som sticker. Bengt skrattade för sig själv.

Och så punkare och indianer… två kategorier som historiskt sett gått från högkultur till näst intill utrotning. Fantastiskt. Ett gäng minoritetsgrupper på fest. De hade druckit bål och ätit smörgåstårta och som första uppvärmning fick de i uppgift att skriva upp sina lag under rubrikerna: ÖN (fyra pers), STRUTFOTBOLL (fyra pers), FEMKAMP (två pers), REFLEXJAKT (hela laget). När det var klart, värmde de upp med de tre första femkampsgrenarna; göra upp eld, fästa klädnypor i ansiktet och "På minuten".
Bengt mindes hur Mini, som tomte, kämpade med eldstålet. Han fick ideligen slänga bak luvan eftersom den hamnade i vägen varje gång han lutade sig fram för att blåsa igång den lilla glöd som blev. Han såg hur Sixten påskkärring tryckte fast klädnypor all over i ansiktet så att de röda kinderna och fräknarna smetades ut. Till slut var hans smink lika utspritt

158

och färgsprakande som ett fyrverkeri. Han såg också en
indian som i samma stund som träullen tog eld, själv tog eld,
eller i alla fall ett par av fjädrarna. Trots_det utbröt stor
glädje och dans bland indianerna som därmed tog hem
delsegern. Det svåra var att göra upp eld, själva
vattenkokningen tog ungefär lika lång tid för alla lagen att få
fart på, och sjörövarna gick in som en god tvåa.
Bengt mindes också hur den stenhårda, supertuffa, dryga
punkaren Sigge såg allt annat än cool ut sedan han klämt
fast alla klädnypor i ansiktet. Trettiotre stycken lyckades han
få dit inom den tid som gavs och därmed vann punkarlaget
klädnypegrenen. Det lag som vann "På minuten", var
påskkärringarna. Den påskkärring som laget hade valt till
grenen var helt fenomenal på att inte tveka eller upprepa sig
och det var Tariq. Han hade babblat på under hela minuten,
utan att avvika från ämnet eller göra bort sig.

Det hade nu blivit hög tid för Bengt att påbörja
förstekningen av köttfärs, fläskfilé och kyckling. Just de
ingredienserna brukade gå åt som smör i solsken, särskilt i
lunchrusningen. Rusningen bestod av trettiotalet pizzor som
bäst, det kunde svänga lite upp och ner i åtgång beroende på
hur veckorna såg ut. Veckor då folk var mer lediga, krävde
fler pizzor det hade Dimitri berättat. Söndagar var all-time-
high pizzadag. Eventuellt berodde det på att hemmets
ordinarie kock då hade stått i köket från fredag eftermiddag
till lördag kväll och så att säga sparkat bakut efter söndag
lunch. Likaså skolans fiskdagar, då kom det också många
pizzasugna ungdomar på lunch vilket föranledde ett herrans
kavlande för en pizzabagare. Nu var det sommarlov, och
några ungdomar hade inte setts till sedan hans första vecka.
Snart också juli månad, då många åkte iväg på semester. Å
andra sidan stannade en och annan pizzasugen turist så
flödet kom ändå att bli rätt jämnt. Den här förmiddagen
hade telefonen ringt tre gånger och Bengt fick flera
beställningar till klockan elva. Dit var det en halvtimme. En

Bussola, en Quattro stagioni, två Margherita, en Hawaii och tre Laduvik special. Han gjorde fyra pizzor i taget och efter kavlingen bredde han raskt på tomatpuré över alla pizzabottnar. Därefter placerade han ut ingredienser i den ordning Dimitri instruerat honom. Det såg väldigt gott ut. Sist drällde han på ost. Rikliga mängder. Det var ett tips från Dimitri, med mycket ost smakade pizzan alltid pizza. En annan viktig detalj var att inte snåla med oregano.

Precis när han skickade in de första fyra pizzorna i ugnen och smällde igen ugnsluckan, föll en av alla färdigvikta pizzakartonger ner från pizzaugnens tak. Tor hade vikt massor av kartonger som låg förberedda i två höga travar där uppe. Kartongen som åkte ner, landade precis mellan väggen och högra sidan av ugnen. När Bengt kikade in där för att ta fram det som rasat ner såg han ett välbekant ansikte. Iklätt röda kinder och en glad mun, målade fräknar och ögon. Hård som ett vedträ, 40 centimeter hög och klädd i röd, stickad dräkt. "Vad gör du här?", undrade Bengt. Det var Ruts och Twists gamla gårdstomte, såg Bengt. Han vred och vände på tomten och inspekterade den. Han såg den nyligen ditsatta armen som Mac tillverkat sedan räven släpat iväg tomten och armen försvann. På skylten som tomten höll i, stod texten:

"BENGTS PIZZOR
DIX POINTS"

"Var det du din lille rackare som har stått och hållit koll på mig? Jag har minsann känt i veckor att någon har vakat över mina sysslor. Vem kan ha placerat dig här? Tor? Eller Rut?" Inte för att Bengt hade väntat sig något svar, men det här var något han behövde kolla upp vid tillfälle.
"Turtomte lär du ju vara men då får det bli utkik från en bättre plats", sa Bengt till tomten och satte honom på bakbordet i stället.

"Du och jag", sa han och klappade lite förstrött på tomtens mössa... och pizzorna.

Han tog fram fyra nya degrullar och rullade ut även dem ur sitt papper. Då kom han att tänka på Roger Smith, VD för General Motors, som 1986 tvärsäkert uttalade sig om att samhället vid millennieskiftet skulle vara papperslöst. Det som farbror Roger inte hade en susning om då, var att till och med pizzadeg skulle komma att rullas i papper. Det enda papperslösa som finns i dagens samhälle, är immigranterna. Men, vad vet man om framtiden? Bengt själv hade som sagt inte den blekaste aning att han vid en ålder uppemot 80 skulle bli pizzabagare.

Det hade nu gått över en månad sedan Dimitri lämnade Laduvik. Han behövde besöka sin pappa i Grekland sedan beskedet nått honom om att pappans hälsa vacklade. Det som Dimitri lovat att sköta innan avfärd och vid det här laget redan arrangerat, var pizzalunchen på AIM-festen. Därefter skulle han vara fri att åka. Varje dag efter festen hade Bengt varit på pass och lärt sig steg för steg hur de olika pizzorna skulle bakas. Det han tröstade sig med till en början var Dimitris ord om att imitation i många fall anses vara den finaste formen av beundran... och beundran, det kände Bengt för Dimitri. Greken jonglerade med pizzadegen, kastade degen upp i luften och mötte den i fallet med en van mjuk hand i en graciös armrörelse. På så sätt fick han till den lövtunna, runda formen. Så skulle Bengt aldrig kunna göra, men Dimitri sa att om Bengt tränade på att hantera de fyrkantiga degarna så skulle de bli lika bra. Smaken har inte med formen att göra sa han gång på gång. Bengt tog en degrulle ur kartongen, rullade av smörpapperet och började baka ihop den som en stor boll mellan händerna.
"Nej nej nej", ropade Dimitri. "Du ska inte göra en boll av den. Rulla bara ut den, med papper och allt på bakbordet.

Sedan kavlar du ut degen, lägger på ingredienserna och skickar in den i ugnen. Papperet tar du bort precis innan servering. Då fattade Bengt, och så jobbade de på tillsammans söndag, måndag och tisdag. Tor hade tittat förbi en av dagarna och reflekterat över pizzabakandet fast mer i matematiska termer.

"Degen är som klot, pizzorna görs till cirklar, packas i fyrkanter och äts i trekanter", sa han men sedan han studerat sin morfars skills ett tag konstaterade han att pizzabakandet hade lämnat den traditionella hanteringen. Pizzorna i Laduvik var numera fyrkantiga och inget annat, så hade det fått bli och egentligen passade de bättre i kartongerna.

Så kom den dagen då Dimitri inte längre fanns kvar som stödhjul åt Bengt. Det var på onsdagen i vecka två när Bengt kom till pizzerian. Först reagerade han över att Dimitri inte var där före honom, sedan att han inte hade kommit på hela förmiddagen. Förklaringen låg i att Dimitri hade lyckats få tag i bra flygbiljetter, och därför stack han lite hux flux. Däremot skulle han bara vara borta några dagar, inte mer. Senare på dagen fick han ett meddelande av Dimitri som förklarade den plötsliga avresan och att returbiljetter var bokade på söndagen. Bengt behövde hålla ställningarna själv tills dess, om han trodde att det skulle gå bra. I värsta fall hade Bengt lov att stänga restaurangen och sätta en lapp på dörren. Dimitri hade förberett en text som var skriven på locket av en pizzakartong. På den stod det:
STÄNGT TILLSVIDARE PGA FAMILJESJÄL.

Bengt hade lovat att ta över ruljansen mellan onsdag och söndag. Han hoppades att han inte skulle behöva sätta upp skylten, dels för att han så gärna ville fixa det hela, och dels för att skylten var felstavad. *Familjesjäl?* Ja, fast det var på ett sätt riktigt. Egentligen var det ju en familjesjäl där borta i Grekland som inte mådde så vidare värst bra.

Och vadå, tänkte Bengt, baka lite pizza, hur svårt kunde det vara? Det skulle nog gå bra. Tor hade möjlighet att rycka in och med lite hjälp av ett par armar till, skulle allt fixa sig. Tors sommarlov hade precis börjat och i väntan på att hitta något särskilt att göra, hoppade han in. Egentligen hade han ett sommarjobb, åtminstone hade han *haft* ett jobb. Tor skulle jobba några veckor på ICA men nu hade saker och ting ändrats, vilket även det hade att göra med morfar Bengt. Tor kunde på grund av de skamkänslor som fyllt honom inte sätta sin fot på ICA för närvarande. Vad Bengt anbelangade hade han fått sparken.

Allting hade gått ganska fort. Bengt som bara ville väl, som bara ville ha ordning på saker och ting, ställa saker tillrätta och ordna för att alla skulle känna sig nöjda. Han fattade inte vad alla var så upprörda över. Det som hade hänt var långt ifrån att vara i närheten av förra årets ICA-skandal, då en chef i Mellansverige hade förskingrat miljontals kronor. Den chefen hade ansvar för dagskassor, kontanthantering och påfyllnad av bankomater och lyckades plocka undan pengar pö om pö. Anledningen var att hon hade en heroinberoende man som hon behövde täcka kostnaderna för. Så skulle Bengt aldrig göra. Nej, han ville bara få stopp på buset och komma åt huvudmannen i ligan som förstörde kundvagnarna. Och nåja... trycka till honom lite. Sedan lång tid tillbaka hade han försökt övervaka ligan personligen och slutligen lyckats filma deras tilltag med hjälp av kameraövervakning. Väl medveten om att han inte hade lagen på sin sida, när han riggade upp kameror på utsidan av butiken och för övrigt även borta vid busshållplatsen. Han visste att det inte var fullt tillåtet men hoppades när han fått fast rätt person, att hans överträdelse skulle komma i skymundan av det verkliga brottet... nämligen skadegörelse. Det ansågs väl ändå vara värre. Men den sortens skymundan kom aldrig i dagen riktigt.

Jo vars, han fick fast den skyldige. En dag när han satt på
sitt kontor och granskade filmerna fick han fokus på en
yngling i 16-årsåldern som figurerade på film efter film. Det
var många pojkar som Bengt kände igen men han noterade
också att det var många olika pojkar. Just denne grabb var
med vid varje tillfälle och han bar en bandana, ett plagg som
gjorde honom lätt att känna igen. Bandana-grabben
förslösade inte ett enda tillfälle i arbetet med att smasha
kundvagnar till oigenkännlighet. Han var grymt ambitiös
och honom skulle Bengt läsa lusen av. Exakt på vilket sätt
han skulle läsa lusen av bandana-grabben var redan planerat
och två dagar senare fick han chansen att plocka honom.

Bengt tog killen åt sidan, drog in honom på kontoret och
spelade upp filmerna för honom. Därefter sa att det fanns
två val att göra här. Endera följa med Bengt till
polisstationen för att erkänna sina försyndelser eller gå med
på det Bengt hade att föreslå.
”Men jag vill inte gå till någon polis, farsan kommer att slå
ihjäl mig”, sa grabben.
”Det är inte mitt problem”, meddelade Bengt tillbaka. ”Mitt
problem är i stället att mina kundvagnar har förstörts under
en längre tid. Varje kundvagn; 215 liter med underhylla,
scannerhållare och färskvaruavskiljare kostar i runda slängar
tvåtusen kronor. Du har förstört minst fem kundvagnar av
mina filmer att döma, så du har en skuld på tiotusen kronor.
Hur tänker du att jag ska få tillbaka det?”
”Eh… öhhh, jag har ingen aning.” Killen såg blek ut och de
tidigare så tvärställda och arga ögonbrynen ändrade helt
riktning från att bilda en pil ner mot näsan till att i stället
peka uppåt mot hårfästet. Killen såg helt olycklig ut.
”De pengarna har inte jag.”
”Då kanske du skulle ha tänkt på det innan du startade
massakern. Alltså återstår bara alternativ ett. Att besöka
farbror Blå. Det blir i alla fall billigare för dig, även om du
kanske kommer att få smaka på remmen hemmavid sedan.”

"Nämen för helvete Bengt, så kan du inte göra."
"Bengt? Hur vet du vad jag heter?"
"Det vet väl alla. Alla vet vad du heter, vad du håller på
med, vad du har gjort tidigare och vad anledningen var till
att du kom tillbaka hit. Brevlådan som du glömde tömma,
huset där din dotter hade värsta partyt…"
"Hallå, hallå", Bengt avbröt honom. "Nu har vi visst tappat
lite fokus här, har vi inte?"
"Förlåt", svarade bandana-grabben. "Så hur gör vi då?"
Bengt kände hur han började transpirera och nästan tappa
balansen. Vad var det här för ett sätt? Att stå med fingrarna
i kakburken och hota hederligt folk, näe den här ynglingen
gick för långt. På tok för långt.
"Jag vet vad vi gör. Du kommer tillbaka hit i morgon.
Klockan 9:00 sharp, och har bekväma kläder på dig. Du
kommer att få sitta en del. Gärna röda kläder så att du
matchar ICA's färgsättning."
"Okej", svarade killen och lommade iväg som en mycket
långsam blixt.

Samma eftermiddag hände något mycket märkligt. Två av
kassörskorna behövde gå hem för att de mådde illa och
vikarie var inte att tänka på, så det som återstod av dagen
fick Bengt lösa. Han löste det så att han själv tog plats i en
av kassorna. Där hade han inte suttit på evigheters evigheter
men trivdes förvånansvärt bra. Som väl var, förflöt dagen
ganska lugnt och bara en eller annan kund kikade runt i
butiken. Så dags var det mest bara äldre människor. Bengt
såg sin chans att slå ett slag för de nya varorna i köttdisken.
Han hade skaffat hem delikatesser som älg- och komule, ett
parti grävlingkött, lite grislever och några ekorrar. Inget han
någonsin skulle äta själv men han hade inspirerats av sin
kokbok från 30-talet. Ett par påsar med styckningsrester
efter slakt hade han också lagt ner i disken.

Bengt kände till biproduktsförordningen som reglerar hur
man hanterar slaktavfall från tamdjur. Den hade han lusläst
innan han paketerade påsarna med styckningsrester. När det
gäller vilda djur läggs styckningsrester ut som mat åt rovdjur
och fåglar i skogen. I princip kan djurhudar, skallar, ben och
slaktrester slängas i soporna... om de nu inte används på
annat fiffigt vis. Återbruk var så poppis nuförtiden och
Bengt tyckte sannerligen att han hade bidragit i rätt riktning.
Restprodukter kunde användas till mycket, exempelvis
buljongkok och hundmat.
Varje produkt var hygieniskt och snyggt vakuumförpackad,
det hade han skött alldeles själv. Hur införskaffandet av
dessa varor hade gått till tänkte han inte avslöja, däremot var
allt etiketterat med texten *Ursprungsland Sverige*. Sådant
brukade gå hem hos konsumenterna. Jävla dumskallar, man
skulle kunna paketera vad som helst... en skata från Kina
och skriva svensk kyckling på, eller en påkörd räv med
texten bogfläsk på förpackningen. Ingen skulle märka
något.

Precis när han skulle ta kontakt och visa den salige
pensionären de nya varorna, märkte han att alltsammans var
slutsålt. Varenda köttbit var borta. Bengt blev både
överrumplad och överraskad men också mycket glad. Tänk
vilken succé! Det liksom kryllade av glädje i honom så i
stället för att visa varorna, började han forcerat berätta för
damen om de nya delikatesser som de hade börjat sälja. Att
de bara tillfälligtvis var slut men snart skulle finnas till
försäljning i köttdisken igen. Plötsligt såg han att det var
folk i kassan som ville betala, så han var tvungen att lämna
damen. Han ursäktade sig så mycket och rusade tillbaka till
sin plats.

Nästa dag var vikariefrågan fortfarande inte löst, och Bengt
fick ta kassa två. Det grämde honom lite eftersom han
skulle ta hand om bandana-grabben tidigt på morgonen.

166

Som tur var, var det inga horder av folk i butiken när grabben kom på morgonen, så Bengt hann med sitt uppdrag. De möttes upp vid ingången. I mellanrummet mellan de två dörrarna, ytterdörren och ingången till butiken, stod en kundvagn. I vagnen låg en tavla, en slags canvastavla.

"Upp och hoppa", sa Bengt till bandana-grabben.

"Vadå?"

"Hoppa upp i kundvagnen sa jag. Här ska du sitta nu."

"Aldrig i livet, är du helt fläng?"

"Okej, hoppa inte upp i kundvagnen då", sa Bengt och tog fram sina bilnycklar. Medan han stod och dinglade med dem framför näsan på killen, sa han:

"Hoppa in i min bil i stället då så får jag ta dig till polisen."

"Nä fan aldrig. Okej jag gör det då. Sätter mig i kundvagnen, men hur länge då?"

"Hela dagen."

"Jag måste få ringa min polare bara. Det här kommer att bli... faaan Bengt... alltså du är så körd. Så jävla körd, bara så att du vet det."

Bengt lyssnade inte. I stället tog han bort tavlan som stått i kundvagnen och gjorde plats åt killen. Så fort killen avslutat sitt samtal klättrade han upp i vagnen och satte sig tillrätta. Han var inte särskilt stor, vilket räddade honom men det såg rejält obehagligt ut att sitta där. Bengt gillade sitt tilltag. Det skulle inte vara mysigt, det skulle vara så in i helvete obehagligt att bandana-grabben fick chansen att lära sig något. Bengt vände på tavlan och satte den i händerna på killen.

"Här, varsågod. Nu håller du i den här tills jag meddelar annat", sa Bengt och gick därifrån för att ta hand om kunderna i kassan.

Grabben såg att texten speglade sig i glasrutan mittemot, och han försökte läsa den. Vilken paradox, han som verkligen hatade att läsa och inte hade öppnat en bok sedan han var tio, nu tvingades han att anstränga sig maximalt. Att läsa bakifrån och fram, det var ingen enkel sak.

Här sitter jag och skäms. Om ni tycker att priserna i butiken har höjts så är det mitt fel. Jag har förstört kundvagnar för 10 000 kronor. FÖRLÅT!

Det stod två kunder i kassan. En kvinna som ville betala lite morgonfrallor och pålägg till en "second breakfast" som hon på lagom världsvant vis kallade det för. Kund nummer två i kassakön var den äldre damen som besökt butiken dagen innan och fått tips om nya köttvaror. Bengt kände igen henne men han tyckte nog att hon blängde lite surt på honom. Hon kanske var irriterad för att varorna inte kommit in ännu, folk saknar visst både tålamod och uppförande. Damen la upp sina varor på kassabandet samtidigt som hon med skämtsam ton frågade om den frysta räven hade tagit slut. Hon hittade den inte i frysdisken, påstod hon.
"Fryst räv?", undrade Bengt. "Det har jag inte kollat faktiskt. Vill damen att jag ska göra det eller?"
"Nej tack du. Jag ser att du har fullt upp", sa hon och nickade in mot affären där ytterligare en kund kom lastad med varor.

Det var en ung kille, max arton år och på varubandet hade han lagt upp en såg, två rullar tejp, en förpackning med svarta sopsäckar, bultband och engångshandskar. Bengt som var på så upprymt och avspänt humör reagerade först inte över varorna. Inte förrän bultbanden passerade började han fundera över vad han nyss slagit in i kassan. När killen i fråga bad Bengt att låsa upp skåpet med tändvätska och ge honom tre flaskor, kände han hur stressen grep tag i honom. Vad skulle han göra nu? Det här var alltför uppenbart för att lämnas därhän. Killen hade ju handlat varor som räckte för att både kidnappa, mörda och göra sig

av med offret. Eller, var det kanske en mordbrand på gång?
Bengt funderade. Hade han i denna stund tillräckligt på
fötter för att larma vaktbolaget? Ja, det tyckte han nog.
Samtidigt som han slog in de tre flaskorna med tändvätska i
kassan och tog betalt, tryckte han in larmknappen med viss
diskretion. Därefter reste han sig ur kassastolen och ställde
sig vid varupackningen. Där plockade han ihop alla varor
som killen handlat, meddelande honom att vakterna var på
väg och att han inte skulle få ta med sig något av det han
handlat förrän då. Stämningen blev mycket obehaglig.

Inom loppet av femton minuter kom två vakter samt en
polis till butiken och i sällskap med dem, ytterligare en man.
Bengt nästan frustade till, så mycket sträckte han upp sig.
Åh, han älskade den här sortens uppmärksamhet, att få bli
sedd och bekräftad för hårt och idogt arbete. Detta hade
han ärligen förtjänat. Tänk att han hade satt fast två
råbarkade busar på en och samma förmiddag! Det borde
generera fler fjädrar i hatten än vad Robin Hood någonsin
kommit i närheten av, tänkte han. Det flög i honom att han
borde skoja lite och sträcka fram handen och låtsas ta emot
medborgardiplomet. Eller kanske visa med en gest var på
kavajen tapperhetsmedaljen bäst kunde fästas. Men så kom
han på att han inte hade någon kavaj och då började han
gräma sig över det. Det här kanske var den dagen i livet när
han verkligen hade anledning att klappa sig på axeln både en
och två gånger. Varför hade han bara en lumpen stickekofta
på sig en sådan dag?

Mannen som inte var polis sträckte fram handen för att
hälsa.
"Koncernchef Per Blanking, hej", sa han.
"Hej", svarade Bengt. "Koncernchef sa du? Det är inte
varje dag man får så flott besök. Vad förskaffar oss den
äran?" undrade han vidare och fick en sån känsla av
belåtenhet att han började rulla på fotbladen. Han höjde sig

på tårna och sänkte sig på hälarna. Tå och häl, tå och
häl...upp, ner, upp, ner.
"Det är inte ett särskilt ärofyllt uppdrag dessvärre. Vi har
precis lyft upp en ganska så tagen yngling ur en kundvagn
där ute. Och gårdagens kassapersonal fick gå hem på grund
av illamående av den chock de fått efter att ha upptäckt
förpackningar med specifik mat i köttdisken. Med tanke på
vad de hittat där gjorde de bedömningen att ingen annan än
du kan ha placerat det där. Älgmule? Grävling? Slaktrester?
Hur tänkte du?" Per Blankings överläpp ryckte i takt med
att han spottade fram orden älgmule, grävling och
slaktrester. Plötsligt hostade han till också och såg ut som
om han behövde få upp något ur krävan.

"Jag förstår inte...", började Bengt.
"Är det någonting vi förstår, så är det just det. Att du inte
förstår bättre."
"Fast jag har ju ordnat mat från en kokbok från förr",
stammade Bengt fram.
"För att glädja Laduviks äldre befolkning. Och så har jag ju
tagit fast kriminella gangsters. Först en kundvagns-kraschare
och sedan en mordbrännare, vad skulle *ni* ha gjort i mina
kläder? Bara låtit allt vara?"
"Du gjorde helt rätt som agerade på misstänkt vis, bara det
att du hade fel beträffande den så kallade mordbrännaren.
Han var här för att handla det som behövdes för en helt
vanlig trädfällning och ingenting annat."
"Och nu är poliserna här och vill ställa saker tillrätta", sa
Blanking och nickade bort mot ingången.
"De har räddat grabben. Flera kunder ringde och
rapporterade, både om honom och om grävlingsköttet. Du
har varit under lupp ett tag nu och det här var liksom
droppen. Vi ser ingen annan lösning för närvarande än att
du lämnar oss Bengt. Koncernen behöver inte dig längre.
Varken dig eller dina ekorrar."

Bengt var helt tagen av situationen.

"Skäms, herr Blanking som du springer runt och beter dig. Jag citerar Sir William Preece, tekniske chef vid brittiska postverket 1878. Han sa: *Amerikanarna har behov av telefonen, vi har det inte. Vi har massor av springpojkar.* Bäste direktör Blanking. Ni är inget annat än en lusig springpojke utan bättre vetande än att springa runt med skvaller."

Det var det bästa han kom sig för att säga och hoppades att orden skulle lämna lite besk smak efter sig. Blanking var verkligen ingenting annat än en liten sketen springpojke. Efter det bad Bengt koncernchef Blanking att själv ta plats i kassan eftersom han hade annat att stå i. Därefter gick han in på kontoret, reglade dörren och satte sig vid skrivbordet.

Så gick det till när Bengt lämnade ICA-butiken efter trogen tjänst i många år. Han var missförstådd och misstrodd. Ingen hade brytt sig om att lyssna på hans tankar om diagnostiserade förbättringsområden. Det hela var bra magstarkt och från det utgångsläget fick det bli pizzabagare i stället, vilket verkligen inte var dåligt. Verkligen inte.

Kapitel 8
Om skollagen, nationella prov och snällbetyg
samt Monica, lindansare och röda mattan

Pernilla har en klocka med en inbyggd mycket bipolär stegräknare. En morgon fanns det två värden att hämta. Endera "för aktiv" eller "dåligt" och då var klockan inte mer än 07:33. Här gällde det nog att tänka lite själv för att slippa känna sig kränkt.

Klockan är så mycket mer än en stegräknare. Den är också ett aktivitetsarmband och den surrar på handleden när meddelanden kommer via mejl eller Snapchat. Den surrar också när Pernilla sätter stegrekord eller bestigit det antal trappor som förprogrammerats. Då visas det applåder i displayen samtidigt som fyrverkerier blinkar. All dagens rörelsedata samlas ihop i stapeldiagram och rekordrutor. Steg mäts även när hon cyklar och seglar. Ett varv på en seglingsbana registreras och omvandlas till 250 steg vilket genererar 1500 steg på ett helt race. Applåderar hon blir det också många extra steg och en medelmåttig omgång sex utan krusiduller ger drygt 1000 steg. En bra dag betyder 20000 steg, en dålig 2000 men som sagt att vara dålig eller för aktiv redan på morgonen, det handlar nog mer om att klockan inte riktigt har vaknat. Enligt stegräknaren är det 2600 steg till jobbet vilket blir en alldeles lagom promenad om hon inte väljer att cykla.

Det här med att jobba i skola är otroligt meriterande, tänker Pernilla. Det hon då ser framför sig är inte hur många fjädrar i hatten hon fått för utfört arbete, inte heller några särskilda utmärkelser eller ens några frökenpresenter på avslutningen. Nej, snarare är det tvärtom. I skolan jobbas det på i det tysta, var och en gör sitt bästa och mer därtill

utan fjäsk, mutor eller särskilda belöningar. Protesterar gör
man inte men åsikter kan man ha och det har Pernilla. Bland
annat den som rör kommunens yttersta ansvar för sina unga
medborgare. Kommunen som trots det tydliga ansvaret,
monterar ner möjligheten för elever med särskilda behov att
gå i mindre undervisningsgrupper. Förr fanns det grupper
för elever med olika sorters stödbehov. Nu finns det nästan
inga grupper kvar alls. I stället ska dessa elever vara kvar i
den enda sortens skola som finns, den där man maxar
antalet elever per klass. Där man förutsätts klara av att vara
bland många människor, följa scheman, leverera fullt ut och
hela tiden vara i rörelse mellan salar och skåphallar. Något
som absolut inte passar allas behov. Det är numera skolan
själv som ska tillhandahålla mindre grupper om så behövs,
för kom ihåg: Alla elever har rätt till den lärmiljön de är i
behov av och alla ska ha godkända betyg.
På grund av att de mindre undervisningsgrupperna är
bortrationaliserade, erbjuder kommunen i stället möjligheten
för skolan att söka tilläggsbelopp. Skolans mycket proffsiga
personal skriver därför långa uppsatser där stödbehovet
beskrivs in i minsta detalj och lämpliga underlag bifogas.
Ingen älskar att skriva långa uppsatser men det görs ändå för
allas bästa, inte minst för elevens skull. En gång varje år
söker skolan extra medel för att kunna anpassa och tillsätta
resurser för dessa elever. Alltså, en gång varje år söker
skolan pengar, och en gång varje år får skolan avslag. Det är
så det fungerar.

Ett troligt resultat av detta sätt att hantera andras mående, är
ökningen av alltfler unga hemmasittare, men det är en
annan historia som är så mycket längre. En historia som
däremot inte alls är särskilt lång, är den som följer av att
man tar kontakt med kommunens specialpedagoger för att
få vägledning. De vet nämligen inte heller hur man bäst
stöttar hemmasittare men mindre undervisningsgrupper är i
alla fall inte lösningen, det är de säkra på. Att in till den

yttersta gränsen integrera alla sorters elevtyper i en och
samma slags skolform kallas för en pedagogisk idé. Pernilla
kallar det för en ekonomisk angelägenhet. Kommunhusets
fasad är förgylld, det är nästan det värsta av allt.

Efter ett helt läsår utan särskilt synbara effekter av allt jobb,
är det en himla tur att resultatet i alla fall känns. Man kan se
eleverna i ögonen och har lärt sig mycket tillsammans med
dem. Både om skolan och livet.

Många gånger ser det kanske ut så även utanför skolan att
man anstränger sig mycket, väntar länge eller anpassar sig till
max utan att någon egentlig utdelning sker. Står i kön till
berg och dalbanan i femtio minuter för att sedan få känna
fartens tjusning i fem minuter. Köar i trettio minuter, sitter i
skidliften i tjugo minuter och åker ner i pisten på sju.
Fystränar hårt och regelbundet med knappa resultat eller
kör de övningar fysioterapeuten föreslagit utan att vare sig
värk eller stelhet släpper på överskådlig tid. Och hur många
gånger i livet har vi inte byggt upp, satsat på och lagt kraft
på relationer som sedan bara försvunnit? Kanske är det just
den delen av livet som bidrar till att människor i behov av
korta mål och snabb tillfredsställelse kroknar på vardagen
och går in i väggen? Kanske, kanske inte. I den dagliga
verksamheter gäller det verkligen att anamma konceptet njut
för stunden, det är det enda du kan kontrollera. Just det
försöker Pernilla tänka på. Hon anstränger sig för att
åtminstone fånga ögonblicket som hon passerar eller
hamnat mitt i, och ett av dessa är att tjuvlyssna på kidsen.
Bästa tjuvlyssnarplatsen är från hennes rum eftersom det
ofta är olika verksamheter utanför med yngre barn
inblandade. De är nämligen roligast.
”Vad heter de som sköter och äger renarna?” En lärare
frågar och en lågstadieelev svarar:
”Tomten.”

På frågan om var renarna finns, föreslås skogen som ett
rimligt alternativ.
"Men var i skogen?"
"Här i Stockholm", svarar eleven.
"Hur vet du att de finns där?"
"Det ser man på skyltarna."

Om man inte jobbar i skola, när får man då chansen att vara
nära ungdomars innersta tankar, idéer och funderingar? Som
förälder får man det inte, eftersom de unga står i uppstarten
av vuxenlivet och gör allt för att hålla masken och frigöra sig
sina föräldrar. På Pernillas fråga till en flicka i årskurs åtta
om hennes planer efter skolan, svarar hon med full
trovärdighet i blicken: "Jag ska bli legend." Det här var
ingenting som bara slapp ur henne, tvärtom. Det kom utan
minsta tvekan. Däremot broderar hon vidare och kommer
på att hon ska bli sångerska också, men i så fall den bästa.
Eventuellt också skådespelare. Hon rangordnar alternativen
och kommer snart på att hon inte behöver välja. Hon kan
bli allt! Det här är en elev med ganska stora skolsvårigheter
som trots det ser sina möjliga chanser. Efter skolan alltså.

Om man inte jobbar i skola, när får då möjligheten att
tillsammans med elever fundera över hur mycket en
hamsterhane och en hamsterhona väger ihop? I uppgiften
framgår att hanen väger 375 gram medan honan är 90 gram
lättare. När annars behöver man räkna ut sånt samt leverera
ett svar omvandlat i hekto? Inte ens när man står på zoo
inför sitt livs första hamsterinköp. Det är älskvärt med
vilken seriositet eleverna ändå reder ut sådana uppgifter.
Nu för tiden arbetar elever mycket på datorer eller iPads.
Tio procents ljusstyrka är det som gäller på paddorna, för är
det något eleverna har full snits på så är det att spara
batteriladdning. Inte för att skolarbetet normalt sett kräver
fullt kräm en hel dag, utan för att batteriet ska kunna räcka
alla raster, och helst ända fram till middagstid. Även

matteuppgifterna ligger på elevernas iPads. För Pernilla blir
det en utmaning att med svagsynta ögon försöka se medelst
den snålt inställda ljusstyrkan vad som står på skärmen. Hon
får ibland be eleverna läsa högt för henne vilket är fiffigt
eftersom de då kommer på hur de ska lösa uppgiften. Det är
när de läser högt om hamstrarna som Pernilla skrattar tyst
för sig själv.

Vårterminen börjar närma sig sitt slut trots att det känns
som om läsåret nyss startat. Ett år går så fort. Så här års
behöver funderingar läggas på hur det egentligen gick med
leveransen. Höll skolan vad den lovat? Pernillas absoluta
fokus i sitt dagliga arbete handlar om elever i behov av extra
anpassningar och särskilt stöd. No more, no less.
Undervisningen ska, enligt Skollagen kapitel 1; uppväga
skillnaden i elevernas förmåga att tillgodogöra sig
undervisningen. När det kommer till utvärderingar och i
synnerhet nationella prov, behöver man alltså fundera över
hur man kan utjämna skillnader. Det sista stora rycket varje
läsår är att ta sig igenom vårens alla nationella prov. Först ut
hade svenskan varit, en läs- och en skrivdel. Därefter
utfördes det prov i ett av de samhällsorienterande ämnena
och dito i de naturvetenskapliga, två delar vardera och sedan
de nationella proven i engelska. Hör- och läsförståelse samt
uppsatsskrivning. Sist ut kom matteproven. Alla elever
grupperades utifrån olika förutsättningar och förmågor i
likvärdighetens skola.

På Pernillas skola gjorde de sitt yttersta för att få alla elever
att känna sig trygga och få möjlighet att göra sitt bästa. I ett
rum kunde det sitta enbart två elever, i ett annat rum hela
klasser. Några behövde dator, andra hörlurar för att lyssna
på uppläst text. Några mer tid och andra fler raster. Pernilla
hade alltid den gruppen som behövde få proven upplästa, få
skriva på datorer, ges möjlighet till utökad tid och flera
pauser. Vilka elever som behövde det, hade uppdagats efter

176

utredningar, alternativt identifierats under åren som
passerat. Varje år fick Pernilla det stora nöjet att se grupper
av femtonåringar i skrivande koncentration och tystnad.
Finare utsikt än så finns knappast. Att betrakta dem i sitt
esse, i ett skapande... i tankar på nästa ord, nästa mening och
nästa stycke. Att njuta när andra arbetar är inte hälften så
gott som att njuta av andras absoluta fokus och flit. Den
detaljen hörde normalt sett inte till Pernillas arbetsvardag
förutom just i den här situationen, när alla äntligen kommit
igång med sina uppsatser.

Vi får inte slå eleverna i huvudet med de nationella proven sa Roger
Persson på Skolverket en gång och det höll Pernilla med
om, även om det var precis det motsatta som ändå hände.
Eleverna blev faktiskt slagna i huvudet av proven.
Egentligen behöver de ha samma hjälpmedel och stöd vid
de nationella proven som de haft dittills i skolsituationen.
Med andra ord om de alltid har arbetat med
rättstavningsprogram ska de ha det på proven också. Har de
haft lathundar i matematiken, ska de ha dem med vid
provsituationen och har de fått jobba med hjälp av inläst
material, så ska de få det stödet även på proven. Det låter
sunt, och så tänker nog lärare också att de ska jobba för
likvärdigheten. Alltså, om de genom undervisningen möter
eleven där den är, bör de göra detsamma vid provtillfällena.

Enligt Skolverket ska eleverna ges samma möjligheter att
lösa de nationella provfrågorna som de getts vid tidigare
bedömningstillfällen. Detta gäller ända tills man läser
anpassningsavsnittet i provinstruktionerna. Då heter det
plötsligt att inga hjälpmedel får användas som leder till att
det som ska prövas inte längre prövas. Exempelvis, om det
handlar om engelsk läsförståelse, får texten inte läsas upp
eftersom det då inte längre är läsförståelse som prövas utan
hörförståelse. Med andra ord; plötsligt ska en elevs
avkodningsbekymmer bortses från. Plötsligt anser man att

en dyslektiker ska kunna tillgodogöra sig en text samt jämföras och bedömas på samma villkor som andra läsare. Tänk en idrottare som spelar basket på elitnivå men sitter i rullstol. Idrottaren tränar och tränar ihop med sitt hjälpmedel, och blir efter tre år så duktig att hen kvalar till OS. Till Paralympiska spelen i basket. Då ska rullstolen utan vidare kunna lämnas på hotellrummet och den hårt kämpande idrottaren ska tvingas tävla i vanliga OS, ihop med spelare som har full funktion i båda benen. I matcherna sedan ska de alla gå under samma domslut och jaga samma medaljer utifrån de regelverk och riktlinjer som finns att tillgå. Liksom på lika villkor. Yeah right.

Det finns mycket att säga om de nationella proven men Pernilla orkar knappt tänka på allt som skrivs.
Lärare är ålagda att anpassa undervisningen för att säkerställa alla elevers rätt till godkända betyg. Man måste tänka på likvärdigheten. I detta ingår att göra hyggliga bedömningar och att väga in all information som gjorts synlig under år av prestationer av eleven. Lärare ska dokumentera och analysera, lägga ihop och komplettera. De ska också anpassa för allt vad de är värda. *Fortfarande är det så att det är läraren som vet bäst vad en elev kan,* anser Skolverket. En fantastisk slutsats, tänker Pernilla samtidigt som det är alltför uppenbart att det lutar åt att resultaten på de nationella proven ska få allt större inflytande i betygssättningen. En ekvation som är svår att få ihop.

I en artikel som Pernilla helt nyligen hade läst inför provperioden, verkade det som om man tyckte att slutbetygen skulle ligga på ungefär samma nivå som resultaten på de nationella proven. Klart de ska om det är rimligt, annars inte. När det gäller nationella proven är det som om hyllmeter av allmänna råd, extra anpassningar och kursplanemål försvunnit ur siktet och allt förnuft likaså. Plötsligt har variationsrikedomen avseende bedömningar och pedagogiska anpassningar underordnats de nationella provens anvisningar, klockslag och raka led. Och varför då? Jo, i tron om att man genom det, säkerställer en likvärdig bedömning. Alltså att den anpassade undervisningen fångat in eleven medan provet inte gör det. I stället hjälper proven till att avslöja "fusket" som ligger bakom tidigare resultat. Typ. Det finns så klart massor att väga in i ett betyg vid sidan av de nationella proven. Om proven ska ses som ett medel för att säkerställa likvärdighet, borde ett betyg som *skiljer sig* från provbetyget hellre ses som ett möjligt tecken på likvärdighet.

Ligger eleven högre betygsmässigt än vad provets betyg visar, är det bara att gratulera läraren som i undervisningen uppenbarligen använt sin idérikedom för att hitta elevens sanna potential. Efter år av prestationer och med lärares möjligheter att anpassa undervisning, vikta kunskaper och ge eleverna chanser att visa kunskaper på skilda sätt, finns rikligt med underlag för bedömning redan innan de nationella proven. Pernilla mindes den eleven som alltid låg på E och som med hög stress och tårar i ögonen kom till henne för att göra ett terminsprov i ett ämne. Eleven var livrädd för att fejla och behöva lämna in blankt. Inte då, sa Pernilla.

"Du pratar och jag skriver. Vi tar en fråga i taget och allt du säger skriver jag. Vi kan hoppa som du vill och ta frågorna i oordning om det hjälper. Så, här kommer första frågan. Vad svarar du?"

Med denna hjälp satte eleven näst högsta betyget. Hade hon försetts med penna och papper i sin ensamhet skulle knappt någon fråga blivit besvarad. Läraren hade då inte kunnat mäta hennes kunskaper i ämnet, i stället hade hon fått ett kvitto på elevens provängslan. Läraren i ämnet hade nog trott att hon inte kunde någonting. Från ett F till ett B, en bra resa i termer av likvärdig bedömning, tack vare anpassad bedömningsform.

Ibland är med det sunda förnuftet som med läsglasögon.
Helt bortlagda och försvunna, på annan plats än där de bäst
behövs. Nationella proven ska vara stödjande men inte
styrande. Särskilt med tanke på att lärarens möjligheter till
anpassningar under provet är begränsade. Punkt slut, tänker
Pernilla.

Ytterligare ett uttryck för skolfolket att förhålla sig till är
detta med så kallade *snällbetyg*. Varifrån kommer allt?
Det har börjat glunkas om att lagstifta mot snällbetyg. Vore
det inte sundare att lagstifta mot dumbetyg i stället? Det har
funnits dumbetyg så länge Pernilla känt till. Hon har själv
utsatts för dumbetyg och många med henne. Först det
absoluta betygssystemet fram till 60-talet då man tänkte sig
att det fanns en absolut och säker kunskap som skulle föras
över på eleverna. Därefter det relativa systemet som byggde
på teorin om normalfördelning vilken genom systematik
rangordnade eleverna sinsemellan.
”Nej vi har bara tre femmor att dela ut och de har tyvärr
tagit slut”, hette det därför under 60- och 70-talen. Kritiken
mot betygssystemet var att betygen faktiskt inte sa något om
elevernas egentliga kunskaper i ett ämne utan endast hur
kunskaperna låg i förhållande till de andra elevernas. På 80-
talet bestämdes därför att lärarna fick lov att dela ut betyg
efter eget förnuft i stället för enligt normalfördelningens
teorier. Dock skulle antalet fyror och tvåor vara fler än
antalet femmor och ettor. Betyg tre beslutades vara ett
medelbetyg.
Därefter kom det mål- och kunskapsrelaterade systemet,
som satte stopp för betygssättning i vissa procentsatser.
Istället skulle elevens kunskaper bedömas i relation till de
nationella kunskapskraven som identifierade vilka kunskaper
som krävdes för ett visst betyg.

Slutligen, betygssystemet idag. Det ska ge en bild av elevens
kunskapsprofil och kunskapsutveckling. Hur kan man alls ha

en idé om att låta de nationella proven avgöra slutbetygen
då? Ska betyg verkligen sättas utifrån resultaten på
tidspressade flervalsfrågor, där eleven faktiskt med enbart
tur kan pricka rätt svar? Eller i matematiken, där de poäng
som räcker för att få godkänt kan ha skrapats ihop på
enbart ett par av alla områden i matematiken. I
bedömningsanvisningarna för engelskan finns dessutom
möjligheten att sätta plus- och minusbetyg ihop med
betyget. Rena 90-talet, rena skämtet. Dessutom, är det ens
lämpligt att utsätta elever med exempelvis läs- och
skrivsvårigheter att läsa stora textsjok på provet trots att de
inte har avkodningsförmågan? Eller sätta en elev med
ADHD, som behöver korta mål och tät feedback, att göra
detsamma. Nope. Vägen till likvärdig bedömning går via
likvärdig undervisning där tid, energi och tankemöda läggs
på att skapa resurser för elever med vitt skilda behov.

Termen snällbetyg utgör en skev bild av hur lärare arbetar.
Det är en provocerande term, lättfångad av medier, enkel att
tro sig hitta exempel på och köra drev runt. Så klart att den
väcker idéer om skärpt lagstiftning. Det finns säkert skolor
som sätter glädjebetyg, exempelvis kan läraren med bara ett
litet streck till på den lodräta linjen, skriva E i stället för F
och därigenom trolla bort massor av besvär som betyget F
innebär. Ett F framkallar skamfyllda elever och upprörda
vårdnadshavare, dessutom en massa dokument och
pappersskriverier. Det kan nog hända att elever hellre frias
än fälls. Men ett F på nationella proven kan inte säkerställa,
och ska inte säkerställa att sådant eventuellt "trollande"
försvinner. Ett försök till lagstiftning mot så kallade
snällbetyg, kommer endast att försvåra möjligheten till
likvärdig bedömning ytterligare. Och som om det inte var
nog med dumheterna. Eftersom lärare är ålagda att
undervisa och anpassa så att eleverna når minst betyget E...
varför finns alls betyget F? Näe, bort med skiten.

Oh My God vad Pernilla hade mycket åsikter, hon insåg det själv. Summa summarum är det bara att konstatera att de nationella proven verkligen är en gigantisk rikskvarn och den tuggar på varje år vare sig man gillar det eller inte. Det största syftet med proven är att styra upp den betygsmässiga och poängsamlande sorteringen av våra ungdomar. Bara det att man sorterar inte ungdomar... Varför? Man ska väl enbart stötta och putta dem framåt. Nu var ändå årets upplaga av de nationella proven klara. Med andra ord allt förarbete, grupperingar av elever, tillsättande av provvakter och vikarier. Även kompletteringar, rättningar, efterarbete, sambedömning och betygssättning var utförda. Bara för att komma fram till det lärarna redan kommit fram till avseende betyg. Det är nämligen bara ett fåtal betygsmässiga överraskningar som poppar upp när provkvarnens motor har tystnat. Pernilla visste med säkerhet att skolans särskilda insatser i alla fall hade räddat några betyg och säkrat en del ansökningar till gymnasiet vilket hon var mycket nöjd med. Ytterligare ett exempel på hur enorma arbetsinsatser knappt märktes utan i stället doldes i ett summerat meritvärde. För sorteringens skull.

Jobb å ena sidan, fritid å den andra. Två sidor av samma mynt, hur svårt det än var att växla emellan. Tredje helgen i maj var det äntligen dags för årets roligaste tävling, det vill säga Lidingö Runt. Var det någonting Tobbe och Pernilla kommit på när det gäller att kalla tävlingar för roliga eller tråkiga, så var det att uppfattningen om dem starkt förknippades med resultatet. Just Lidingö Runt hade alltid gått himla bra för dem, oavsett om de körde Hobie16 eller Viper, så den kappseglingen har hittills ansetts vara rolig. Hittills alltså. Detta år seglade de förskräckligt dåligt, alternativt hade en förskräcklig otur. De låg längst fram på startlinjen när starten gick och kom igenom först. Gennakern var hissad eftersom det var undanvindsstart och bakom dem kom flera trimaraner, även de med gennaker.

De med sina flera kvadratmeter stora segelytor, fimpade
Tobbes och Pernillas chanser totalt. Medan de stora båtarna
gick framåt, gick Vipern nära nog bakåt. Ungefär så såg det
ut ganska länge och de lyckades inte lämna hamninloppet
bakom sig på hela första halvtimmen. Normalt sett brukade
det vara mer vind i badkaret än det var på Lilla Värtan
denna dag. Som väl var tog det sig så småningom men det
gick aldrig att hämta upp förlusterna i starten. De fick i alla
fall fyra timmars fin segling denna dag och kammade hem
plats 23 av 26 i klassen. Att jämföra med plats tre året innan.

Redan dagen efter fick de krypa fram bakom skämskudden
och hugga tag i nästa kappsegling, denna gång med
Hobiegänget. Åtta båtar stod beredda i fyra starter och i
växlande vindar på Booregattans startlinje. Det var en varm
dag som det ofta brukade vara vid denna regatta och därför
möjligt att klä av sig lite i halvlek lagom till
hamburgerlunchen. Dagens segling gick bättre fast inte utan
kamp. Tobbe och Pernilla jagade ofta två eller tre båtar men
ibland så många som alla åtta. De hämtade ändå hem en
andraplats till slut och skrattade åt helgens olika resultat.
Det är kanske inte det mest stabila att få en totalplats som
193:e båt dagen innan och en 2:a plats nästa dag.
Redan vid nästa seglingstillfälle fick de fejsa en ny
besvikelse. En kappsegling som kallades Majblomman
resulterade i det sämsta resultatet sedan 2008. De placerade
sig på plats 5 av 6. Efter det tröståt de gamla julkakor och
spekulerade kring tänkbara förklaringar. De kom fram till att
det fanns åtminstone två. Endera rörde sig deras
utvecklingskurva snävt neråt, eller så var alla andra på väg
starkt uppåt. Seglingssäsongen var sen med många svinkalla
kvällar och ostadigt väder men det gav ändå mycket glädje,
socialt umgänge och motion. Många seglingar återstod, så
de skulle nog komma i form så småningom.

Pernilla syster var en av dem som hejade på och
uppmuntrade seglingen. Ofta uttryckte hon sin stolthet över
Pernillas och Tobbes resultat och idoghet. Hon var full av
beundran. Årets Lidingö Runt stod hon vid starten och
hejade. Förutom att hon som person var otroligt peppande
och intresserad av andras framgångar, var hon också en
smula förvirrad. Inte så där irriterande förvirrad, utan skönt
obrydd bara.
Nyligen hade hon hållit en märklig och oavsiktlig
konversation igång via SMS med Monica. En Monica som
hon inte alls kände. Det hela började tidigare under våren
med att hon textade till det nummer hon trodde att Pernilla
hade:
"Leta fram ditt gamla flowerpower-hippie-peace-halsband!
Jag vill låna det igen! Får jag?", skrev hon.
Efter några timmar fick hon svar.
"Vem är du och vilket halsband menar du? Monica."
"Oj! Du är alltså inte min syster? Hon måste ha bytt
telefonnummer. Ber om ursäkt!"
"Helt ok, ha det så trevligt på festen!"
"Tack!"
Nu stod Pernillas syster som sagt vid Lidingö Runt-starten
för att se den. Då såg hon en fin och trevlig segelbåt på
vattnet som hon tog en bild på och MMS:ade till Pernilla.
Kvinnan som hette Monica och som hon messat till någon
månad tidigare hade hon totalt glömt bort, likaså hade hon
glömt bort att ta bort kvinnans telefonnummer ur mobilen.
Återigen, i tron om att det nummer hon hade var Pernillas,
skickade hon bilden från Lidingö.
"Vad är detta för båt?" undrade hon.
Inget svar kom på frågan, men senare hemma igen kollade
systern upp båten och textade ännu en gång.
"Fareast 28. Jag hittade."
Fortfarande inget svar. Först. Men efter ett par dagar hände
något.
"Ingen aning, hälsningar Monica."

Systerns oavsiktliga konversation med denna Monica
fortsatte även i juni. Då skickade hon en bild på en
jordgubbstårta, inte ett ord till förklaring, annat än
"Välkommen!"
Den här gången svarade Monica direkt.
"Vad fin! Var finns den? Monica."
"Nämen förlåt! Är det du igen! I Täby finns den."
"Då är jag tyvärr lite för långt borta, bor i Linköping, men
annars hade jag gärna kommit."
Inte heller efter det nöjde sig Pernillas syster utan fortsatte
sitt textande med denna okända Monica, som numera
kanske ändå blivit aningen lite mera känd. Konversationen
verkade ha svängt från oavsiktlig till tvångsmässig.
"Jaså, är det där du bor? En annan gång då. Jag gillar att
baka. I just denna är det rårörda blåbär och vaniljkräm.
Tömde frysen."
"Härligt! Hoppas att du hittar några fikasugna grannar",
svarade Monica.
"Ja, jag får jaga syrran och hennes man, de bor inte alltför
långt bort. Trevlig sommar!"
"Tack detsamma! Hälsa."

Nåväl, men nu då? Fanns det så mycket mer att skriva? Jo
då, lite till kunde Pernillas syster allt klämma fram. Hon
textade:
"Jag såg att jag skickade båtbilder från Lidingö Runt tidigare.
Ber om ursäkt. Jag har hälsat syrran förresten."
"Ingen fara, bara trevligt! Vi har själva båt så vi kanske kan
hälsa på vid ett annat tillfälle när du är sugen på att baka."
Man måste väl ändå beundra Monica och hennes tålamod
avseende stalking. Artig och omhändertagande, hon ville för
allt i världen inte få stalkern att känna obehag. En feeling
som Pernillas syster tydligen inte var i närheten av att äga.
Systern avslutade nämligen hela konversationen med
"alltid". Monica kunde nog inte känna sig fullt trygg i fråga

om fler påstötningar eller tårtinbjudningar skulle komma framöver.

Under maj månad var det som vanligt otroligt många lediga dagar och festligheter. Dessutom i sådan mängd att det nästan blivit svårt att njuta och ta in. Tiden pinnade på. Pernilla såg på sig själv utifrån, eller snarare uppifrån. Det hon såg då var en snabbspolad film med en kvinna som rörde sig precis överallt och fram och tillbaka. Ibland i exakta spår och rörelsemönster, ibland i cirklar och andra gånger i helt nya loopar. Kvinnan ifråga hade en mun som pratade oavbrutet men hon verkade inte själv förstå ett ord av det hon sa. En kvinna som hade det så jäktigt att hon knappt la tid på att gå på toa i lugn och ro eller ens satte sig ner för att äta. Kaksmulor i ögonfransarna och gylfen öppen, en del av vardagen. Allt detta var tecken på att lite ledighet behövdes. Snabbt hade även flera av junis dagar passerat och den sista jobbdagen med elever var avklarad. En dag som mest bara bestod av hopp och lek, den så kallade "Niornas dag", då lärare och årskurs nio möttes i diverse styrkeövningar. Därefter var det bara sex arbetsdagar kvar på det intensiva läsåret. Fjorton dagar kvar till sommarpratarna skulle börja, sjutton dagar till Grekland och tjugosju dagar till Allsången på Skansen skulle dra igång. Samtliga händelser var verkligt go'a markörer för sommaren.

Följande händelser är svårslagna när det gäller att välta omkull en utarbetad människa i njutläge. Att sätta henne med en skummande kall öl på någon slags akterbar, med enda uppgift att bara ta in stunden. Hittar man ingen akterbar kan man ta ett annat tema. Exempelvis sjunga "Den blomstertid nu kommer" men helst i juni eftersom chansen är störst då att njutningen verkligen blir av lust och fägring stor. Psalmen sjunger inte bara in en blomstertid utan också sju och en halv veckas ledighet. I brist på både

186

akterbar och sångröst, kan man greppa en megafon och i den säga: *Plingplong, flight SK 737 avgår till...* Atmosfären och stämningen på flygplatser går inte av för hackor. Helst ska man verkligen också vara på väg någonstans på semester för att få den där oslagbart sköna känslan i hela kroppen just där och då.

För Pernillas del finns det en avkoppling som alla inte ser som vila. Morgonens springrunda. Då alla tankar blir så enkla att fokusera av det rytmiska pendlandet med armar och ben. Efteråt infinner sig en skön känsla. När hon känner sig trött, svettig och flåsig och svetten lagt sig något. Duschen passeras, frukosten intas och hela den fina dagen sträcker ut sig framför henne.

Nu var det kväll och "Niornas dag" hade precis kommit till en slags delfinal. Det här var dagen som av tradition ägnades åt stafett, fotboll och brännboll. Då niorna mötte lärarna i fotboll och därefter brännboll, men förlorade båda matcherna stort. Aldrig har väl argare ungar skådats men sånt stärker bara sammanhållningen. Finalen på dagen skulle avrundas med en fest.

"Oj", sa Pernilla men insåg att det var helt fel ord att säga när hon med sax och kam arbetade sig igenom Tors hår inför kvällen. Det var innan avslutningsfesten i skolan som Tor hade hamnat under saxen. Pernilla var klar med hela bakre delen av huvudet och hade nu kommit till sidan. De pratade på om de senaste dagarna och vad som komma skulle, när hon plötsligt råkade säga ett ord för mycket. "Oj? Varför säger du så för?" undrar han med darr på rösten och kände av hårlängderna med ena handen. Klippningen blev oftast bra även om Pernilla i stort sett inte visste vad hon höll på med. Hon hade alltid klippt killarna i familjen eftersom de hade vägrat att gå till frissan. Då fick de stå ut med ett eller annat "oj" också tänkte Pernilla.

"Äh, jag råkade klippa mig lite i fingret bara", ljög hon snabbt och försökte med upprättat fokus jämna till misstaget. Tor kunde gott ha det tyckte hon, efter den ansiktsmask som han hade preparerat åt henne härom kvällen. Han intygade att masken skulle vara SÅ bra. Men i stället för att lugna huden, piskades hela ansiktet upp i röd skinnflådd stress.

I år hade de tre avgångsklasserna med elever bjudits sedvanligt på avslutningsfest på Laduviks Värdshus. Ankomst i valfritt fordon inklusive avstjälpning på röda mattan, balansgång i höga klackar och dryck i högfotade glas. Tobbe hade ordnat ett lån av en BMW M4 Cab i vilken två små guttar placerades, Tor och hans kompis. Regnet både hängde i luften och slog mot rutan så någon nedcabbning blev det inte tal om, fast vare sig solen sken eller inte var nedcabbningen utesluten eftersom de aldrig hittade spaken. Det hela var tillräckligt coolt ändå. Pernilla cashade in årets jobbförmån. Att få gå på middag och fest med ett sjuttiotal fina femton- och sextonåringar utan att vara in- eller utkastare, köks- eller städpersonal, nattpatrull, korvgubbe eller städpersonal. I stället var hon inbjuden, och det var rikt. Skolan bjöd på trerätters middag, tal och underhållning, dans och umgänge. Pernilla hade nog aldrig sett så få mobiltelefoner bland så många ungdomar som vid långborden på festen. Märk väl utan att någon insamling till mobildagiset skett. Årets nior var liksom fina inifrån och ut. Samtliga var otroligt vackra denna kväll. Hållning och grace var bara förnamnet. Tillika, sett ur skolans högstadiehistoria, gick de ut med de högsta meritpoängen någonsin. De hyllade varandra, lyssnade på varandra och talade gott om varandra.

Apropå trerättersmiddag och frågan om bordsplaceringar. Hur lätt var det att placera ut 75 elever, varannan kille, varannan tjej? Några som inte *bör* sitta bredvid, andra som inte *ska* sitta i närheten av varandra, ytterligare några som *måste* sitta bredvid varandra. En och annan elev från särskolan, elever med olika diagnoser, längst in… längst fram… helst vid fönstret, absolut vid en dörr, nog inte inklämd i mitten och så tjugotalet personal på rätt plats i förhållande till allt detta. Det var en svår uppgift att göra alla nöjda. Definitivt inget för Skolverket att hugga tag i.

Olof Röhlander däremot, som ingår i Pernillas stall av favoriter, han har skrivit om de tre karaktärsdragen som är viktiga att utveckla i interaktionen med andra. Det första karaktärsdraget är just att vara lättplacerad på en middag. Att vara den som löser situationen oavsett vem han eller hon hamnar med. Där den som bjuder på fest vet att honom eller henne kan man sätta var som helst, det kommer att funka.

Det andra karaktärsdraget är att vara den som andra ringer när de har nått framgång. Vara den som man kan dela sin glädje med utan minsta risk för att behöva känna sig skrytsam. En av de första man vill berätta goda nyheter för, och där den som tar chansen, vet att han eller hon kommer att bemötas med uppriktig glädje.

Är man också den som andra kan vända sig till och som man kan tala med om allt? Ja då är det tre i rad beträffande värdefulla karaktärsdrag och i fråga om att kunna interagera med andra. Någon som man kan ha roligt och skratta med, men också tala på djupet med, och helt utan konstigheter. Rut, tänkte Pernilla. Rut hade satt tre i rad här utan problem.

Festen var det sista just dessa elever upplevde tillsammans innan de avslutade sina tio år i grundskolan. Många av dem skulle skiljas åt till hösten och nya idéer kommer då att födas om roller, rutiner, andra slags mönster och funderingar om vem man är i förhållande till framtiden. Då med nytt pirr i magen igen. Precis som första dagen i förskoleklass, årskurs 1 och årskurs 6.

Massor av tårar flödade på avslutningsdagen. Eleverna var superledsna. Några av dem så uppblötta av tårar, så maximalt uttorkade av allt gråtande, att dropp eller vätskeersättning hade varit ett lämpligt fika denna eftermiddag. Mentorerna bidrog genom sina tal till att dagen blev ännu mer högtidlig.

Snart står du med ditt slutbetyg i handen efter tio år i grundskolan. Förhoppningsvis är du nöjd men kanske är du missnöjd. Älta inte om du är missnöjd, var stolt över det du har presterat och lär av de misstag du gjorde. För misstag gjorde du precis som jag. Vi är bara människor och tur är väl det. Tänk också på att dina betyg inte visar hur unik du är som människa. De visar vilken kunskapsnivå du lyckades nå efter tio år i grundskolan men de visar inte den utveckling du gjort som människa. De visar heller inte vilken bra kompis du är, eller vilka andra fina egenskaper du har. Bra betyg ökar din valmöjlighet i livet men det gör din personliga utveckling också. Kom ihåg det och gör ditt bästa. Mer än så kan ingen begära av dig.
Jag är stolt över att ha fått vara din lärare under den här tiden och följt dig och din klass men nu är det dags för er att ta klivet vidare ut i livet. Gör det bästa du kan av ditt liv, var stolt över det du presterar och vem du är. Men framförallt ska du vara rädd om dig, det finns bara en som du. Med andra ord: Livet är ett engångserbjudande. Använd det väl.

Fina ord till alla elever i Tors klass och därmed slutet på den obligatoriska skolgången, denna viktiga del i de ungas utbildningshistoria. Skolplikten var därmed bruten, en plikt som egentligen borde kallas läroplikt eller liknande. Det är trots allt inte närvaron i sig som formar eleverna och morgondagens kompetens, utan lärdomarna. Tio års tvång har bjudit på rikliga chanser till nya lärdomar och upplevelser. Pernilla tyckte att ett visst mått av tvång var underskattat. När skulle annars nytt kunna läras in? Tvånget kunde gott vara några år till. Det påstås, vilket är helt riktigt, att gymnasieskolan är frivillig. Men studier visar att individer som halkar efter i skolgången löper ökad risk att hamna i utanförskap och att dras in i kriminalitet, missbruk eller självskadebeteende. Så hur kan man då kalla gymnasiet frivilligt? Och om 16-åriga ungdomar väljer att inte gå i gymnasiet, vad gör vi av dem då? Finns det någon plan?

Det enda som återstod av läsåret därefter var några dagar utan elever. Lite skämtsamt brukade Pernilla säga; Äntligen får vi tid att jobba. Eleverna är mest i vägen för verksamheten eftersom lärare har så mycket övrigt att tänka på och förhålla sig till.

Det finns några nödvändiga förmågor man måste ha som lärare. Dessa går att träna upp så klart men liksom lindansarens balans handlar om att stå på linan eller att trilla ner, håller läraren i stället balansen mellan auktoritärt och ledigt ledarskap. Man bara har det, eller så har man det inte. Känslan alltså. Trillar man ner blir det en kraftansträngning att ta nya tag och i värsta fall är man bränd. Ur elevens perspektiv. Jag tänker att en lärare som misslyckas gör det först i sin roll och sedan som person, även det blir en balansgång att parera. Går något åt helsike tar man det personligt.

När Pernilla städade ur sitt rum hamnade hon med näsan i en rapport skriven av en VFU-handledare. Handledaren hade identifierat fyra faktorer. ”Den nödvändiga grunden” som en lärare behöver hantera för att klara sin roll i skolan. *Inga av dem* går att plugga in på lärarutbildningen. Det är verksamma lärare som med egna ord beskrivit vilka förmågor de anser vara viktiga grunder.
Den första förmågan är att visa mognad och våga ta vuxenansvar. Att visa att man har kommit ur sin egen tonårsperiod och inte beter sig som en elev själv, och det görs inte helt enkelt. För den konflikträdda, kan kompisstilen vara den som funkar här och nu, kortsiktigt

och smidigt. Även en åldersmässigt mogen lärare kan
misslyckas här.

Den andra förmågan handlar om att ta plats och våga visa
ledarskap. Kunna samla gruppen, hålla en genomgång för
klassen, få blickarna på sig och visa sig som ledare. Det kan
finnas en nervositet här även för yrkesverksamma lärare,
speciellt i särskilt krävande klasser och grupper.

Det tredje viktiga är den svåraste av dem alla, nämligen att
ge plats åt eleverna. Att ge utrymme är en absolut
nödvändig del i att vara lärare. Det gäller att förstå hur
studenterna uppfattar lärostoffet eller kommunikationen i
klassrummet och ge dem utrymme att uttrycka sig. Rädslan
finns att man genom att ge eleverna plats, kanske tappar
kontrollen över klassen.

Att ha överblick och agera med närvaro är den fjärde viktiga
förmågan. En subtil, kommunikativ förmåga till överblick
och att kunna agera med närvaro. Motsatsen till det är när
det blir mekaniskt, när undervisningen bara maler på utan
att ägna resultatet någon uppmärksamhet. Utan att se hur
undervisningen landar hos eleverna eller vad som samtidigt
pågår i rummet. Pernilla kallade sådana lektioner för HTG-
lektioner... Huvudsaken Tiden Går.

Anledningen till att rapporten skrevs var för att debattera
det faktum att många lärarstudenter hoppar av utbildningen
och att lärarbristen fortsatt är hög. Många lärarstudenter
upplever en chock när de möter skolvardagen i det
komplexa yrket som läraryrket är. En del söker inte något
lärarjobb, medan andra hoppar av innan de är
färdigutbildade. Lärarstudenter såväl som etablerade lärare
behöver stöd i en roll som verkar jäsa på alla bredder. Där
självaste undervisningen och planeringen av lektioner är det
sista som hinns med eftersom så mycket annat kräver
utrymme.

Och vad består detta "andra" av? Ja, ingenting oviktigt
naturligtvis för då skulle det vara en lättlöst match. Verb
som sammanställa, dokumentera, kontrollera, ansvara och
följa upp används frekvent här i Pernillas lärarvärld. Det kan
också handla om samtal, mejl eller möten med föräldrar.
Dokumentation av föräldrakontakter eller av elevers
utveckling och inlärning. Att utföra tester, leta efter elever,
följa upp rykten slash skvaller och hålla kontakt med externa
stödverksamheter ingick också i Pernillas arbete. Att dela ut
log-in-uppgifter, skapa blanketter och formulera nya rutiner,
besvara muntliga och skriftliga förfrågningar från kollegor
och lämna ifrån sig lektionsinformation till de lärare vars
elever hon undervisar. Vara rast- och lunchvakt, konstruera
lektionsmaterial, läsa utredningar, reda ut konflikter och
göra studieplaner. Kolla av och sortera mejl, skriva respons
till elever, skaffa fram plåster, sitta i möten och sedan utföra
allt som hon lovat till höger och vänster. Ge elever värdefull
och inlevelsefull tid, både till det som är kopplat till
undervisningen, men också till sånt som *inte* är det. Näst
gedigna ämneskunskaper är relationsskapande lärarens
viktigaste verktyg.
Vidare behöver Pernilla hålla ordning i pärmar med
dokumentation, skriva handlingsplaner, dela med sig av
information till alla som anses vara berörda samt
dokumentera att så också gjorts. Därtill plugga in
fortbildningsmaterialet till den internutbildning som varje
vecka, varje år rullar på skolan.

Och så det minst påverkbara: Att förstå vad en
hemmasittare behöver. En enkel fråga här. Hur ska man
kunna vara i närheten av att vara väl förberedd inför
lektioner när allt detta bara snurrar? Det ingår också i en
lärares arbetsuppgifter att hålla sig up-to-date när det gäller
forskning. Det är sådant som gör att Pernilla fastnar med
näsan i diverse allt möjligt. Exempelvis vad hjärnprofessor
Torkel Klingbergs senaste forskningsstudie visar beträffande

barns utveckling och inlärning. Som lärare bör man visa eleverna hur lärande går till och hur viktigt det är att ha fokus och grit. Då tränas eleverna till bättre resultat. Okej, då sätter vi upp det som punkt fem bland de tidigare fyra... eller fjorton, femtiotvå, tvåhundraåttio andra punkterna en lärare ska hålla balans på för att fixa.

Pernilla som redan från barnsben tyckt illa om höstar, har genom sitt yrkesval verkligen ställt till det för sig eftersom hon genom det, får allt detta framför sig varje läsårsstart. Men... jobbet är omväxlande, spännande och passar för den som har grit. Nåväl. Äntligen hade starten kommit på ett helt annat liv nu i dryga sju veckor. Sommarlovet. Pernilla unnade sig efter sin allra sista arbetsdag att slänga sig i soffan på altanen och bara ligga där. Hon hade slagit upp en somrig drink åt sig, dragit fingrarna genom sitt hår och än en gång förundrats över hur kort det var. Det tog liksom bara slut mellan fingrarna när hon drog igenom det. Hon hade haft många funderingar runt sitt hår. Vad skulle hon egentligen göra av det? Trassligt och tunt och med en ovilja att bli annat än axellång. Hon behövde verkligen kapa av det rejält. Pixie haircut, campingfrissa, nackkort, kalla det vad som helst, men just denna dag hade Pernillas kärringfrissa äntligen åkt av i ett endaste huj. Det var inte det minsta svårt och det hade sin grund i någonting så otippat som seglingens ÅF Offshore race.

Tobbe och Pernilla hade en eftermiddag åkt in till stan för att kika på båtarna som skulle ge sig i väg på Gotland Runt någon dag senare. De låg alla i närheten av Af Chapman på Skeppsholmen. När de hade tittat klart och gått därifrån rundade de en bar där folk satt utomhus bland glas och buteljer i den halvsvala utetemperaturen. Vid ett av borden satt fyra kvinnor. De var alla i lägre medelåldern och var och en av dem kanske hade varit ett smycke, men i flock blev det klart för mycket. De var mer sminkade än dragshowartister, hade mer krimskrams på sig än vad som var möjligt att krafsa ihop i en juvelerarbutik. Deras kläder var mer djurmönstrade än rovdjuren på savannen, klorna längre än sengångarens och bröstklyftan så hissad att det blev svårt att få koll på vilken kroppsavdelning klyftan tillhörde. Var det en ovanligt låg dubbelhaka eller möjligen ett slappt underbett? Samtliga hade så mycket frissigt, tuperat hår att det såg ut som om fyra strutar mellanblont sockervadd satt till bords. Det fick vara nog nu, det där såg ju inte klokt ut och håret måste av! Pernillas alltså, inte deras. Minsta risk att se så där galen ut behövde undvikas.

Nästa dag bokade hon en tid hos frissan och samma natt drömde hon att hon hade varit hos frisören. Det fanns bara fyra frisyrer att välja bland och de alla hade mycket märkliga namn. Turkish Delight, Mango Diabolo, Crusier Red och Calypso Event. Namnen sa henne ingenting men eftersom hon absolut ville behålla sitt blonda hår avråddes hon exempelvis från Crusier Red. Den blonda frisyren hette Calypso Event, så det var den hon kunde ta. Några priser stod inte heller och Pernilla tyckte verkligen inte om att fråga efter priser. Skulle hon klippa sig, fick det kosta vad det kosta ville och nu var hon på plats. Om allt så här långt verkade vara helt i sin ordning, var det som sedan hände mer märkligt. Pernilla somnade. Hon minns ingen hårtvätt, ingen klippning, inte att någon fön dragit fram i håret och inte att de pratat om något eller gjort upp det ekonomiska. Allt var blankt. Efter att hon hade vaknat tittade hon sig i spegeln och såg att hon var blond men att håret hade blivit längre, särskilt i nacken. Hon var helt ensam hos frisören och på bänken framför henne låg hennes plånbok och lite pengar framme. Hon hade tagit med sig 2000 kronor i plånboken och alltsammans låg kvar där i. På bänken däremot låg fyra vikta tusenlappar, plus några tjugolappar. På ett kvitto läste hon att täckning saknades för 196 kronor på hennes bankkonto. Notan hos frissan gick på 1796

kronor men hon hade bara betalat 1700. Hon såg sig i
spegeln ytterligare en gång innan hon tog sin väska och gick.

Nu var håret i alla fall friserat och klippt och det skulle nog
ta tid innan Pernilla vande sig. Så här kort hade det aldrig
varit men hon var supernöjd över resultatet.
Juniresan till Windy Bay närmade sig. Några fantastiska
substantiv skulle då avnjutas. Värme, bufféfrukost,
seglingsteori, solkräm, cross shores, racechat, Round the
rock race, adrenalin, joyrides, eftermiddagssol, Radler,
solstol, grekisk sallad, BBQ, barliv och långsamma steg. Må
dagarna bli riktigt långa och sega. Hon tog en slurk på sin
drink, sträckte ut sig i eftermiddagsvärmen och textade ett
par rader till Rut.

*Fy fan, smågodis och Cuba Libre. Hur mycket har man spårat ur
då?*

Kapitel 9
Om pizzeriapodderian, Bengtrundan och alla sladdar
samt de 400 volten och sånt som lyser tätt

Rut vaknade av ett pling på mobilen och efter en titt på vad det stod, fick hon sig ett redigt skratt. Det var Tor som hade varit i farten förstod hon, och Pernilla som ännu en gång haft anledning att ropa på hjälp. Hon uttryckte ibland att hon hade både en Tor och en tonåring där hemma. Det hände att Pernilla hörde av sig till Rut för att få ett råd, ibland behövde hon bara prata av sig. Andra gånger ville hon dela en upplevelse av karaktären det-är-ändå-ganska-gulligt-med-en-tonåring-i-familjen. Den här hälsningen var av just den senare sorten.

Tänkvärd varning! Om någon i familjen gjort en ansiktsmask innehållandes mjölk och gelatinpulver (med konsistensen av snigelslem) och ropar: "mamma, det är klart nu, kom och testa"... Då gäller: Var inte för entusiastisk. Andas med munnen. Lägg inte på så mycket. Var försiktig vid ögonbrynen. Älska upplevelsen av skinnflåddhet.

Rut hade inte längre några bryderier runt tonåringar även om hon för närvarande inte önskade sig något hellre än en ansiktsmask i kombination med ögonbrynsplockning.

I stället hade de ett helt annat bekymmer där hemma. Under hela våren hade lamporna i taket blinkat och flämtat. Sådant kunde skapa både irritation och nervositet eftersom det ideligen var något som pockade på uppmärksamhet. En tanke, ett samtal, en stund i soffan eller i köket stördes av att ljuset avbröt dem. Det var litegrann som att ha en treåring hemma.

"Mamma!"

"Mm..."

"Mamma!"

”Mm, vad är det?”
”Mamma?
”Ja min vän, vad vill du?”
”Mamma!”
”Är det någonting du behöver hjälp med? Du säger mamma hela tiden.”
”Mamma!”
”Men för i helveteeeee, sluta störa! Vad vill du?” Det där sista ryas inte särskilt lätt till en treåring men kan med fördel vrålas åt en funktionshämmad belysning.

Ja, för så var det. Det hade blinkat frekvent i månader! Fatta vilken påfrestning. Som en jämförelse kunde det till och med vara rena SPA-känsla att gå ut och hänga med hönsen. Ibland önskade Rut att hon och Twist bara hade haft en liten gasollampa och ett stearinljus i huset. Det hade varit en ren befrielse. Hon var till och med beredd att hålla med Thomas Edison som vid sekelskiftet förordade likströmmen. Ingen kommer någonsin att använda det, sa han. Han tyckte att det var enbart slöseri med tid att tramsa runt med växelström. Slöseri med tålamod, tänkte Rut och rös av blotta tanken på allt som borde finnas i huset bakom väggarna och över dem i taket. Sladdar, kontaktdon, skarvar och transformatorer i en salig röra dolda av mellanväggar, gipsskivor och vävtapet. Och någonstans där mitt i ormgropen hade det alltså blivit en liten knicks, ett brott eller en felstyrning. Vad annars kunde förklara denna ständigt pågående visuella morsesändning.

Ibland hade lamporna, eller rättare sagt trasslet som de inte såg, bestämt sig för att avbryta blinksändningen. Då blev allt plötsligt lugnt och vilsamt. Tillräckligt vilsamt för att Rut och Tobbe skulle tro att det gått över, vilket så klart inte var fallet. Snart började det blinka och flimra igen, på både över- och undervåning. Först när blinkandet satte igång igen kom de på att belysningen hållit sig lugn ett tag och grämde

sig över deras ouppmärksamhet under den tillfälliga
möjligheten till njutning. Värmepumpen och spisen sviktade
i kapacitet på liknande sätt som lamporna. Exempelvis när
de startade en av spisens plattor, sjönk trycket i
värmepumpen medan lamporna i taket i stället började lysa
starkare. De kollade säkringar men hittade inte heller där
något glapp.

Nu hade i alla fall månader gått och äntligen plingade en
elektriker på dörren. Det var Twist som hade kallat på
honom och beskrivit hur belysningen där hemma egentligen
uppförde sig.
Elektrikern klev in tillsammans med en anständigt mängd
prylar och Rut såg på en gång att de antagligen var på tok
för få för att styra upp i elmisären. Mycket riktigt, fick
elektrikern åka samt återkomma ett par, tre gånger till med
påfyllning av särskilt viktiga elattiraljer. Snart var huset fullt
av sådant som med all säkerhet vare sig tillhörde Rut eller
Twist. Inklusive en förbryllad elektriker.
”Det kan vara något fel på nollan och det är allvarligt. Då
kan det börja brinna eller så kan man få fyrahundra volt i sig
när man ska tända lampan. Hur länge har det här pågått
då?” undrade han.

Tänk att det alltid var så svårt att veta när saker hade börjat
och särskilt när de liksom aldrig riktigt slutat. Så var det
jämt. Tandläkaren undrade, husläkaren ställde ofta samma
fråga, likaså jourservice, försäkringsbolag, veterinär och
telefonbolag.
”Hur länge har det varit så här?” Rut hade aldrig svaret, det
var omöjligt att veta. En månad, eller två, eller kanske ett
halvår eller var det två år? Tiden gick så fort och levererade
så många intryck, så var saker började och slutade gick inte
att hålla reda på. I så fall skulle hon behöva skriva upp allt
och hon ville ju inte hamna i samma kalenderträsk som
Pernilla. I det träsket skulle hon drunkna eftersom precis allt

kunde tänkas vara nödvändigt att notera, för hur skulle man annars kunna veta och sortera i det efteråt? Tänk om massor av tid lades på att anteckna allt och så kom dagen då det var dags att ta fram år av noteringar bara för att konstatera att *just den* viktiga noteringen visst inte plitats ner. Så nej, hon noterade ingenting. Svaret på frågan "hur länge" krävde en chansning. Hur grov chansningen skulle vara, avgjordes från fall till fall och gick givetvis att glida på likt hartset på en fiolstråke. Det gällde att läsa av personen som hade ställt frågan. Hurdan var hon eller han.

Svarade man "inte så värst länge, kanske en månad eller så", kunde larmet negligeras och engagemanget bli för svalt. Svarade man i stället "jättelänge, kanske ett halvår, ett år", kunde det tas som ett tecken på ointelligens eller arrogans. I så fall, varför hade Rut inte hojtat till tidigare? Allvarsgraden på det man ville ha hjälp med fick avgöra. Stod man hos veterinären med en katt som hade ett kycklingben i halsen, vore det dramatiskt dumt att inte veta hur länge katten haft besvär. Att där och då antyda att det rörde sig om ett halvår, ett år ungefär, skulle inte vara ett särskilt begåvat svar. Pratade man däremot med telefonoperatören kring ett problem rörande samtalstrafik, kunde svaret "ett halvår, ett år" vara det som i stället fick felsökaren att skamset agera blixtsnabbt och fyllas av beundran för kundens tålamod. Det var ju ändå deras uppgift att leverera fungerande telefoni. I de lägena kunde man till och med få en premie eller en present, exempelvis fria samtal eller ett par gigabite extra surf.

Rut var osäker på vilken sfär av chansning som fyrahundra volt i vägguttaget hörde till, så hon svarade lite trevande.

"Ja, det har nog varit så här i månader, det är svårt att veta eftersom det kommit och gått lite. Ibland har det varit bra så länge så att vi trott att det har självlagat sig". Rut skrattade

lite nervöst. Precis när hon pratat klart kom hon på att det
kanske inte var så smart att använda ordet självlaga. Här
stod hon framför en person som antagligen hade flera år av
elstudier och intresse bakom sig. En man som hade valt
elektrikerskråets utslagna väg till försörjning, med
studieskulder och avancerad brandsäkerhet inkluderade, här
passade det förmodligen inte att säga att ett elfel plötsligt
skulle kunna självlaga sig. Hur dum fick man vara? Rut
tittade på elektrikern innan hon fortsatte.
”Ja, vi har felsökt själva förstås. Dragit ur varenda sladd ur
kontakterna, gått från rum till rum. Stängt av värmepannan,
datorer, utebelysning, spisen och sedan slagit på en sak i
taget för att kunna härleda… Vi hittade ingen logik och inga
mönster.”
Idiot, nu var hon där igen. Trodde hon att det var så enkelt
som att dra ur lite sladdar? Vadå felsökt? Logik och
mönster, det var väl inte en talserie som skulle ordnas?
”Mm”, lät det från elektrikern som nu bara ville veta var
elcentralen eller det så kallade proppskåpet fanns.
”Visst ja, det är här inne, följ mig”, sa Rut.

Inne i tvättstugan, längst in i hörnet fanns skåpet. För att
komma åt det, alltså för att alls kunna öppna dörren
behövde Rut lite raskt flytta på lite grejer. Tre tvätthögar, en
stor verktygslåda, en strykbräda, mängder av plagg som
hängde på tork, fyra par vinterskor, en stor plastback med
Twistprojekt och en stol som hamnat där. Det var väl det
minsta elektrikern kunde begära av den som tog emot
honom, att platsen som han *garanterat* behövde besöka var
framkomlig. Det hade varit vettigare än att ägna tiden åt att
dra ur en massa sladdar.
”Anledningen till att vi slutligen insåg att något behövde
göras, var när jag lagade mat igår. När jag slog på två
spisplattor, ökades plötsligt styrkan på takbelysningen
samtidigt som trycket i värmepumpen sjönk. Låter inte det
som en orimlig ekvation?”

"Mm", var ljudet som än en gång kom ur elektrikern.
"Min man hoppas att det är spisen det är fel på, han har
länge velat köpa en ny. En induktionsspis, men jag har blivit
spiskramare ser du. Här köps ingenting", malde Rut på.
Elektrikern vände sig om och tittade på henne. En suck
hördes.

"En troligare förklaring kan vara kompressorn, tror du inte?
Eller... eller... ja, nu vet jag! Det kanske kan vara
golvvärmen. Den enda elkällan som vi inte drog ur när vi
testade." Rut var imponerad av sig själv, att hon kom på
något så smart. Hon var imponerad för ett tag i alla fall.
Plötsligt insåg hon vilket gigantiskt misstag det var att ens
tänka tanken på att dra in elektrikern i närheten av
golvvärmecentralen. Luckan till centralen satt längst inne i
en garderob, alltså bakom ett rack med proppfulla, tunga
elfabackar. Då skulle hon behöva lyfta ur alla backar för att
kunna ta ut ställningen och för att få ut ställningen behövde
ett skrivbord skjutas på och för att lyckas med det skulle
hon behöva tömma skrivbordet... och alltsammans skulle
hon få göra medan han bara stod och titta på med himlande
ögon och fler tunga suckar.
"Fast å andra sidan drog vi inte ur diskmaskinen eller kyl-
och frysskåp heller, så jag vet inte", fyllde hon på.
"Näe, jag vet inte heller", sa elektrikern.

Han kollade i elskåpet både inne i huset och utanför. Han
drog åt allt som satt det minsta löst och därefter kikade han
in i alla små håligheter som dolde sladdar och var
förberedda för framtida elkopplingar. Han lyste med
lampor, petade runt med strömmätare, bytte några
kopplingar och drog i kablar. Felet lät inte visa sig. Han
behövde rådfråga andra och tänka till ett tag så efter tre
timmar avbröt han jobbet. De skulle ses om ett par dagar
igen. Nu fanns det åtminstone ingen risk för att några
fyrahundra volt skulle fara runt som fria radikaler i huset.

Fem minuter efter att elektriker lämnat gården började lyset blinka som i Popexpressen på Gröna Lund. Nu flämtade det inte längre, i stället flimrade och darrade det. Det var som om huset blivit hemsök. Helt galet. Det hela mattades av under kvällen och sedan var allt som vanligt igen.

Två dagar senare, på fredagen, återkom elektrikern. Han hade med sig en stege, en stor verktygslåda, en sladdvinda och lite andra elprylar. Två vändor till och från bilen fick det bli. Nu skruvade han bort dimrarna ur kontakterna. Han hade bestämt sig för att det var dessa som utgjorde den visuella oredan. Han drog sladdar kors och tvärs i huset för att utesluta vissa sträckor av el och på så vis hitta vilken krets som bråkade. Plötsligt var han supernöjd. Han hade hittat felet. En tjock sladd ringlade sig över kök- och hallgolv som fick representera kopplingen mellan dimrarna och elcentralen. Den tidigare strömkällan var därmed bruten. Ljuset stabiliserade sig och lugnet la sig.

"Det lyser tätt nu", sa han. "Inget som stör".
Rut applåderade och elektrikern såg stolt ut, liksom lättad. Det kunde bli en kort fredag och jobbet var gjort, det *svåra* jobbet var gjort. Han skulle kunna unna sig en öl i eftermiddagssolen. Rut sa att hon behövde åka iväg en sväng men så snart han plockat ihop sina grejer kunde han bara stänga igen dörren där hemma. Hon tackade honom för jobbet och i samma ögonblick som hon skulle gå mot hallen stelnade hon till. Hon tittade på elektrikern som också såg alldeles sammanbiten ut. Han hade liksom fastnat i ett leende medan blicken sökte sig uppåt. Det hade börjat blinka igen. De tittade på varandra och började skratta.

Rut pep iväg och elektrikern stannade kvar. Jobbet var uppenbarligen inte slut än, fredagseftermiddagen fick ny skepnad och ölen fick vänta. Rut gjorde det hon hade tänkt, var borta i ett par timmar och när hon var på väg hem igen, ringde telefonen. Det var elektrikern. Å stackar'n, hade han inte kommit loss än?

"Är du kvar hemma?", undrade Rut och tyckte att det plötsligt hade låtit som om elektrikern ingick i familjen när Rut på särskilt familjärt vis undrade var han var. Ungefär som om hon hade med hans planer att göra.

"Nej, men jag kom på en sak, jag fick en idé på något som jag kunde pröva. Kan jag komma förbi igen nu i eftermiddag?"

"Absolut! Jag är hemma om fem minuter."

Elektrikern kom tillbaka, drog sin sladd på nytt sorts vis och ströp kontakten helt med dimrarna i köket och hallen. Han lät dem vara på, i ett fast ljussken. *Dra ner rullgardinen, släck alla dimrar som stör*, nynnade Rut på kvällen när hon lagade mat under en fläktlampa som blinkade frekventare än Kullens fyr. Takbelysningen däremot, den lyste tätt. För att använda elektrikerspråk. Med andra ord; stadigt och lugnt.

Efter denna noggranna genomsökning tog elektrikern slutligen kontakt med Ellevio. Företaget som utlovar att elen ska levereras från ett stabilt elnät samt ger en elleverans som man kan lita på. Det var just i uppkopplingen mellan utlovandet och mottagandet som det hade skitit sig, tänkte Rut. Felet konstaterades nämligen ligga utanför fastigheten. Samtidigt var hon en smula lättad över att saken inte alltför enkelt gick att felsöka. Det fanns väl inget värre än att boka upp en hantverkare som efter fem minuter hittar felet och kräver tolvhundra kronor i ersättning för det man själv redan listat ut. Enda stället där det är i närheten av okej, är väl just hos tandläkaren, tänkte Rut som gärna fortsatta jämförelserna mellan olika yrkesgrupper. Vem vill ägna timmar av sin tid i tandläkarstolen och ge dem utrymme för att hitta fler komplikationer än nödvändigt?

Eftersom Ellevio inte har resurser att åka på alla felanmälningar, kan man som privatperson inte beställa dem för att kolla anslutningar mellan väg och fastighet. Därför måste en elektriker kontaktas först som kan ringa in problemet. Frågan var nu bara vem som skulle betala det inringade problemet när det visade sig att felet låg utanför fastigheten? Elektrikerna tippade på Rut som fastighetsägare och Rut tippade på Ellevio som leverantör. Det blev 1-0 till Rut. Ellevio stod för hela kostnaden.

Nästa bekymmer i Ruts tillvaro var Bengt. Han hade verkligen fastnat på pizzerian. Först skulle han bara vara där i några dagar. Då var han nervös och spänd inför det nya men samtidigt glad och på ett sätt lättad. Det hade hänt tråkigheter på ICA förstod Rut men hon märkte på Bengt att det inte var något han ville prata om. Nu såg han det här med pizzerian som något spännande att pyssla med de närmaste dagarna. När Rut och Twist var och hälsade på honom andra dagen efter att Dimitri åkt iväg, kunde de se att han njöt av att ensamt stå i sina funderingar och bearbeta degen. Vad som hänt på ICA kunde de bara spekulera i, men de gissade att det handlade om Bengts svårigheter med att reglera affekter. De tänkte här på hans oförmåga att "tänka före" och att stoppa sitt beteende vid rätt tillfälle. Oförmågan att tänka över huvud taget kanske. Rut och Pernilla hade ofta pratat om Bengts svårigheter med självkontroll och *inre* reglering. Inte bara den inre förresten, reglering över huvud taget tyckte Pernilla. Hon hade hört Tor prata med någon i telefon angående en kille som suttit med en skylt i en kundvagn och bett om ursäkt för något vid ingången till ICA. Tor hade tillsammans med Pernilla reflekterat över det något udda stället att bikta sig på. Bakom ett skynke hos en präst var något han hört talas, men på ICA? Det hela lät märkligt, men en par bilder på Instagram bekräftade händelsen. På den ena bilden såg man skylten och på den andra baksidan av en polis och så grabbens grinande ansikte över polisens axel. Polisen var i färd med att lyfta upp killen ur kundvagnen och det verkade vara ett ganska smärtsamt kramande dem emellan.

När Rut och Twist var hos Bengt var det bitvis svårt att få kontakt med honom och han kunde absolut inte kavla och prata samtidigt. När det kom in fler kunder i butiken var det tur att Tor fanns till hand under de första dagarna. Bengt tog sig igenom varje moment i en pizzas födelse med lika delar lättnad och vämjelse. Efter fem dagar skulle Dimitri vara tillbaka men på sjätte dagen när Bengt och han skulle sammanstråla på pizzerian för en överlämning, dök Dimitri inte upp. I stället ringde han vid 10-tiden och berättade att han var tvungen att stanna kvar. Bengt fick lov att stänga pizzerian om han behövde men Bengt tyckte nog att han kunde fortsätta ett tag till. Kundunderlaget låg rätt stabilt och han skulle nog kunna hantera det hela. Inköp av ingredienser med mera skötte han via Coop. De hade ju pensionärsrabatter där som Bengt kunde dra nytta av, så det skulle gå bra alltsammans. Och tid hade han. Var det något han hade gott om så var det just det.

När ytterligare tre veckor hade gått och Dimitri inte var tillbaka i Laduvik då heller, bestämde sig Bengt för att etablera sig som pizzabagare. Han hade börjat få snits på bakandet, kunde flera pizzors ingredienser utantill, han kunde ta fler beställningar och hade god kontakt med kunderna. Hans identitet som ICA-handlare hade fått samma sorts flyktighet som mjöldammet, liksom rört sig från förtätat till svävande. ICA var ett minne blott, nu var han pizzabagare. Kunde en grek ta det italienska köket och göra det till sitt, så kunde väl en svenne göra detsamma. På månadsdagen av hans nya identitet, bakade han en alldeles extra ordinär pizza med ingredienser kombinerade som på ingen annan pizza. På tomatsåsen placerade han ut stekta lökringar, ansjovisfiléer och strimlad potatis. Detta toppade han med ett redigt lager västerbottenost och efter bakningen ringlade han gräddfil uppe på. Den pizzan döpte han till Bengts frestelse.

Det finns exempel på individer som har tvingats byta namn
beroende på att de väcker för mycket uppmärksamhet.
Galopphästen President Trump är ett sådant exempel. Det
finns också personer vars namn har fått benämna föremål,
som exempelvis den franske doktorn Joseph Guillotin. Och
så finns det personer vars namn har blivit ett verb. Den
irländske godsförvaltaren Charles Boycott och den franske
kemisten Louis Pasteur kan tas som passande exempel på
det.

Det finns också många personer som gjort avgörande
avtryck på vår tids livsföring men som ingen känner till.
Exempelvis går många omkring i perioder av total
omedvetenhet och tänker på den engelske
begravningsentreprenören William Banting. Banting levde
på 1800-talet och hans familj var begravningsentreprenörer
och kistmakare åt fint folk, framför allt kungafamiljen.
Under hans tid organiserade familjeföretaget jättelika
spektakel som än i dag är förlagor till kungahusens största
offentliga händelser. Bantings levde ett aktivt liv och
William blev överviktig redan i 30-årsåldern. Midjemåttet
växte ytterligare samtidigt som han gick i pension och blev
änkling. Till slut hade han blivit så stor att han inte kunde
knyta sina skor. Han var 165 centimeter lång och vägde över
nittio kilo och hans mage krånglade och knäna värkte.
Övervikten hade blivit ett handikapp. Hans läkare rådde
honom att motionera mera, vilket i sin tur ledde till att han
bara blev mer hungrig. Under trettio års tid fick han massor
av goda råd men inga av dem hjälpte.

Inte förrän Banting behövde konsultera en öron-, näsa-
halsspecialist med anledning av sin dåliga hörsel kom
vändpunkten. Den nya läkaren satte honom på diet, en diet
som i första hand begränsade mängden socker och stärkelse.
Det var kvaliteten som var det viktiga att fokusera på, inte
kvantiteten. Bröd, smör, mjölk och socker var förbjudet
medan alkohol var okej, dock inte champagne, öl eller port.
Potatis tilläts inte. På ett år hade Banting gått ner över 20

kilo. Tacksam över sin förbättrade livskvalitet skrev Banting en bok "A Letter on Corpulence Addressed to the Public", med information om den diet som hjälpt honom. Boken blev en succé och konceptet spred sig även till Sverige. I mer modern tid kom detta att kallas Atkinsmetoden, benämnd efter en annan person, nämligen läkaren Robert Atkins.

För Ruts del var detta med att skippa goda mackor, sötsaker och givetvis även skumpa, snudd på en omöjlighet eftersom det tillhörde livets goda. Det där med skumpa hade hon lärt sig av Pernilla. Hellre ett par glas skumpa än vanligt vin, drinkar och öl. Packa en picknickkorg med mousserat vin, några goda wraps och en påse smågodis så kommer Rut garanterat med.

Rut och Twist hade sina morgonrutiner på gården som innefattade en runda kring alla djur. Först gick de med mathinkar och hö och fyllde på alla vattenhinkar. Rut matade och pysslade om hönsen, medan Twist skötte getterna. Efter foderrundan gick de sedan en sväng tillsammans och såg över staket, inhägnader och övriga ytor runt djuren så att ingenting hade blivit söndergnagt eller förstört under kvällen och natten. Staketrundan såg de också som en skön morgonpromenad och den avslutades alltid med en sväng upp till bina. Strax innan de kommit fram dit vek Twist alltid av mot ladan för att pyssla om ostarna som han brukade säga. Rut visste att han gjorde det mer för att slippa bina än för att klappa på ostarna. Han gjorde allt för att slippa bina nämligen, så därför försvann han in i ladan. När djuren var mätta och nöjda ägnade Rut och Twist sig åt dem på ett mer socialt plan. Alla fick uppmärksamhet och en studs gos. Trygghet och trivsel var näst efter mat, det viktigaste att ge djuren tyckte de alla. Även Mini ingick i dessa morgonbestyr vissa dagar. Mini hade ett slags socialt batteri som ganska ofta tappade kraft bland människor. Hos djuren däremot fylldes det på, på något märkligt sätt. Getterna var hans batteriladdare och efter en stund med dem gick han från tämligen röd urladdning till grön fulladdning.

Normalt sett tog de också en sväng förbi deras lille fostertomte på platsen i staketnischen intill gethägnet. Tomten var klädd på trevligt vis enligt tomtenormen i sin året-runt-outfit. Han bar röd dräkt och röd luva, färgen lyste upp i såväl dimma som mörker. Som gårdens skyddshelgon och med en skylt med ständigt nya budskap i sin högra hand hade den blivit en lyckobringare. Tomten inte bara passerades på morgonen, de brukade också säga godmorgon och piffa till skägget på honom lite. Men inte på ett tag nu, för Rut hade lånat ut honom. Hon hade smugglat in sin lyckobringare till Laduviks pizzeria. Hon tyckte att den just nu skulle behöva göra tjänst där. Dels för Bengts skull men givetvis också för Dimitri tänkte hon, så att allt gick vägen där borta i Grekland. Rut hade inte berättat något om tomten för Bengt och hon hade till och med gömt den bakom ugnen. Anledningen var att hon misstänkte att Bengt bryskt skulle avfärda hennes omsorger, och kanske rentav överföra dåliga vibbar på tomten. I så fall skulle det bli en oturstomte av honom igen och den risken kunde inte Rut ta.

Tills för alldeles nyligen hade Rut och Twist haft en så kallad Bengtrunda, det var den som gick om kon och hennes fullvuxna kalvar Vassle-Liki, Filofax och tjuren Bengt II. Under vårvintern hade hon, Twist och Mini gemensamt tagit det smärtsamma beslutet att sätta över tjuren och kvigorna i en större besättning på en annan gård. Kon däremot, hon var ju lätt begagnad redan när Rut och Twist tog över henne, så för hennes del var det slakt som gällde. Sorgligt, tyckte Rut som genomfors av ett fruktansvärt dåligt samvete varje gång hon tänkte på det. För att inte lämna

kompisen Bengt åt sitt öde med eget ansvar över pizzerian,
behöll de Bengtrundan under sommaren. Med den
skillnaden att det inte var tjuren Bengt som besöktes utan i
stället pizzabagaren Bengt. De tog helt enkelt svängen om
Bengt varje förmiddag för att kolla att läget var under
kontroll. I de allmänna rutinerna tyckte de inte att den
rutinen störde nämnvärt.

Sedan Mini börjat köra Podderian tillsammans med Sigge,
hade han något lägre kapacitet för gården. Något lägre för
att vara Mini, var ingenting mindre än en ofattbar
effektivitet. Han hann med det han skulle, men det var
givetvis skönt att ha fyra stora djur färre på gården. Några
killingar hade de inte fått i år, men de hade så mycket
getmjölk i sina kylar i ladan att getost skulle komma att
produceras precis som tidigare. Mini och Sigge hade
kommit på den geniala idén att tillfälligtvis flytta Podderian
till pizzerian. Därifrån kunde de köra live och knyta upp fler
poddare genom att vara i vimlet. Det fanns mer än en
radiostation som jobbade mobilt sommartid och sände från
en variation av platser. Det skulle Mini och Sigge också
kunna göra. De behövde bara fråga Dimitri först eftersom
de behövde använda hans kontor till inspelningsstudio. All
teknik hade de redan och den var enkel att flytta på. En
dubbelmikrofon, två par hörlurar, ett stativ och en dator
bara.
Podderian hade varit i gång några månader vid det här laget.
Det var genom adressen *laduvikspodden/sigge-och-mini-med-
gaster-laduvik-podcast* som den hugande efter avcheckning
med redaktionen kunde få chansen att berätta om ett
intressant ämne och spela lite skön musik.

Sigge och Mini kompletterade varandra på ett fantastiskt
sätt i produktionen. Sigge hade talets gåva, peppet och
många briljanta idéerna för att Podderian skulle kännas
fräsch och inspirerande. Mini var grymt teknikintresserad

och skötte ljudbalanser, uppkopplingar och länkar med
fullfjädrad noggrannhet. Dimitris pizzeria gick som smort,
så kunde man väl ändå uttrycka det. Inte bara genom att
hålla ruljangsen igång med pizzorna, utan den hade en
spännande framtid också. I alla fall nu sommartid.

Kapitel 10
Om bortsprungna nycklar och nätterna i bilen
samt frontalkrocken till havs och goda ballottiner

Yesss, transportstyrelsen ringde idag. Vi får ett chassinummer, hurra!
Det var Tobbe som skickade ett glädjebesked via SMS. Att
det framfördes med stor aplomb, märktes eftersom Tobbe
vanligtvis inte stavar yes med tre "s" eller avslutar en
mening med utropstecken. Punkt fick bli bra nog i hans
meddelanden. Mindre än en timme senare stod han i köket.
"Va? Är du redan hemma?"
"Ja du förstår, nu har vi mycket att göra, det finns snart
ingen tid att vinka på."
"Vad är nästa steg då?" undrade Pernilla som omedelbart
kände av en ganska markant pulsförhöjning.
"Det är att prägla in chassienumret i ramen, vilket de kan
göra på bilverkstan om vi kan komma dit redan i
eftermiddag. Fatta vad skönt! I år kommer vi att kunna åka
helt lagligt med trailern."

Anledningen till glädjen hade sin historia. För drygt fem år
sedan åkte Tobbe och Pernilla till Holland för att hämta två
båtar och ett släp. Båtarna var bara att putta i vattnet och
köra, värre var det med släpet. Det fick inte köras utan
registreringsskylt. I Holland och även i Norge, England och
lite varstans har de andra principer. Där går det bra att
klippa till en bit kartong, vilken som helst och skriva
dragbilens registreringsnummer på och sedan klämma fast
den på släpet. Därmed ansågs släpet registrerat och klart.
Riktigt så funkar det inte i Sverige. För att få en
registreringsskylt måste släpet registreringsbesiktigas. För att
få till en registreringsbesiktning måste man besöka Svensk
Bilprovning och för att få dem att göra något över huvud
taget måste det finnas ett chassinummer.

Transportstyrelsen är de som delar ut chassinummer, men inte hur som helst. Inte utan särskilda regler och definitivt inte till alla som behöver. Man måste minst ha ett Certificate of Conformity, ett så kallat COC-dokument, vilket är ett speciellt EU-intyg. Ett sådant dokument är något som tillverkaren utfärdar... eller borde kunna utfärda om de inte väljer att sätta sig på tvären. När man ansöker om ursprungskontroll hos tillverkaren görs det i sex steg. Alla uppgifter om fordonet och ägaren måste fyllas i. Det är först efter att samtliga steg gåtts igenom som ett ärende registreras hos Transportstyrelsen. Det var här någonstans som något hade gått snett och ingenting hände. Inte förrän nu, fem år senare och tack vare Tobbes envisa envishet, hade de äntligen fått ett chassinummer tillsänt sig. Det var det som spred oreda bland konsonanter och utropstecken i Tobbes superglada SMS och det var i grevens tid. Om bara två veckor skulle bil och släp packas fulla inför årets EM-resa i Europa och då gällde det att ha ordning på chassinummer och annat. Släpets chassinummer blev inpräglat i ramen och en tid bokades för en registreringsbesiktning.

Det fanns en tid då Bengt och Pernilla fortfarande hade någon slags kommunikativ kontakt och Bengt gärna gav kloka tips till Pernilla. Då fick hon bland annat reda på att om man skulle besöka besiktningen, var bästa tiden att göra det en fredag efter klockan sexton. Då var alla gubbar på besiktningen så less efter veckan att de bara ville få slut på dagen och åka hem. Med det resonemanget utgick han ifrån att yrkeskårens stolthet bestod i att slarva, åtminstone om det fyllde ett högre syfte. Ytterligare en idé som Bengt hade, var att om bilen kördes av en ung tjej, skulle det gå ännu enklare att få igenom den, eventuellt vilket vrak som helst. Tanken var att den unga tjejen i fråga, med hjälp av sitt rosiga och oskyldiga utseende, skulle distrahera besiktningsmannen så att han skulle titta mer på henne än

på bilen. På den tiden hade Bengt ett vrak, och därför var
det endera Pernilla eller Pernillas syster som fick ta Bengts
bil till besiktningen, och gärna en fredag efter klockan
sexton.

Vem Bengt hade hämtat denna tvärvetenskapliga
information från var sin "gode vän Robert". Det kunde vara
Robert, Sven, Curt eller vilket annat namn som helst som
var hans "gode vän". På det viset var han som ett barn. Han
utgick från att alla visste vem det var han pratade om. Barn
pratar jämt om människor i deras närhet som om alla vet
vilka det är. Fast när det gäller Bengt går det faktiskt att
litegrann lista ut vilka han pratar om. Tack vare prefixet *gode*.
Pernilla hade lärt sig att det borde vara en bankman, en
arkitekt eller en advokat. Kanske snickare, plåtslagare eller
målare men absolut inte en kommun- eller statstjänsteman.
Heller inte en besiktningsman.

Alla besiktningshallar tar inte emot släp så Tobbe hade fått
en besiktningstid i en hall väldigt långt bort. Dessutom så
tidigt som klockan åtta på morgonen. Besiktningen var
skarpt läge, så mycket förstod Pernilla och detta fick henne
att tänka igenom vad hennes pappa sagt när dagen kom för
registreringsbesiktningen. Tanken hade flugit i henne att
hon var den som skulle ta besiktningen. Men det fanns inte
på världskartan att Pernilla skulle köra släp, i alla fall inte så
långt, och inte till en besiktning. Hon rös vid blotta tanken
på att behöva åka över en smörjgrop med hela ekipaget,
kanske köra snett och tvingas backa. Hon fick en inre bild
av ett släp som i tvärställt läge hamnat halvvägs ner i
smörjgropen medan varenda besiktningsman i hallen stod
och skrek och viftade. Nej aldrig att hon skulle ställa upp på
det.

Kvällen innan besiktningen ställde Tobbe väckarklocka på
06:00. Han skulle gå upp lite tidigare och Pernilla kunde

sova en halvtimme längre. Så skulle det kunnat vara men eftersom Tobbe aldrig stänger av väckarklockan utan snoozar den, så ringde den snart igen. Om det var första gången, hade det betraktats som ett olycksfall i arbetet men just detta hade hänt flera gånger tidigare. När snooze-timern var förbi och klockan ringde igen hade Tobbe hamnat i duschen, så han hörde inte signalen. Dessutom hade han flyttat klockan slash mobilen från sängen där Pernilla i bästa fall kunde ha nått den, till byrån utanför badrummet. Där låg den och ringde, långt från dem båda och för Pernillas del var möjligheten att få sova en extra halvtimme över. Hon gick upp, kände sig surmulen över det men vid frukosten hade hon kommit i fatt uppvaknandet och kunde skämta lite om det.

”Tur för dig att jag var vaken annars hade du varit flådd vid det här laget. Med osthyvel.” Tobbe skrattade lite nervöst.

”Jaja, men nu skyndar vi på, det är en bit att åka.”

”Kan du inte tänka lite, liksom förutse sånt här?”, vädjade Pernilla men såg att hon pratade för döva öron så hon la ner fortsättningen.

Hon plockade undan frukosten och Tobbe började röra sig i cirklar. I snabba cirklar. Det verkade som om han letade efter något. Som vanligt.

”Var fan är nycklarna till släpet?” Han letade i lådor, i fickor, i väskor och slutligen i verktygslådan för seglargrejer.

”Vad bra det vore med en rutin här, tycker du inte?” Pernilla tyckte sig ha fått in en fullträff men dessvärre lät hon verkligen som en morsa eller nåt.

”Eller att man kollar upp särskilt extra väsentliga saker dagen innan.” Där fick han för väckarklockan, tänkte hon och kände sig nöjd. Tobbe letade med allt större iver och rafsade runt även på helt otänkbara ställen. Han hamnade i verktygslådan igen fast denna gång i den stora lådan. Och klockan gick.

”Får väl ta hammaren då” hörde hon honom säga för sig
själv.
”Har du verkligen kollat i kökslådan ordentligt?” undrade
Pernilla. Med en sista koll där dök faktiskt reservnyckeln
upp som från ingenstans. Tobbe gick ut till bilen för att fälla
ut dragkroken och där i skuffen hittade han också den
ordinarie nyckeln på bilens reservhjul. Antagligen hade den
hamnat där tidigare på morgonen när Tobbe letade efter
något annat. När stora saker är på gång vet nämligen inte
den ena handen vad den andra gör.

Besiktningsmannen tog sig an uppgiften på noggrant vis.
Han konstaterade att det fattades lite lampor, alltså utöver
de fem lampor och tolv reflexer som redan satt på ramen.
Eftersom släpet var över sex meter långt, behövdes även två
backningsstrålkastare bak och två sidomarkeringslyktor på
vardera sida av släpet. Dessa måste sitta en meter från
bakdelen av släpet men tre meter från draget och helst med
tre meter emellan sig. Alltså, vad säger man?

Det var bara att styra hemåt, handla lampor och börja meka.
Händige Tobbe lyckades göra hela eljobbet med bravur.
Drog sladdar, borrade, skruvade… och allt funkade! Så när
som på en detalj. En av de fyra sidomarkeringslyktorna var
död. Detta var snart fixat, men då slutade plötsligt dimljuset
att fungera, dock inte helt. I stället började dimljuset blinka i
takt med vänster blinkers.
Efter sex lampor, tre besiktningar och en registreringsskylt
blev Kalfsläpet kördugligt. Det liknade minst sagt en
glittrande, lysande julgran. Övriga trailerförare, de med
registreringsskyltar i kartong, kommer snart visa miner av
avundsjuk beundran när de får se Team Sweden ute på
Europavägarna.

Packningsstrukturen hade de ganska god koll på vid det här
laget men denna gång hade de *två* resmål och två båtar,

vilket innebar dubbla uppsättningar segel, roder, bommar
och kapell. Till det alla seglarkläder, selar och flytvästar plus
tält, sängkläder, egna kläder, ett minikök och ett reseapotek.
Till och med en brandsläckare. De hade handlat torkat kött,
konserver, tuber och bakat fröbröd. Med på resan fick bara
sådant som tålde utomhusvärme vara, inga kylvaror alltså.
All teknik var laddad och alla avgifter betalade. De hade
järnkoll på bokningsbekräftelser, försäkringar, medlemskap
och biljetter. Tobbe och Pernilla skulle ge sig av långt
söderut. Först med Vipern till Genévesjön och därefter med
Hobien ut på Nordsjön.

Vipern ställde de underst på släpet och Hobien ovanpå.
Med två reglars hjälp tränade de på att ensamt skjuta upp
Hobien uppe på Vipern. Det var bra att kunna klara det
själva eftersom de skulle behöva göra den manövern flera
gånger under resan. De skulle givetvis bara segla en båt i
taget men båda båtarna behövde tas ner från trailern för att
alla prylar i trailerlådan skulle kunna plockas upp. Två
master skulle också med, och slutligen strandvagnen. Allt
var surrat och fastspänt och en röd "vimpel", eller
egentligen en röd påse, satt längst bak. Båttrailer, baklucka
och baksäte precis så packade de kunde vara. Det sista de
tog med sig var förväntningar, farhågor och en flaska
skumpa. Bröllopsdagen närmade sig.

Första stopp låg nästan 70 mil bort och det var
färjeterminalen i Trelleborg. Den biten tog nio timmar att
köra efter några kortare pauser på vägen. TT-Lines färja
Peter Pan över till Travemünde gick klockan 22 och ombord
på den fick de en natts sömn, en morgondusch och en rejäl
frukost inför nästa etapp mot Karlsruhe. Dit var det
ytterligare 70 mil vilket de planerade som en lagom sträcka
att köra utan några längre uppehåll. I takt med antalet
tillryggalagda mil i bilen ökade utomhustemperaturen grad
för grad och det märktes att de var på väg in i sommaren.

Vid två tillfällen stannade de till för att fika, äta eller tanka
och när klockan blivit middagstid kom de fram till hotell
Maurer. Det var noga utvalt utifrån möjligheten att ställa av
ett släp med två båtar på. De fick rulla in släpet på hotellets
baksida.

"Ooops (fniss fniss) I need new glasses, can't see anything",
sa hotellreceptionisten slash bartendern som hällde whisky
över kanten på centilitermåttet. Med sann entusiasm fixade
hon just en Irish Coffée på automatkaffe minus grädde.
"I never drink, have no idea about this", sa hon sedan
medan hon fnissade åt sin egen tossiga drink.
Så avslutade de den sista hotellkvällen på länge. Att bo på
hotell gav alltid en särskild premiumkänsla men i sexton
nätter framöver skulle de snart bo i tält så långt från en
ickesinnlig tillvaro de kunde komma. Naturnära, doftrikt
och spännande. Nästa dag skulle de köra de sista 40 milen
till Morges, en mindre stad nära jätten Lausanne på norra
sidan av Genévesjön.

"Hur många gånger under en semester när man ideligen är
på nya ställen, har man inte först en plan. En seriös,
genomtänkt, stringent, smart idé kring ett upplägg, för att
sedan stå med kepsen i hand, skägget i brevlådan, svansen
mellan benen och handen i syltburken och säga: Jaha, åh,
va? Hoppsan, går det inte, nähä åh va? Kan vi inte, hur blev
det nu? Skit också…aha det tänkte vi inte på", sa Pernilla.
"Massor av gånger", bekräftade Tobbe. "Det är väl lite av
tjusningen med att vara på nya ställen? Att lösa saker."

Exempelvis skulle de köpa en vignette inför gränsen mellan
Tyskland och Schweiz. Dessa vägavgifterna betalas på olika
sätt och är ett klistermärke som sätts på vindrutan. Det kan
hända att fordonet registreras av en kamera och har man
inte betalat avgiften kan det bli dyrt. 40 Schweizerfrancs
kostar vignetten och Tobbe och Pernilla hade varit

förutseende nog att köpa den på bensinstationen precis innan gränsen. Sååå himla nöjda. De hade gjort alldeles rätt och det skulle bara vara att passera tullen. De kanske till och med kunde köra en sån där kylig lastbilshälsning till tulltjänstemannen, knappt ens bromsa in utan bara passera. Svenskar är förberedda och riktiga, vet vad som gäller. But not. Tvärnit! Ingen kylig vinkning, i stället en kall hand som stoppade dem. De var visst inte fullt förberedda. Även släpet skulle ha en vignette. 40 francs till behövde de betala. ”Även släpet? Totalt åttahundra spänn i vägavgift? Oj, det var mycket”, sa de i mun på varandra. Fortfarande med handen höjd i en förberedd slags kylig vinkning till tulltjänstemannen.

“Jo, men så räcker den i ett år också”, svarade tullpappsen. Vägen gick upp och ner, upp och ner. De var uppe på 650 meters höjd som högst och efter fem timmar var de framme i Morges.

Väl framme, dirigerades de in på rätt plats bland de andra båtarna. De cirka 40 deltagande båtarna fick parkeras ihop med respektive trailer på en stor gräsmatta och där skulle de stå under hela evenemangsveckan. Gräsmatta tog slut där en båtklubb tog vid och på andra sidan bredde Genévesjön ut sig. Sjön var fantastiskt vacker. Ett klart fjällvatten med en kuliss av Alperna på Frankrikesidan och storstaden Lausanne på Schweizersidan. Mont Blanc var snöklätt och lyste majestätiskt upp de mörka bergen. Faktiskt en smått absurd betraktelse med tanke på att där de själva stod, var värmen stabil och stillastående. Dock fanns ingen tid att pusta, de hade massor att göra.

Till att börja med skulle båtarna lastas av för att packningen i trailern skulle kunna nås. Därefter sorterade de upp båtgrejer för sig och det som hörde till campingen för sig. De planerade vilka seglarpinaler som skulle vara kvar vid båten och vilka som skulle finnas i tältet. De registrerade sig som tävlande ekipage och fick det nya seglet inmätt. Reste

masten, riggade båten och satte fast reklamlappar på
skroven. Det enda de fått i magen den senaste tiden var ett
rött äpple från registreringskansliet. Å andra sidan var det
inget dåligt äpple. F16-loggan var stansad, eller egentligen
lasrad in i skalet.

Tobbe och Pernilla kände igen flera besättningar från VM
några år tidigare och då som nu, framfördes glada tillrop
över att en svensk båt var med i deltagarlistan. Delvis för att
ha flera nationer med i mästerskapet men också för att det
utgjorde ett "exotiskt" inslag med ditresande så långt ifrån.
Under hela veckan kom folk fram till dem och
kommenterade den långa vägen Pernilla och Tobbe tagit sig
för att segla.
"Va? Har ni åkt 170 mil enkel väg?! Bara för att segla här?"
"Nej, vi ska vidare till Holland och segla med den andra
båten sen."
"Men var bor ni då?"
"Snart där borta, i ett blått tält", svarade Pernilla och pekade
bort mot campingen och då tog de dem nästan inte på
allvar.
"Ni skämtar?"

Så fort båten var riggad, checkade de in på campingen.
Värmen var fortfarande oslagbar så att krypa in i tältet för
att ställa in grejer och bädda, var ett svettjobb. Fort, fort,
fort jobbade de för att snart få svar på frågorna: när fanns
det tid att duscha, byta tröja, kissa, leta fram flip flops, bälga
i sig vatten och äta mat…?
Klockan hade passerat halv sju innan allt var klart och de
fick möjlighet att ta hand om sina egna behov. De hittade en
restaurang inne på området och fick en smärre chock över
priserna. Inte bara där, utan i Schweiz över huvud taget, låg
priserna minst 30 procent högre än på platserna runtom.
Bara en flaska bubbelvatten kostade 9 francs, alltså cirka 90
kronor och en pizza närmare 250 kronor.

Campingen låg bara en kort bit från gräsmattan där alla båtarna stod, så kort att de såg masterna från tältet. Det var otroligt smidigt eftersom de hela tiden glömde grejer. Bra läge även om båten behövde tittas till, vilket var fallet redan första natten då det hade blåst mycket. Tältplatsen var perfekt. De slapp direkt solljus och värme på morgonen. Faktiskt, hela campingen var perfekt. Lugn och städad och rent på toaletterna när som helst under dygnet. Det fanns tvål och toapapper och det var aldrig kö till vare sig toaletter eller duschar. De hade verkligen allt de kunde önska.

På morgonen plockade de fram den eminenta tältfrukosten; mjukt bröd med mjukost vilken fungerade som lim för att få fast bitar av torkat viltkött på. Till det en kopp kaffe. Tobbe fick hetta upp vatten sekventiellt i vattenkokaren för att inte säkringen skulle gå i elskåpet strax utanför. De delade också på en burk fruktcocktail och sedan var det dags för skepparmöte inför dagens två träningsrace.

Dessa race var nödvändiga för alla. Tävlingsledningen behövde testa igenom att deras teorier skulle hålla i praktiken. Exempelvis skulle 42 båtar i vattnet från en och samma ramp, samtidigt som strandvagnar och skyddskuddar skulle dumpas och storsegel hissas innan det var klart för start. Högsta ansvarig hade slagit vad med övriga i staben att alla båtar skulle vara i vattnet på maxtiden 40 minuter. En öl stod på spel och han ville inte förlora vadslagningen. Även seglarna behövde testa sina grejer så träningsracen blev som ett slags genrep för alla och vem ville då stå och säga fel repliker eller sjunga falskt? Så klart vore det kul att visa vad man gick för redan här, ett första intryck var alltid viktigt. Alla båtar kom i och det var ideliga vindvrid, så det var svårt att lägga bana. Till slut var banan klar och den första startsekvensen kom igång.

Tobbe och Pernilla gjorde som vanligt en skitstart. Om det var nerver eller inte som stökade men hittills hade de alltid startat sina EM med riktig skitstarter. Trots det rundade de kryssbojen som sjätte båt och gick i mål efter två varv på

nionde plats. Vid nästa race rundade de kryssbojen som
fjärde båt, man tappade placeringar under varven och kom i
mål som tionde båt. Det gav dem en sjätte plats totalt vilket
de var supernöjda med, men som sagt, det var bara träning.
Dagens resultat räknades inte med sedan.

Under hela veckan, om de inte seglade, mer eller mindre
bodde de på gräsmattan runt omkring båtarna. Ett stenkast
från båten fanns en temporär villagebar som ställts på plats
för veckan. Där såldes förutom dryck lite foccacia, korv,
energibarer, frukt och dryck. Klubbhuset, gräsmattan och
village baren var de sociala arenorna som fanns, och de
träffade många mysiga människor. Nio nationer var
representerade i detta mästerskap, den yngsta deltagaren var
åtta år och den äldsta sjuttiofem. Den stora massan var
ungdomar.

"Chateau de Morges" är ett medeltida slott dit de färdades
tillsammans denna andra eftermiddag. Färden gick i ett litet
tåg, modell Skansentåget. På slottet skulle invigningen hållas
så alla nio nationsflaggor var med ombord. De hängde ut
från tågfönstren resan bort, genom hela staden.
På slottets innegård samlades alla arrangörer, sponsorer och
tävlande. Där bjöds alla på fri bar och olika sorters
fingerfoods. Arrangörerna och borgmästaren höll tal och på
en given signal sedan skulle varje land träda fram.
Startsignalen för att beträda scenen var att en snutt ur
nationalhymnen spelades. I jämförelse med de andra var den
svenska verkligen dyster. Tobbe och Pernilla slogs av vilken
kontrast den var till de andras, faktiskt ett riktigt drama i
moll. Den yngsta i varje nation skulle hålla i landets flagga,
alltså Pernilla, och någon annan i varje nation, alltså Tobbe,
skulle säga något trevligt och smickrande till
arrangemangets fördel. Antalet landsmän från Sverige var
inte så många så de fördelade uppdragen så gott de kunde.

Efter ett par timmar på Chateau de Morges fick de en skön
och otroligt storslagen promenad i den ljumma kvällsluften
tillbaka till campingen. Det kändes helt underbart och smått
häpnadsväckande att vara på plats. Känslan var vacker och
lustig. Perspektivet hade blivit helt twistat, som att gå
omkring i sin gamla skolatlas på något underligt vis bland
platser som nämnts i förbifarten genom åren.

Morgonrutinen hade satt sig och regerade varje dag. Efter
morgontoalett och frukost gick de till båten. Där strippade
de roderskydd och kapell, sorterade upp prylar, hängde allt
fuktigt på tork, ställde in trapetser, hissade focken samt
laddade båten med vatten och energibarer. Dessa rutiner
utfördes kanske med lite mindre entusiasm efter nätter då
det blåst mycket eller hade regnat. En tidig morgon vid halv
fem, hade de behövt gå upp och titta till båten efter en hård
nattlig vind.

Antalet timmar på sjön under dagarna blev ganska många.
Tävlingsledningen ville passa på att ha de tävlande ute när
banan ändå var lagd och alla var på plats. Mellan sex och
åtta timmar var ingen ovanlighet. Tobbe och Pernilla seglade
bra, de lyckades till och med haka på alla supersailors och
låg i topp tio varje race efter första kryssen, några gånger
rundade de kryssmärket som fjärde, femte båt. Däremot
gick undanvinden sämre, där losade de en massa placeringar.
För första gången någonsin hamnade de dessutom i
protestförhandlingar efter en incident då Tobbe skulle ha
vejat för en annan båt men i stället valde att chansa. Ett
snabbt beslut de båda stod bakom och det kostade en
diskvalificering. Rent regelboksmässigt var det rätt att de
diskades eftersom den andra båten tvingades gira, men sånt
händer hela tiden på banan. Tobbe och Pernilla fick veta av
en schweizisk ledare att de uppmuntrade sina ungdomar att
protestera hela vägen igenom eftersom det också var en

viktig sak att lära sig. Synd bara att just Team Sweden stod i
vägen för den coachningen.

Ibland anordnades måltider på klubbhusets altan och då
tändes grillarna. Det kunde vara buffé med potatissallad och
spett med lamm, oxfilé, kyckling och korvar. En kväll
hamburgare och en annan pizza. Kvällarna var härliga och
sociala, i ljumma vindar. Med utsikten över sjön och de
franska bergen, ihop med minglet, sorlet, gemytet och
stämningen. Det var fantastiskt.
En kväll hade arrangörerna hyrt en buss och ville bjuda
seglarna på en överraskning. Det skulle bli galamiddag och
alla ombads bära sina vita EM-pikétröjor. Det var varmt,
riktigt olidligt varmt, så till och med denna t-shirt var
alldeles för varm. Till råga på allt saknade bussen
luftkonditionering. Resan gick upp mot bergen och tog lång
tid. Alla försökte fläkta sig svala med vad de nu hade, men
slutligen tuppade en av gästerna av under obehagliga
former. Mannen bars medvetslös ut på trottoaren och hela
övriga gänget hamnade i en rondell och skapade trafikkaos i
väntan på att ambulans och polis skulle komma på plats.
Resten av bussresenärerna bilades sista biten upp till
konferensanläggningen ”Signal de Bougy” där de bjöds på
skumpa och en imponerande, alldeles magnifik utsikt över
Genévesjön. Till middag fick de njuta av en trevlig stund
och god mat. Det bjöds på mescluner, tartarer, ballottiner
och tarteletter. Senare under kvällen meddelades att deras
tävlingskompis var omhändertagen på sjukhus, tagen men
på bättringsvägen. Det var för väl.

”Har du sovit gott?” Det var Tobbe som öppnade munnen
först morgon efter. Pernilla, precis som Tobbe själv hade en
svag blå ton i ansiktet. Det var morgonljuset som
reflekterade tältets färg.
”Jodå, jag sover bättre och bättre. Vaknar lite då och då men
ändå från en allt djupare sömn nu.”

"Ja, jag känner detsamma och varje gång jag vaknar blir jag förvånad över att jag alls somnade", svarade Tobbe.

"Håller med! Och efter grubblerier över den förvåningen startar sedan funderingar kring om man är kissnödig… är jag inte lite kissnödig, ska jag gå upp, inbillar jag mig, det kanske vore bra att gå upp, jo lite kissnödig är jag allt… och så vidare."

"Det värsta är att det är så himla hårt för ryggen. Nästa år måste vi ha en annan madrass."

"Japp, men det sa du förra året också och än har det inte hänt."

"Sant. Ska vi gå upp nu? Det är tidig start idag. Jag behöver gå på toa. Dags för frulle också va?"

Det hände att seglingen ställdes in eller sköts upp på grund av för lite vind, men denna dag skickades de ändå ut medan banan flyttades runt i väntan på vind. Starten gick, men knappt båtarna och vinden var så svag vind att de inte vågade andas eller röra sig ombord. Racet blåstes av men teamen fick ligga kvar på vattnet. Under nästkommande timme fanns inte en vindgnutta, så startbåten gjorde tappra försök att flytta hela fleeten längre norrut på sjön. Plötsligt från ingenstans kom någonting som slickande vattnet. Det visade sig vara en riktig lokalare, en otroligt stark vind som inte hade synts på någon enda väderrapport. 31 grader i lufttemperatur blev många grader kallare, vinden var så kall att de började hacka tänder. I detta seglade de sedan tre race och fick flera uppvaknande duschar. Oräkneliga antal nosedips, de grävde tång och sjögräs med stäven men de skötte sig bra. Dagen för blåmärken, kallsupar och ursköljda linser kom till slut.

I det stora hela var seglingen fantastisk och bjöd på lite Baggenkänsla, både beträffande plötsliga vindvrid och mängden vågor. Precis som på Windy Bay i Grekland, vände vinden mitt på dagen. Den kunde då bli riktigt hård och galen såsom denna dag. Efter långa pass på sjön, var det effektivitet som gällde för att hinna med allt. Fort ta hand om båten och svinga sig i duschen för att hinna i tid till de planerade gemensamma kvällsaktiviteterna. Det hände faktiskt att de fick hoppa över duschen någon gång.

Veckan började lida mot sitt slut och det hade blivit dags att fälla ihop och plocka bort tältet. Sista natten i Morges skulle avnjutas i bilens skuff, så var det planerat. De packade ihop sina tillhörigheter och checkade ut från campingen. Inför sista dagens segling manades alla ut fort eftersom ett oväder var på väg söderifrån och tävlingsledningen ville inte ha seglarna ute då. Denna sista tävlingsdag var alla otroligt gritty med många tjuvstarter till följd av det. Tobbe och Pernilla gjorde en supersnygg start med fart, precis vid startbåten och kom iväg utan en enda båt framför sig Alla andra gick åt andra hållet. Under själva startsekvensen låg vanligtvis allt fokus på att komma iväg, och så fort de lämnat startlinjen börjar de dela lite tankar och planera för nästa drag.

"Här är vi och där är dom", sa Pernilla. "Tror du att det betyder att Sweden is in big trouble eller att Sweden is the sharpest knife in the hoods", fortsatte hon.
"Ingen aning", blev svaret.
"Kärringen mot strömmen är vi i alla fall helt klart, får se hur det artar sig."
De ilade fram mot kryssmärket från sitt håll och mötte hela resterande fleet vid kryssmärket som elfte båt. På andra varvet rundade de som nia och det var den placeringen de sedan höll ända in i mål.
"Ja! Vi gjorde det. Första racet utan att tappa på undanvinden, snarare tvärtom. Fan vad vi är grymma!", skrek Pernilla efter målgång.
"Ja, verkligen snyggt avslutat med en singelplacering sista dagen, grattis till oss!"

"Det var nog vårt sista race också, det blir säkert inget mer", sa Tobbe sedan.

Och han fick rätt. Tävlingsledningen blåste av EM och seglarna skickades in mot land igen eftersom ovädret närmade sig. Tobbe och Pernilla var först med att få upp sin gennaker och absolut först in för att påbörja avriggningen.

De jobbade på som galningar för att få ordning på allt, typ som på ankomstdagen fast liksom tvärtom. Seglarkläder på tork, segel och bom ner, av med sticksvärd, roder, gennakerbom och mast... Samtidigt hopade sig de grå molnen i fjärran och kom rullande allt närmare. De packade trailerlådan samtidigt som det började mullra på himlen en bit bort. Lådan blev full, nästan mer full än tidigare och locket gick precis igen. De lyfte upp Vipern och spände fast den. Innan Hobien skulle lyftas upp blev de avbrutna för prisutdelning.

Alla 42 teamen samlades på klubbens terrass där arrangörer och sponsorer tackades av och där priser delades ut. Inte bara för ettan, tvåan och trean utan också för bästa damteam, bästa herrteam, bästa mixed team och bästa singlehanded. Alla teamens resultat ropades upp och applåderades. På plats 19 kom Tobbe och Pernilla. Serien för deras 12 race blev: 20-(disk)-17-10-20-20-24-17-20-25-(36)-9. Top 20 var bättre än de hade vågat hoppas på. Och second bästa Masters, fast den placeringen uppmärksammas givetvis inte annat än av dem själva. Placeringarna 7-18 var enbart ungdomar födda runt -98, -01 och så vidare. Det sa en del om medelåldern.

Det serverades lite tilltugg på prisutdelningen och efter att ha tackat arrangörerna för en trevlig vecka fortsatte de med packandet. Då hade det börjat regna rejält. Ett ihållande, ihärdigt, tjurigt regn som beslutade sig för att göra allt för att dränka dem och all packning.

"Vi kanske kan rulla släpet och ställa oss under trädet?"
föreslog Pernilla när det regnade så mycket att det började
droppa från huvan på regnjackan.
"Bra idé, jag ska bara låsa upp hjulet först. Undrar bara var
nyckeln finns?" Tobbe kände i fickorna på jackan och i
shortsen men så kom han på att han hade bytt shorts sedan
dagen innan. I bilen fanns klädväskan som han snart
började rota runt i. Medan Tobbe lutade sig in i bilen drällde
regnet över ryggen på honom, så mycket regnade det.
Nyckeln låg inte i klädväskan, men i bilen då? Handskfacket
och samtliga övriga utrymmen söktes igenom. Ingen nyckel.
"Ska vi klippa låset då?", föreslog Pernilla.
"Verkligen inte. Det här är inte vilket lås som helst. Jag tog
MC-låset. Tuffaste säkerhetsklassen. Totalt inbrottssäkert."

Då återstod bara att titta i trailerlådan och det betydde en
enda sak. En mycket arbetsam sak. Att spänna upp alla
spänntampar, lyfta ner Vipern och kränga av locket på lådan
för att leta där. Och hela tiden föll regnet i oförminskad
mängd. Pernilla var superirriterad, för att inte säga skitgrinig.
Tobbe också. Trots att de hade kommit i land som absolut
första båt, var de nu snart helt ensamma kvar på gräsmattan.
Deras kompisar som de umgåtts med mycket under veckan;
belgarna, schweizarna, spanjoren och tysken... alla hade till
slut stuckit även om de höll sig kvar länge nog för att hjälpa
till. Nåväl, nyckeln kom fram och trailern kunde puttas in
under ett träd så att det fortsatta packandet inte blev fullt
lika drypande. Halv sju var de färdiga. Då tog de en
värmande dusch och åt varsin pastatallrik på tavernan innan
de styrde mot Tyskland för vidare äventyr i Holland. Bakom
sig lämnade de 25 seglingstimmar, nya bekantskaper, en
fantastiskt vacker plats och massor av fina minnen. Det här
var ett arrangemang i världsklass, det bästa hittills avseende
allt.
Genom de olika seglingsäventyr i olika länder har Tobbe
och Pernilla alltid haft som yttersta mål att få hem båt och

sig själva hela och helst utan en jumboplats i resultatlistan.
Detta är nog inget de egentligen tagit för givet. De tänker
heller inte alltid på att de i dessa sammanhang seglar bland
världsmästare. Alla på banan utför samma saker men det
som skiljer dem åt är tiden. Tobbe och Pernilla kommer
alltid i mål, men retfullt nog strax efter. I race efter race.
Även inför denna resa höll de tummarna för treenigheten;
hälsan, materialet och vädret. Dessvärre kom de hem med
en stukad treenighet. Efter årets EM-tripp hade de med sig
en trasig båt hem. Hobien hade ett stort hål på insidan av
babordsskrovet.

När Tobbe och Pernilla hade lämnat Morges, körde de cirka
40 mil innan de bestämde sig för att sova några timmar. En
ommöblering senare gick det att bädda iordning skuffen så
pass att de kunde vila. De vaknade mellan två lastbilar på en
parkering i Forst Baden Württemberg i Tyskland. Efter
frukosten hade de 55 mil kvar att köra till Holland och ett
par stopp senare rullade de in i Noordwijk.
Noordwijk är en plats där de flesta verkar bo på
gräddhyllan, där man inte vet vad arbetslöshet är och där det
i princip alltid blåser. Den milslånga stranden finns
publicerad på 13:e plats i National Geographic's lista över
jordens 21 mest perfekta stränder. Denna lilla stad nära
Amsterdam befolkades redan på 1200-talet före Kristus och
besöktes av munkar 400 år senare. Fiskebyn blev en plats
för pilgrimer på 1400-talet och där startades en
framgångsrik blomlöksodling på 1800-talet. Just den platsen
hade ansökt om att få hålla Hobie-EM och där skulle nu 18
nationer mötas. Båtklubben var enorm och ett stort gäng
aktiva seglare hörde till klubben. Utanför den gigantiska
ytan sand syntes bara hav, hav, hav. Den till synes oändliga
Nordsjön.

Tobbe och Pernilla hade lämnat Morges i regn och angjorde
Noordwijk i regn. Fast inte regn i värme som kom uppifrån

och drällde neråt, utan ett kallare regn som liksom piskade
på från sidan. De var helt förberedda på att det skulle regna,
i värsta fall varje dag, så hade prognosen sett ut sedan länge.
Regnet kom och gick i halvtimmesstötar, fast just på
ankomstdagen regnade det i mer konstanta omgångar.
Även i år hade de göteborgarna som lagkamrater. De hade
kommit från Göteborg dagen innan och var redan på plats
och mötet upp på stranden. Att ha sällskap av varandra
skänkte dem alla både en smula mer trygghet, större chans
till omväxling och ännu mera glädje. Göteborgarna hade
redan rest tältet borta på campingen och deras båt var
nästan färdigriggad men det fanns alltid detaljer att backa
upp varandra med. Olika dragfordon arbetade skift med att
köra ut de nyanlända ekipagen på stranden. Minst 250 båtar
till levererades på liknande vis under dagarna och tävlingar
pågick redan eftersom det var många olika klasser. Sanden
var djup och i ständig rörelse. Den blästrade benen när man
gick, flyttade sig och bildade ständigt nya sandvallar och
ripplade ytor. Utanför de stora lyxhotellen skottade de sand
på samma sätt som man gör med snö hemma. Med skyffel
och sopborste. Fast inte just denna dag eftersom det
regnade, och då låg sanden där den låg.
Tobbes och Pernillas status vid ankomst var sisådär bra efter
ynka fyra timmars sömn mellan lastbilarna och så dags både
hungriga och reströtta. Arrangörerna ville ha flyt på allt för
att få upp båtar och trailers från stranden med tanke på
tidvattnet så alla ombads att rigga båten direkt. Mat och
egna behov fick vänta så länge. Som vanligt. Pernilla fick en
spade med sig för att gräva ner ett träankare i sanden. Utan
det skulle båten kunna flytta sig eller välta i den starka
vinden. De kände sig som Robinsondeltagare, fast frusna
och utan mat i magarna, men gräva skulle de. Platsen de
tilldelades låg längst bort, högst upp och träningen för
veckan skulle bestå av att putta 140 kg båt i uppförsbacke i
djup sand.

Precis som vid ankomsten i Morges var det bara att börja jobba. Skillnaden var att det inte fanns något gräs att lägga alla grejer på och så saknades värmen. Tobbe och Pernilla jobbade på fort. De lossade spänntampar, tog ner båtarna från trailern, sorterade och packade ur prylar ur lådan. Frågan om vad som behövde vara på vilken plats gicks igenom igen… och när gick förresten p-tiden för bilen ut? Registrering, invägning och båt på plats. Resa mast, rigga båt, och knuffa båten på plats i sandbankar och uppförsbackar. Klockan blev 20 innan de var klara och först då fick de mat, en bring home pizza. De tog emot kartongen och åkte därefter direkt till campingplatsen tre kilometer bort. Gråtfärdiga av trötthet och hunger satte de sig på campingens parkering och tryckte pizzan i bilen.

Campingen låg några kilometer från stranden och höll fin standard. Ett system av häckar avgränsade tomtplättarna från varandra i grupper om tre och många platser var avsedda för långliggare. Receptionen låg i en stor villa och bakom den fanns campingplatserna. Tobbe och Pernilla bestämde sig för att fortsätta använda bilen som sovplats medan tältet mer användes som förvaringsplats och frukostrum. Detta med tanke på att ständiga tälthaverier inträffade. De ställde upp tältet lite provisoriskt och tömde bilen samtidigt som de organiserade om sina pinaler. Göteborgarna tältade på andra sidan häcken. Gulligaste kompisarna ever. De hade ordnat en goodiebag till vår ankomst. Varsitt sittunderlag, ett myggljus, en regncape och fyra öl. De visste vad camping innebar sedan förra året i Neusiedler.

Första natten bjöd på ren och skär utmattningssömn, klart välbehövlig. Efter frukosten samåkte de ihop med göteborgarna till stan där de heldagsparkerade bilen och promenerade ner till stranden. De kom lagom fram för att se sjösättningen av de övriga klasserna inför deras finaldag.

Det gick ganska höga vågor som alla måste passeras innan
det blev lugnare segling en bit ut. För Hobie16 skulle inte
tävlingarna börja förrän nästa dag, så de hade chans att se
hur de andra hanterade vågorna. Stranden var ofta väldigt
blåsig och det var lätt att känna sig urblåst utan vindtäta
kläder. Vindtjutet, tillsammans med hundratals flaggor som
piskade samt storfall ihop med annat halvlöst i riggen som
slog mot masterna, höjde pulsen till daglig kaninpuls.
Plötsliga regnstormar avlöste det annars ganska soliga
vädret, så var det varje dag, flera gånger per dag. Nere på
stranden var det aldrig tyst utom om man befann sig i
seglartältet. Ett blårandigt stort tält, det så kallade sailcentret
var arenan för veckan. Det agerade mat- och mötesplats.
Cateringfirman "Taat & Friends" fixade mat, mellanmål,
snacks och fika i tältet. De fick verkligen det italienska att
smaka italienskt, BBQ att smaka grillat och salladen att
verka frisk och fräsch. Det godaste de serverade var nog
ändå den kalla skummande ölen efter en arbetsam segling.

Många Hobie16 skulle kvala till EM. Inklusive dem själva
och göteborgarna var det hela 76 båtar. I guldfleeten fanns
en begränsning på maximalt 56 båtar. 28 var redan
förkvalificerade, och vinnarna från de andra klasserna
garderades också platser, så återstående cirka 22 platser var
dem som de 76 skulle slåss om.
Samtliga delades upp i två grupper, en blå grupp och en gul
grupp. Färgen markerades med ett tygband som skulle
knytas i tredje lattan från toppen av storseglet och
grupperna startade med fem minuters mellanrum. De hade
sex seglingsdagar framför sig; två kvaldagar och fyra dagar
Open final. De som inte kvalade in i guldfleetens 22
återstående platser hamnade i silverfleeten.
Fördelen med silver var att de slapp befinna sig på plats i
ottan för att plocka ut EM-seglet och slapp jaga rätt på
depositions- och hyrespengar för att hyra segel. Att plocka i
och ur lattor vilket ett segelbyte kräver, behövde heller inte

göras. De skulle slippa lägga tid på att vika och paketera
hyrseglet sedan när det skulle lämnas åter.

Nackdelen med silver var att de skulle få dela bana med
andra katamaraner, ges mindre medial uppmärksamhet och
en något mindre fjäder i skryt- och merithatten. Fjäsk är
alltid trevligt, att bli lite ompysslad, någon som plockar en i
pälsen. Tobbe och Pernilla kvalade inte in i guldfleeten men
det visade sig att de skulle bli både uppmärksammade och
ompysslade ändå.

De fick nöja sig med finalsegling i silverfleeten och det
berodde säkert på flera saker. Dels var det större vågor än
de någonsin seglat i, uppåt två meter. De surfade så att
båten nästan satte sig och mötte vågorna med en ständigt
stegrande båt. Det var ovant att hantera. Vid ett tillfälle
undrade Pernilla vad hon såg i vattnet innan hon kom på att
det var taket på startbåten, resten hade liksom dolts bakom
höga vågor. Det sa en del om våghöjden. Dels var vindarna
tuffa i kombination med vågorna och seglingsdagarna långa,
på gränsen till kyliga. Allt detta sammantaget påverkade
möjligheten att prestera. Den andra kvaldagen seglade de
inte alls eftersom stora vågor i flera lager slog in mot
stranden med betydande risk för haveri av roder eller båt vid
försök att ta sig ut. Då hade det varit slutseglat för gott och
den risken var de inte villiga att ta. Vinden ökade från 14
knop, till 16, snart till 18 och slutligen en topp på över 20
knop. Det var på sin höjd 30 team som startade och så fort
teamen säkrat sin plats i guldfleeten, slutade de segla,
skönare än så var det inte. I tur och ordning droppade
båtarna av från banan.

Även om seglingen var svår, så var den galet kul. 76 båtar på
samma bana, det var inte kattskit det och det gick över
förväntan. I segling handlar det om att komma undan med
så få poäng som möjligt. Efter första dagens fyra race och
med placeringarna 16-17-18-12 i deras grupp hamnade de

på plats 29 när båda gruppernas resultat slagits ihop. Efter andra dagen då de inte seglade alls plockade de på sig höga poäng. De landade slutligen på en 33:e plats vilket alltså var 11 platser från guldfleetsbiljetten.

Vad gjorde de när de inte seglade då? Jo de gled omkring på området tillsammans med göteborgarna. På stranden och i seglartältet. De åt på Taart & Friends mat, tog en fika på gågatan på andra sidan torget eller kollade i affärer. På kvällen var det party, och då annonserades det vilka som gått till guldfleeten och plötsligt blev det fri öl och liveband. Och vinden där utanför, den slutade visst aldrig att blåsa.

Varje morgon åt de svinstarka nudlar i citrongrässmak. De hade fått tag på en hel platta och tyckte att detta inköp var det smartaste i frukosthimmelen. Och så kanske det var, de höjde både pulsen och värmde upp kroppen. Till detta slurpade de i sig kaffe och åt mackor med jordnötssmör. De vaknade till 13 grader och en absolut blyertsgrå himmel. Det var ändå inte hälften så besvärligt som nätterna. Fuktig kyla, smattrande regn, snarkande man, mullrande åska och kraxande fåglar. Att campa krävde sitt tålamod.

Har du sett mina glasögon? Var la jag min tröja? Vart sjutton tog tandborsten vägen? Hur kan kniven ha försvunnit? Jag är säker på att jag la nycklarna exakt här. Är det någon som vet var muggen hamnade? Ingen som sett mina shorts? Vad konstigt, igår hängde jag handduken här och idag är den borta. Okej, solglasögonen finns väl inte mer då?!? Skumt, den blåa väskan verkar ha fått fötter. Hoho nycklarna, kom fram! Men för i helvete, vem har snott min mugg? Jag räknar till tio, har inte den högra skon synts till innan, blir det riktigt tråkig stämning. Glömde du toapapperet i tältet... lika lång väg tillbaka. Var sa du att mina strumpor var? Vart hamnade min telefon nurå? ... och så vidare.

Silverfleeten till ära, så vaknade de till en alldeles blå himmel. Det hade inte inträffat en enda morgon så långt. Inte ett regnmoln fanns i sikte och regnet höll sig borta ända till halv åtta på kvällen.

Tre olika starter skickade iväg drygt 70 båtar på en och samma bana. Av dessa var 47 katamaraner i deras egen klass, alltså Hobie16. Fyra race under dagen och efter att Tobbe och Pernilla beslutat sig för att segla maximalt ut i hörnen på banan och bara leta fri vind, la de sig på en elfte plats efter dagen. Den bästa placeringen i ett race var en femte plats. Sedan dog vinden totalt. Inte en vindgnutta i luften så de höll inte på att kunna ta sig tillbaka till stranden. Tobbe och Pernilla turades om att paddla sig fram med hjälp av armar och ben men på grund av strömt vatten kom de knappt någonstans. Till slut tog de sig in till land för att i stället pröva att dra båten efter strandkanten. Det gick sådär. Stora svallvågor gjorde det svårt att hålla båten, det var som att leda en arg häst flera hundra meter.

Andra dagen i silverfleeten var fyra race inplanerade och det var ännu lite blåsigare denna dag. Det var stora vågor som slog mot stranden så med sammanbiten koncentration förberedde sig Tobbe och Pernilla för att ta sig ut.

De körde en pin end-start och maximerade hörnen på banan som vanligt. Det gick bra för dem och de närmade sig kryssbojen från babord sida. Samtidigt började de första båtarna runda kryssmärket och hade kommit över i undanvinden med vind från styrbord. Allt gick mycket fort, de hade haft någon form av fippel ombord, samtidigt som vinden ökade och en stor våg kom. När de fokuserade utanför båten igen hade de kommit för nära i mötet med de andra båtarna och en av dem var riktigt nära. De gjorde en snabb gir åt ena hållet för att undvika en kollision varpå mötande båt gjorde samma sak. Då girade Tobbe åt andra hållet, vilket även den mötande båten gjorde. På tredje försöket med att undvika kollision var det liksom försent att göra något.

Kollisionen var oundviklig och ganska så otäck. De båda båtarna körde ihop stäv mot stäv och en smäll hördes i den kraftiga frontalkrocken. Ett hål, stort som en dubbel Calzone, hade skurits upp i Tobbes och Pernillas båtskrov. Det var den mötande båtens stäv som hade lyckats skruva sig fast i deras båt och fläkt upp babordsskrovet. Det sa verkligen ritsch innan den mötande båten kommit loss och kunde segla vidare.

Inom loppet av några sekunder välte Tobbes och Pernillas båt och de hamnade i vattnet mitt i banan i de stora vågorna på gigantiska Nordsjön. Det trasiga skrovet sjönk nästan omedelbart och de hade bara ett skrov vid vattenytan att klamra sig fast vid. Team Sweden hade varit bland de första tio, femton båtarna på väg upp för att runda kryssmärket så det var ett långt pärlband av båtar som sedan passerade dem när de låg i vattnet och guppade. Hela fleeten susade förbi och de körde fort. Det var ett evinnerligt svischande runt huvudena på dem, det verkade aldrig ta slut. I det läget kände de sig inte särskilt stora.

En tysk seglare observerade läget och avbröt sitt tävlande för att erbjuda hjälp. Efter en stund kom också två RIB plus hela stora sjöräddningsbåten Valentijn. Den var full av folk. Just denna dag hade de bjudit ombord tävlingarnas sponsorer så de fick sig ett ganska spännande intryck av vad katamaransegling kan erbjuda. Medan dessa tre räddningsbåtar stod till förfogande kämpade Tobbe, Pernilla och framför allt den hjälpande tyskan med att hålla båten på rätt köl, eller någon slags köl över huvud taget. Från omgivande båtar frågade de gång på gång om de var okej och om det fanns några skadade. Adrenalinet pumpade medan de kämpade med att lossa linor, skruva schackel och rigga av segel under vatten. De kapade det som inte lossnade, försökte rädda det som räddas kunde. Masten

riggade av sig själv och bit för bit av båt och tillbehör
lassades upp på en av räddningsbåtarna. Segel, mast och
tampar.

Till slut var allt avriggat och Tobbe och Pernilla räddade på
en RIB. De lämnade Hobien att bärgas av Valentijn. När de
kom till stranden stod besättningen från den mötande båten
och väntade på dem. De hade inte fått en enda repa på sin
båt och de hade kunnat fullfölja racet. Otroligt. De hade för
övrigt krockat redan vid starten, fått en tjuvstart och diskats.
Det gjorde faktiskt allting ännu mer bedrövligt. Tobbe och
Pernilla hade alltså krockat med en båt som inte ens skulle
vara på banan. De hörde till lokalbefolkningen och kunde
verkligen förstå sig på vattnet men de menade att det var
mycket svårseglat för stunden. Tidvatten tryckte på från ena
hållet medan vind och vågor kom från det andra. Det var
kanske det som ställde till det. Tobbe och Pernilla mindes
något slags problem ombord innan krocken, när de båda
skulle ta sig in från trapets. Det var en sagolik tur att ingen
av dem hängde utanför båten då.
Efter 30 minuter kom sjöräddningen in till stranden med
Hobien på släp. Den drogs upp den på land som en
strandad val och tömdes på litervis med nordsjövatten. Båt,
mast och rigg lastades upp på trailer och skjutsades till
avlastningsplatsen. Besvikelsen var enorm. En monolog
gormade runt där inne i huvudet: ”Om vi bara… tänk om
vi… hade vi bara…” ihop med tusen känslor som i en dåligt
hopblandad cocktail. Skam, sorg, ånger, bedrövelse men
kanske ändå lite lättnad. De var i alla fall inte skadade.

All resterande segling var inställd för Tobbe och Pernilla. All
segling var för övrigt inställd för alla andra också under de
kommande två dagarna. Detta på grund av för mycket vind
och vågor. De senare en bit över två meter och vindstyrkor
mellan 14 knop vid land och så mycket som 33 ute på havet
där banorna skulle läggas. Någon lämnade information om

så mycket som 38 knop i banområdet under fredagen.
Under dessa dagar gavs information varje timme då man in i
det längsta hoppades att det skulle gå att skicka ut seglarna
och få till ytterligare ett par race i resultatlistan. Hittills hade
endast åtta race körts men tävlingsledningen hade hoppats
på åtta till. Riktigt så blev det inte, för till slut blåstes EM av.

Tobbe och Pernilla började packa trailer och båtar. Lyfte ner
Vipern för att få tillgång till lådan på trailern. Packade
snyggt, ekonomiskt, tight och väl. Sen hämtade de vraket,
masten och riggen. Trasslade upp och spolade av allt. La på
locket på lådan och sköt sedan upp Vipern igen. Spände fast
den för att lyfta upp Hobien, spänna fast och lägga på båda
masterna. De höll på i piskvinden i fyra timmar. Därefter
städade de upp och sorterade i tältet. Tältet hade tjänstgjort
klart, så de slängde det. Tyg, pinnar och en dragkedja var
helt kassa, så pang tjoff ner i soporna på campingen innan
de körde därifrån. Kommande natt var den sista i bilen. De
tänkte bara vara med på prisutdelningen och sticka tidigt
nästa morgon. Efter knappt 20 timmars segling på
Nordsjön fick de, trots två avbrutna race en 22:a plats bland
silverfleetens 47 båtar. Serien för de åtta racen blev: 33-14-
17-5-10-21-(50)-50.

Efter prisutdelningen vankades köttbuffé med inslag av lax
och grönsaker. Ölbaren släpptes fri och stämningen var på
topp. Det var bara en sak... det hällregnade utan uppehåll
och den här gången handlade det inte om halvtimmesregn,
snarare timslångt. Det sista de ville var att ha hela bilen full
med regnblöta kläder vilket var oundvikligt med den
sträckan de hade att gå till bilen. Campare är ett
uppfinningsrikt släkte. Lösningen på hur de skulle ta sig
torrskodda utan paraplyer till bilen var inom räckhåll. De
fick några soppåsar från baren och med en halsöppning i
dessa kunde de ha dem på sig när de gav sig iväg.

”Tänk att varje mästerskap slutar med regn”, sa Pernilla.
”Va? Är det så?”
”Japp! I Kellenhusen båda gångerna, i Australien och i
Garda, nu senast i Morges och så i Noordwijk.”
”Annars är det här livet faktiskt så nära man kommer att
vara rockartist” inflikade Tobbe.
”Kul tanke, men visst. Turnébussen är lite udda men
känslorna kanske inte skiljer särskilt mycket. Vi och dom, vi
mot dom, vi *med* dom i ett stort intresse där det mesta
handlar om upplevelser, bravader och händelser.”
”Jamen så är det ju. Man träffar så många likasinnade och
tänk alla historier vi delat och alla chanser som finns att se
nya platser.”
”Vi är många men i en sån sluten krets att vi ändå är nära.
Tänk vilket sammanträffande att vi plötsligt pratade med
holländaren som köpte Vipern från Sverige. Den som vi
hämtat från Holland hittade hem igen och helt plötsligt står
vi och köparen och pratar. Av alla människor och dessutom
på ett Hobie-event?”
”Ja, lite så.”

Efter såna här seglingsveckor är det bergis massor av
kemiska substanser som flödar runt i kroppen. Man blir
som en annan människa. Ibland tillber man gudomliga
krafter och högre makter, så totalt utfreakad och utelämnad
åt vind och båtföre. Massor av frustration och spänning.
Rädsla, mod... förhoppningar och glädje. Mycket skärpa och
ilska och hopp drar igenom kroppen. Tobbe och Pernilla
kände sig så tacksamma för det kroppsliga knarket och för
sporten, platserna, människorna och allt de fått uppleva.
Det var verkligen guld värt.

De lämnade campingen klockan sju på morgonen och hade
nästan 60 mil att köra upp genom Holland och Tyskland.
Det här var den första regnfria dagen av tio och
utetemperaturen steg äntligen igen. En hel kväll skulle

tillbringas i fina lilla Travemünde i väntan på färjan. Den skulle inte gå förrän nästa morgon klockan 03. De laddade upp den tredje ljudboken i bilen och styrde uppåt. Två happy sailors, två båtar, två mästerskap, två olika slags vatten och två resultat. Plats 19 av 42 respektive 22 av 47. På återseende Europa. Godnatt, godnatt.

Kapitel 11
Om progressofobi, barfotatrollet och surhustrutjatet
samt tysta zoner och springet över parken

Hesa Fredrik tjöt en söndag. De flesta medborgare som är
vaket uppmärksamma, undrar över det. Rut varken såg eller
hörde något och reflekterade därför inte över det underliga.
Men *om* hon skulle hört något, hade hon nog tänkt "jaja, det
finns väl nån bra förklaring". Vid krig eller annan allmän
fara var det högst troligt Rut som skulle gå åt först. Alla
andra skulle fatta galoppen utom hon. Långt senare hade
någon hittat henne, alldeles stendöd och med ett förvånat
uttryck i ansiktet.

Det här var bara en av alla reflektioner Rut gjorde kring sig
själv. Hon saknade verkligen en hel del saker i sitt register,
det förstod hon. Frågan var bara om det var något hon på
riktigt saknade eller om det var sådant hon förstod att andra
tyckte att hon borde sakna. Det var viss skillnad på det.
Twist hade precis kallat henne för en utdragen och seg
upplevelse, så svaret låg väl lite i det. Osäker på om det var
en bra sak eller en dålig, bestämde hon sig till slut för att det
var rart sagt. I samma stund som hennes tanke var på väg in
i en ny spekulation om sin egen person stördes hon av ett
pling på mobilen. Det var ett meddelande från Pernilla.

Hej! Jag vill bara kolla med dig om du tycker det är lite för ärligt att
sätta in sån här annons:
"Skinnsoffa bortskänkes. Det kanske ser ut som om en katt har
kissat i soffan och exakt så är det. Men sen har vi skurat soffan på
längden och bredden och undrar nu om nån ändå vill ha den? Perfekt
för hunddagiset (hehe), till garaget, filmstund med värsta ovännerna,
uteplatsen eller lekstugan i skogen. Släng på ett par filtar och låtsas

som ingenting. 155 bred, 75 hög och 95 djup. Hel för övrigt och inte det minsta nersutten.”

Rut svarade att hon tyckte det var väldigt rättskaffens och ärligt och skulle skriva några rader till svar men fingrarna landade lika fel som om någon har flyttat om tangenterna. Go for it, avslutade hon messet och skickade iväg det. Lite för sent insåg hur illa det hade blivit. *Bältigt rätt gafn ock örligt! Ho gir ut!* Rut skrattade för sig själv, skrev om det och fyllde på med egna reflektioner angående hur det kunde vara att ha katt.
Hör hemma undrade jag vas det var föt en liten brun klutt på golver som katten lekte med. Först tyckte jag att ham var sååå himla gullih och lekfull, sen öndrade jag mig. End of stiry.

Vid sidan av att Rut saknade fingerfärdighet på telefonen, saknade hon också gröna fingrar. Eller rättare sagt, hon trodde att det förväntades av henne att hon som inte hade gröna fingrar skulle sakna att ha det. Det andra tycker är ett säkert tecken på total avsaknad av gröna fingrar är när den mindre agrikulta blir glad, snudd på överförtjust och förvånad över det som växer. Ett annat tecken är att odlaren utan att ha vattnat, helt glömt bort det som växer, och kanske till och med tröttna på att vänta på nästa steg i processen. Så här sent på odlingsåret hade turen kommit till att skörda det som såtts... Eller bara hårdkratta bort det som varit dött länge nog. Det naturliga steget innan krattningen är att ta ett foto, lägga ut det på Facebook och kommenterar steg-för-steg-misskötseln men ändå antyda viss hoppfullhet över någon slags fortsättning. Slutligen föra diskussioner om att trall eller asfalt nog är det enda rimliga utvägen. Där var Rut nu, och hon var ganska så less på sina misslyckade projekt. Hon tyckte faktiskt att djuren var mycket lättare att sköta än det som växte... eller var tänkt att växa. De enda som brukade kunna sköta sig utan att Rut la sig i, var äpplena. Men även äppelskörden hade blivit helt kass efter den mycket kalla våren med snöfall så sent som i maj. Det pratades i termer om missväxt, något som inte på minsta vis matchade musteriets kostnader. Så... inga äpplen, inga killingar och ingen honung. Det gick utför på gården.

Nu tyckte de att det behövdes en dags eskapism i form av semester från gården, men det gick inte an utan planering. Det hela började med att Rut fick ett mejl från en SPA-anläggning i stan. Det var jättelänge sedan de var där sist, men ändå kallade de henne för stamkund. Tänk vilket trams. Mejlet kom i namnet Rut Johansson och det var minst sju år sedan de bytte namn, så särskilt mycket stamkunder var de så klart inte. Ett noll till Rut.
De skulle gå upp tidigt och hade siktet inställt på att först äta en rejäl frukost på ett hotell inne i stan och därefter ta en riktigt lång promenad innan incheckningen på SPA. Mini och Sigge lovade att hålla ställningarna på gården mot att de fick följa med Tobbe och Twist till Tierp på EM i dragracing dagen efter.

Frukosten på hotellet inleddes med varmt nybryggt kaffe, en god yoghurt med frukt och flingor plus ett par smarriga mackor med en variation av pålägg. Äggröra till bacon eller lax, alternativt ihop med sill eller tonfiskröra. Promenaden avnjöts axel mot axel och de gick långt, bra mycket mer än en mil runt Karlbergssjön och Klara sjö. Sen utmed Kungsholms strand och tillbaka mot city för att checka in på SPA.
Rut fick sitt skåp och var mer än lycklig över att skåplåsen vare sig var kodade eller digitalt styrda. Det i sig hade i så fall krävt en särskild SPA-stund för att komma över. Om skåpet varit kodat i någon form, hade hon först fått klä av sig, sedan försökt låsa skåpet ett oräkneligt antal gånger. Därpå klätt på sig igen och slutligen gått till receptionen med det pinsamma bekymret att inte kunna hantera skåpet. Nu kunde hon bara klä av sig, låsa skåpet och gå för att

duscha. Efter duschen var det sedan en snitslad bana ut till poolen men Ruts luktsinne var mer än förnämligt, så hon hittade utan problem.

På väggarna stod det "Quiet zone" redan utanför duschrummet och så fort de kommit in i poolrummen möttes de av skyltarna "Silent Area". Så särskilt silent var det inte eftersom det i samma utrymme strilade och sprutade så högljutt från jacuzzin att den som alls ville prata skulle behövde höja rösten till skriknivå för att höras. Och just det, var det minst två som gjorde medan resten tittade surt på dem. Rut och Twist satt precis bredvid varandra och viskade eller så flöt de runt tysta i den uppvärmda poolen. Därefter tog de en simtur i den sagolika simhallen. Den var än mer majestätisk än vad Rut mindes, trots att den var så liten. Även där uppmanades badarna att ta det lugnt, inget tjo och tjim minsann. Okej, så långt gick allt väldigt kontrollerat till, vad fanns det för alternativ i trånga utrymmen och tysta rum? Men så fort det blev bestämt att de skulle basta och därmed, för första gången den dagen, behöva dela på sig, var det slut på att ta det lugnt. För Rut alltså. Sist de var på SPA tappade hon både sin korg med handduk och andra tillhörigheter i ...och sin man. Den här gången blev det etter värre.

Efter bastu och dusch skulle de äta en tidig middag på Östermalm och bord var bokat klockan 14. Det var en bit att gå och Rut höll koll på klockan. Klockan närmade sig halv två när Rut satte sig i receptionen och väntade på honom. Twist; the man, the myth, the relaxer.
Klockan gick och där satt hon. Klockan gick lite till och hon började ringa Twist, men inget svar annat än telefonsvararens. Klockan gick ännu mer och hon började tok-SMS:a och ringa, men utan svar. Givetvis. Han hade så klart gått upp på gatan för att komma undan värmen efter bad och bastu, tänkte Rut. Hon gick uppför alla trappor från

receptionen, genom restaurangdelarna, över parken och ut
på gatan. Där skulle hon nog hitta Twist njutande i den
friska luften i väntan på henne. Hon ökade takten. Nope,
ingen gubbe. Bara mitt-på-dagen-strosare syntes på stan, så
Rut återvände till badet. Över parken, genom
restaurangdelarna och nerför trapporna till receptionen.
Ingen man. Klockan hade blivit två och hon fortsatte ringa
och SMS:a: "Är i receptionen och väntar". Inget svar.

Tjejen i receptionen föreslog att Rut skulle ropa efter
honom in på herrarnas avdelning, vilket hon gjorde. Här
gällde det att lägga sig på rätt nivå. Intonation är ett begrepp
för hur tonhöjd och betoning används. Den skiljer ut hur
olika emotioner eller attityder uttrycks. Ironi och sarkasm
exempelvis regleras med hjälp av stigande och fallande
intonation. Mixed emotions ilska på väg mot gråt rår den
däremot inte på.
"TWIIIIIISSSSSTTTTTT!" vrålade Rut. Men så kom hon
att tänka på Quiet Zone-skyltarna, som med stor
sannolikhet säkert krullade sig av obehag där inne. Ingen
reaktion från herrarnas och inga flera rop. Försöket tog
halvhjärtat slut där. Dessutom kände sig Rut som en
sexårsfröken som ropade på en av de där typiska
illbattingarna som aldrig var där fröken bestämt. En sån där
skitunge som hade sålt sina chanser att få följa med till nästa
gång.
Upp till gatan igen. Nya ringningar och SMS: "Är utanför på
gatan". Inget svar. Okej, han hade alltså dragit, chappat,
lurat in henne i bastun med förhoppningen att de skulle
komma ifrån varandra så att han kunde fira dagen själv på
egen hand. Nej! JAHA! Så klart, hahahaaa… vad dum hon
varit! Batteriet hade så klart tagit slut på hans telefon, så han
har nog gått till bilen för att tanka ny energi till telefonen.
Mot bilen alltså, i regn och rusk och utan paraply. En ny
känsla hade börjat gro. Tänk om bilen inte skulle stå där,
tänk om han *faktiskt* hade dragit från allting? Hade han inte

verkat lite väl gullig och uppskattande idag? Det var något
lurt med allt det här. Här behövde Rut jobba med sin
intuition, det oförstörbara minnet av alla erfarenheter, efter
den tidigare relationen med Bill. Han skulle kunnat gjort en
sådan här grej, fast inte Twist väl? Hon försökte skaka av sig
obehaget men kände tårarna bränna innanför ögonlocken.

Väl framme där de tidigare parkerat bilen såg hon att bilen
ändå stod på sin plats, men helt ärligt blev hon förvånad.
Ingen Twist syntes till. Nu började hon bli förbannad. Och
blöt. Nya påringningar och SMS: "Vad gör du?" (lite
surhustru-tjataktig ton). Inget svar. Tillbaka ner till badet,
alltså över parken, genom restaurangdelarna och nerför
trapporna till receptionen. Ingen Twist. Sen alla trappor upp
igen från receptionen, genom restaurangdelarna, över
parken och ut på gatan. Bort till bilen. In, ut, fram och
tillbaka. Tre gånger åt varje håll. Vid det här laget hade Rut
börjat lacka ur rejält. Klockan hade passerat halv tre och
hon tänkte att en repa till åt alla håll kunde hon göra, sedan
skulle hon ta sig hem. Nya SMS och ringningar. SMS:en fick
plötsligt en mer panikslagen och argsint karaktär.
Från: *Då går jag väl in igen, inte kvar på gatan.* (Informativ)
Till: *Nu går jag till bilen och ser om du är där sen tar jag mig hem.*
(Hotfull).

Svinförbannad, fast med gråtklump i halsen. Hur kunde han
överge henne så här, och just idag? Över parken, genom
restaurangdelarna, alla trappor ner igen till receptionen och
med darrande röst ett sista rop på hjälp. Han kunde ju ha
tuppat av på toaletten och där skulle ingen upptäcka
honom. Kunde de tänka sig att gå in och titta runt, knacka
på toadörren, snällaaaaa hjälpa till? De tog hennes vädjan på
allvar. Klockan närmare sig tre när Rut stod och väntade på
besked. Receptionisten hade gått in på vaktrond och Rut
väntade utanför. Hon var iklädd en lång rödflammig hals,
fullt beredd på ett tufft besked. Endera skulle hon gå till

centralen för att köpa ett färdbevis och åka hem, alternativt
skulle hon ta sig till sjukhuset där hennes avtuppade man
skulle ligga till oskyldigt beskådande. Mätt och nybadad,
men kollapsad.

Mellan väggen in till herrarnas avdelning och skohyllorna på
motsvarande sida fanns en liten glipa. I den glipan kunde
Rut se när tjejen i receptionen kom tillbaka med någon form
av besked. Hon kände hur stor sorg trängde upp genom
hennes utsträckta hals. Var skulle receptionisten säga?
I samma glipa såg Rut också någon som kom tassande
precis bakom receptionisten. Någon i badbyxor. Någon som
liknade hennes man… och se på tusan, det var han. Vilken
känsla skulle få plats i hennes humör nu? Skulle hon vara
glad, förbannad, lättad, uppriven? Eller kanske uppgiven?
Allt fick avgöras av hans bemötande. Hon behövde göra sig
beredd. Fanns det en stekpanna? Nej, de var ju faktiskt på
SPA, så givetvis inte. Tvättdukar, badtofflor, handdukar,
svampar, alger, tvålar, snäckor, rosenvatten och annan skit.
Men vad skulle hon slå honom med? Inget.

Rut frågande om barfotatrollet möjligtvis visste vad klockan
var, fast hon lät nog inte så nyfiket undrande eftersom hon
mycket väl visste vad klockan var. Hon lät mer som en
riktigt ursinnig fru slash kärring. Twist som, iklädd enbart
badbyxor, plötsligt stod mitt i receptionen bland alla
människor svarade att lite osäkerhet rådde men att han hade
undrat vart hon tagit vägen.
"Jaså, det gjorde du minsann?", blev svaret. Han hade suttit
och väntat utanför bastun i relaxavdelningen. Det avgjorde.
Alternativen glad, lättad, uppgiven och uppriven gick bort.
Likaså stekpannan och algerna. Sorgen bytte skepnad till ren
och skär vrede och ett nytt uttryck tog form.
Monstersarkasm.
"Intressant" svarade Rut, den spydiga frun.
"I en och en halvtimme?"

Jodå det hade han, i tron om att hon fortfarande satt i
bastun.
"I en och en halvtimme?" upprepade Rut.
"Har vi inte lärt känna varandra bättre på tio år? När i
helvete sitter jag i bastun i en och en halvtimme? ALDRIG!
Hur tänker du? Och hur länge hade du tänkt vänta innan du
började undra? Till åtta ikväll eller?"
Då återvände Twist lite slokörat till Quiet Zone där han ju
visste att han skulle få en stund för snabb återhämtning
innan de skulle ses igen och åka hem. Rut satte sig ner i
receptionen, helt införstådd med att Twist nästa gång skulle
behöva ha en namnlapp med Ruts telefonnummer runt
halsen.

De hade lämnat sitt Laduvik. Färdats tryggt, landat mjukt
och återvände hem utan större mankemang på vägen. Om
man nu bortser från att de höll på att förlora varandra. Men
de är inte dumma. Rut och Twist förstår allt hur bra de har
det och att det är få förunnat att leva så pass tryggt som de
ändå gör. Dagligen möts de av rubriker som får dem att
undra och rent av tro att jorden totalt sett blivit en sämre
plats att leva på. Men man ska inte tro på allt man läser, inte
heller på allt man tänker som Twist brukade säga. Det är
tillräckligt många som tycker att världen är på väg att gå åt
helvete. Att det mesta blivit sämre och att allt var bättre förr.
Mindre brottslighet, färre kriminella, fattigdomen mer
kontrollerad, bättre råvaror och gladare flyktingar. Med
sådana tankar är det stor risk att man kan ha drabbats av
progressofobi.
Progressofobi är ett vanligt tillstånd och de flesta drabbade
uppvisar tecken på fobin i form av en motvilja att ta till sig
nyheter om framsteg. De helt enkelt bortser från aktuell
fakta och trampar på i fördomar. Vad man "sett", "hört",
"förstått" och hur det "alltid" har varit. Det går att ta reda
på hur fobisk man är och om det faktiskt sker några
förbättringar över huvud taget. Hur det är med exempelvis

vattentillgång, undernäring, barnadödlighet, läskunnighet och annat. Det finns tester att göra och det visar sig att svenskarnas kunskaper faktiskt har förbättrats. Organisationen Gapminders undersökningar har visat att några fördomar har övergivits och en vilja att börja lära nytt syns. En utveckling som till största delen otvivelaktigt tillskrivs Hans Rosling och hans enastående insatser.

Det blev lördag och det skulle kunna betyda sovmorgon, vila, tystnad, frid i själen, noll tidspassning, ingen trängsel, egna tankar, skön och frisk luft... eller så skulle det kunna innebära bränsleångor, gummistänk och dragracing. För grabbarna blev det senare alternativet mest lockande. Den utlovade turen för att se EM i dragracing hade kommit. För Rut var frid-i-själen upplägget mest aktuellt. I detta upplägg skulle Pernilla passa in en stund när Tobbe kom för att hämta de andra, då skulle hon bli avsläppt hos Rut.

Twist och Sigge gick upp tidigt. Mini kom över och de alla blev snart upplockade av Tobbe. På vägen till Tierp hade de fått en trevlig stund i bilen. När de alla träffades tillsammans var det vanligtvis kvinnorna som pratade, men en sådan här dag gick det inte att luta sig mot dem. Nu fick de hugga tag i pratet själva. Twist berättade om deras SPA-dag minus särskilt avvikande detaljer och Tobbe kontrade med att han också gärna hade velat köra SPA men att Pernilla tyckte att pengarna skulle sparas till Grekland i stället. Mini och Sigge berättade om podden och hur schysst det hade varit med sändningen från pizzerian. Tobbe berättade om en regatta som han och Pernilla deltagit i, där jollar av olika sorter och speed körde allihop på samma bana. Multifoiling day, en mixad regatta där sex stycken Hobie16, tre F18, två Spitfire och åtta Mothar tävlade klassvis fast i två olika starter. Det blåste rejält vilket ofta var önskvärt för deras del, tio meter per sekund. I de tre första racen var det ganska byigt och riktigt kalaskul. De var glada att de hade tränat lite dagen innan.

"Mitt i startsekvensen av ett race blåste vi omkull från stillastående. Det kändes lite plumpt att ligga kapsejsade i vattnet och se startfältet försvinna över startlinjen. Innan vi hade rätat upp båten och fått ordning på roder som hade hoppat ur, var vi så mycket som fyra minuter sena över startlinjen", berättade Tobbe

"Jaså? Men det gick väl knappast att rädda upp?"

"Alltså vi kämpade på och vann meter efter meter och kom senare i mål som andra båt! Helt otroligt. Vi höll nästan på att bli etta. I de övriga fyra racen tog vi förstaplatsen."

"Vilka Mästerkatter!", sa Twist.

"Den seglingen lever ni gott på. Det verkar ha gått bra för er i år totalt sett".

"Vi är nöjda. Verkligen. Säsongen började inte så bra men sedan tog vi oss. Nu behöver vi bara laga Hobien."

"På tal om att gå sönder", Sigge fick ett skrattanfall när han kom att tänka på Twist på AIM-festen. Det var under reflexjakten när de skulle springa runt i mörkret och med hjälp av ficklampor hitta reflexbokstäver på träden. Lika många galningar sprang runt och skrek, som det var ficklampor som lyste... men en skrek mer än alla andra.

"Dina skrik i mörkret Twist. Du hördes över alla."

"Det gjorde jag väl inte?"

"Jo, det gjorde du din gamla påskkärring. När du fastnade med hucklet i en gren. Och just i knuten på något underligt vis så du kunde inte komma loss. När du väl lyckades, hittade du inte kvasten. Då var du helt ensam och skrek 'vänta på mig, vänta på mig'. Ingen hade vare sig sett eller hört dig utan sprang bara vidare som det gäng idioter alla var. Skogen var full av tomtar om man säger så."

"Blev du lämnad kvar? I så fall var vi ju två", skrattade Tobbe som mindes sitt lags timslånga solstings-sittning med pusslet ute på ön.

Sigge, Mini, Tobbe och Twist kom fram till Tierp, parkerade bilen och gick direkt och satte sig tillrätta på läktaren sedan de skaffat öronproppar och varsin kaffe. Från läktaren tittade de på de olika klassernas kval, utslagningar och finaler. Egentligen fattade de rätt lite av det de såg. De tävlande möttes sida vid sida på tävlingssträckan en kvarts engelsk mile, drygt 400 meter. Snabbaste bilen var den som vann, så mycket fattade de i alla fall men ibland fick även den som förlorade väldigt stor uppmärksamhet också. De coolaste kärrorna var så klart Top Fuel-klassen som kom upp till farter som 100 km/h på 0,8 sekunder eller runt 500 kilometer per timme på 4 sekunder. Det dundrade och bankade i bröstet när bilarna startade. Tänderna nästan skallrade när de accelererade iväg. Anita Mäkele från Vilppula bär championship titeln i Top Fuel. Förutom att vara champ, har Anita också en kycklinggård där hemma i Finland. Det var särskilt trevligt tyckte Twist. Intrycken för dagen var; fin anläggning och mycket folk. Rökmoln och tungt muller. Kepsar, hjulbenta gubbar och coola grabbar. Smalt fokus och stora investeringar. Korv och snus.

Pernilla hade blivit avsläppt hos Rut när Tobbe plockade upp de andra och hon tänkte bara stanna en kort stund. De fixade lite kaffe som de tog med sig ut till getterna. Världens mest sällskapliga djur tillsammans med världens mest sällskapliga tjejer, inget kafferep kan bli bättre än så. De satte sig i halmen och pratade, getterna portionerade ut sig runt omkring dem. Rut berättade att Sixten precis hade börjat plugga i Kanada. På högskolan där har de en särskild kurs för studenter som har så svårt att ta tag i uppgifter att de riskerar hälsoproblem. Alltså de som missar deadlines, får ångest och dåligt självförtroende när de skjuter upp sina studier in i det sista.
"Smart!", sa Pernilla. "Det är nog många som kan känna igen sig i att ha lätt för att skjuta upp saker."

"Fast kursen vänder sig endast till de studenter som *verkligen* mår dåligt av sitt beteende. De får sätta upp delmål, i stället för att se hela uppgiften som en jätteuppgift."

"På tal om beteende", sa Pernilla.
"Jag har blivit helt fast i en norsk ungdomsserie på teve, *Skam* heter den och jag började titta bara för att eleverna är så sålda på den. Nu kan jag inte sluta. Jag tror att jag har blivit beroende."
"Jag har hört talas om den men aldrig tittat själv", sa Rut.
"Den är helt fängslande och de spelar så bra. Eller de spelar nog inte. De *är* på riktigt, fast på teve. Fem tjejer är huvudpersoner plus ett gäng grabbar och tillsammans speglar de ungdomslivets alla våndor och glada stunder."
"Kanske borde se den då, det är många säsonger va?"
"Ja hittills fyra, fast varje avsnitt är kort. Snyggingen i serien, William, han har varit borta nästan hela säsong fyra och varit grymt saknad av sin Noora. Han flyttade till London... de båda hade bott i London men han sket rätt mycket i henne där, så hon flyttade hem. Noora hade varit allvarligt nedstämd i lika många avsnitt som hennes kärlek varit borta, men fick äntligen William tillbaka. Plötsligt gled han in i avsnitt åtta och fick då en hel fest att avstanna... och mig att sätta frukostmackan i halsen. Han hoppade ur sin bil, gick fram till fina Noora och sa: 'Tack för mejlet'. No more, no less. Efter alla avsnitt av hennes nedstämdhet. Jävla grabb! Alltså, *ingenting* har hänt sedan vi var unga! Tjejerna väntar och trånar. Killarna drar runt."
"Lugn nu Pernilla. Du har inte varit på SPA med Twist, det hör jag det", sa Rut och berättade om vad som hade utspelat sig där.
"Han drar minsann inte runt. Han stannar där man satt honom". Pernilla skrattade så hon tjöt.

"Förresten, på vår tid hette den snyggaste, mest spännande och äventyrslystne killen Luke Macahan. Han körde kanske

inte sportbil, hade flott lägenhet eller lämnade in sitt kort i
baren. Men han hade häst, hatt, snusnäsduk och chaps", sa
hon sedan.
"Han fick hela teven att skälva och oss tjejerna att längta.
Fantastiskt vilket minne", sa Rut.
"Möjligen drog han igång en eld och stekte en köttbit men
hans liv gick oftast ut på att hela tiden vara på väg. Jag vill
minnas att darling Luke ägande nästan all programtid åt att
rida in och ut ur scenerna. Han hade liksom alltid varit borta
på olika grejer, men man fattade aldrig någonsin på vad.

De fastnade ett tag i samtal om skola generellt men också
om skolor i och i närheten av Laduvik. Ett outtömligt ämne.
Om strukturer, beslut, olika elevtyper och lärare. Om
fenomenet att alla tror sig förstå vad skola är och fungerar,
och hur utsatt skola är av media. Genomlyst och granskad.
De drack kaffe och klappade om getterna som alla älskade
att bli kliade. Bara Faint var reserverad, Myotonic-geten som
de fått av Bengt i utbyte mot bocken som Bengt sköt ihjäl.
När Pernilla och Rut skrattade åt minnet av det, fick Faint
ett svimningsanfall. Ett av alla per dag.

"Man fattar att det är jobbigt att vara tonåring. Tor hade sagt
till Tobbe när han fått reda på att jag börjat snapchatta;
'Kommer hon att ta bilder på allt nu och snapchatta runt?'
Jaaa, kanske det du. Det var ingen dum idé", sa Pernilla som
tog upp sin telefon och smällde av en bild på Rut ihop med
getterna. Klickljudet från telefonen gjorde så att Faint välte
igen. De andra getterna tittade lite förstrött bort mot henne
innan de fortsatte sin vila.

"Nu ska jag ta mig vidare. Jag har en del att plocka med
innan vi åker. Tack så mycket för kaffet!"
"Det var så lite. Kul att du tittade förbi. Och så önskar jag er
en superresa till Vassiliki. Jag är hur avundsjuk som helst ska
du veta! Ni åker på lördag va?"

"Japp! Älskar att ha det där stället att åka till. Vi tröttnar visst aldrig. Att få komma tillbaka så här på hösten är riktigt lyxigt. Lite stressig avfärd bara eftersom vi ska hinna med en kappsegling på förmiddagen innan flyget går."
"Jamen ni är ju inte kloka, fast jag antar att det är självvalt."

Rut följde med Pernilla bort till vägen där de kramade om varandra och sa hejdå.

Kapitel 12
Om uppdämd kärlek bland greker och rumäner
samt saliga svenskar, belgare, tyskar och engelsmän

Normalt sett på sommaren brukar lufttrycken ligga
någonstans mellan 1035 och 1045 hektopascal och det vet
man hur det känns ungefär. En lätt klagan, uttryckta
besvikelser och en ständig önskan om något bättre. Tänk
om det kunde vara lite svalare, regna något mindre, kanske
lite mera vind, eller mindre, eller varför inte lagom med
vind? Kanske rent av några droppar regn? Det börjar bli så
torrt, åh vad jobbigt det är att vattna, vad dammigt det är
ute, och allt pollen… Okej. Plötsligt tar sommaren slut och
det blir snabbt råare, för att inte säga kallt. Då får klagovisan
en något annorlunda karaktär. Vart tog sommaren vägen,
den som var så härlig? Vad snabbt den försvann. Värmen,
dofterna, den ljumma vinden och de sköna temperaturerna.
Dagarna då man bara längtar efter något läskande och kallt,
plötsligt försvann de. Nu kommer det att dröja åtta månader
igen. Suck.

Sommaren som hade passerat gick inte till historien som
någon högtryckssommar, men högtrycket som många
längtat efter kom till slut i september, och det med besked.
Noteringar om lufttryck på 1044 hektopascal gjordes och
det var ovanligt milt och varmt för att vara i september. Ett
starkt högtryck hade äntligen tagit över och bestämt sig för
att stanna. Året innan det här, noterade SMHI det högsta
uppmätta högtrycket någonsin i Sverige: 1050,2 hektopascal.
Det slog tidigare oktoberrekord från 1896.
Tydligen kan det komma nya, sköna vädermässiga rekord så
långt fram som in i oktober och det visste Pernilla. Hon
minns en oktoberdag för några år sedan då hon och Tor var
på badplatsen och badade nästan som om det var sommar.

Nu fanns det anledning att bli lite nyfiken. Vad skulle komma att hända och vilka nya rekord var att vänta? Pernilla som hade oerhört svårt att släppa sommarfeelingen hoppades på fler värmeböljor. Åt mörkret fanns dessvärre inget att göra, för oavsett temperaturer blev de alltmer inbäddade i det. Redan före sju på kvällen så här års hade mörkret lagt sig och värre skulle det bli.

Väderprognoser, det kan man använda sig av i miljösyfte. Det finns innovatörer som tävlar om klimatsmarta lösningar, exempelvis hur man kan odla grödor inomhus i urban miljö året runt. Även idéer om att odla alger och att framställa proteinpulver från mjölmask. Ytterligare någon har hittat metoder för ett mer transparent och säkert livsmedelssystem där småskaliga bönder i tropiska klimat kan ta hjälp av hyperspektralteknik och hyperlokala väderprognoser. Bönderna i Västafrika kan genom företaget få lättlästa prognoser på SMS som hjälper dem att planera sin skörd mer träffsäkert och hållbart. Med hjälp av de precisa prognoserna kan de till exempel minska användandet av bekämpningsmedel och fördela de begränsade vattenresurserna till perioder då det verkligen behövs. Ett otroligt bra exempel på hur smart teknik kan möta efterfrågan på mat.

September bjöd på samma sorts pyttipanna av aktiviteter som tidigare månader. Tillagad enligt receptet "den som har mest att göra vinner"! Pernillas kalendern hade börjat bli så där skönt kladdig och oregerlig igen. Nöjen och roligheter slogs om utrymmet ihop med jobbpåminnelser. En notering som stod skriven med röd penna var ordet *veterinär*. En aktivitet som krävde både fria luftvägar och djupandning. Det besvärliga i den aktiviteten var att se till att katten var inomhus och tillräckligt lättfångad för att placeras i transportburen. Hade man med salig tur lyckats fånga in djuret, var nästa bestyr att varligt men bestämt fösa in honom i buren. Liksom samla ihop alla spretande armar och sprattlande ben och trycka på samtidigt. Detta gjordes inte med enkelhet. Väl kommet så långt och dessutom i god tid innan bokad tid, var stunden kommen för det kollektiva lidandet. Stackars lille kisse. Han jamade, vädjade och grät under hela bilfärden. Ögonen var olyckliga och tassarna fuktiga. Anledningen till veterinärbesöket var att katten hade börjat kissa inne. På golvet och i sofforna. 14 år och kissa i soffan, då klättrar man på konsekvensstegen lille vän. Ingen av ungdomarna i huset hade gått så långt i sina protester. Pernilla hade googlat och av det förstått att det kunde handla om urinvägsinfektion eller möjligtvis någon slags sköldkörtelproblematik. Alternativ extra tydlig uppstudsig protest.

Som en första åtgärd hade de ordnat med en kattoalett som ställts på plats. Det var en något udda tanke att tämja en fjortonårig katt att börja kissa på sand. Som att lära en gammal hund sitta, trodde Tobbe, men det visade sig gå bra mycket lättare än så. Det måste vara nedärvt i kattvärlden sedan generationer att en låda med sand, den kissar man i. Lite skillnad där på katt och hund. Den andra åtgärden för att få ordning på kisseriet var veterinärbesöket. Veterinären förmodade att kattens beteende kunde kopplas samman med stress, vilket var högst troligt eftersom flera nya katter hade synts i området och ett par av dem med alldeles för närgången stil i deras katts revir. En av dessa hade till och med jagat deras katt halvvägs in genom kattluckan och bitit honom illa i svansen. Pernilla jagade då svansbitarkatten i minst femtio meter med stöd av skrik, stenar och en otrolig fart, så den stackaren hade inte synts till sedan dess.
Att fånga katt visade sig inte vara hälften så svårt som att fånga kiss och detta blev Pernillas uppdrag nästkommande morgon. Någon gång i utrymmet mellan duschen och påklädningen, eller mellan frukostätandet och tandborstningen skulle hon pipettsuga kiss i kattoaletten. Detta förutsatte att katten också kissade, men han låg hellre

i soffan och sov så det gick inte. Efter några dagar friskförklarade de katten med slutsatsen att kattoalett verkligen hade löst situationen. En slutsats som tyvärr hade kostat flera tusen kronor. Som en tredje åtgärd efter att de hade skurat skinnsoffan tills den blivit uttorkad, var att sätta in en annons under rubriken "bortskänkes". Det fanns säkert någon som ville äga en aning lite fläckig skinnsoffa, hävdade Pernilla. Och det fanns det.

Provköra BMW - korv och tipspromenad, stod det också i kalendern. Med det menades att årets insamling till barncancerforskningen startat och att hundra kronor för varje kunds provkörning skulle gå till välgörande ändamål. Det var inte första gången de var där. Inte heller andra eller fjärde och det säger väl allt om Tobbes givmildhet. Han hade nog kunnat ta med hela släkten, i alla fall alla med körkort eftersom det då skulle finnas obegränsat med utrymme för insamlingsmöjligheter. Alltså provkörningar. Denna gång fick han dock nöja sig med att ta med Pernilla och Tor.

Hobieskrov Årsta partihallar, var nästa not. Det var fortfarande ett hål i båten sedan olyckan i Holland. De hade stått i valet och kvalet mellan att laga skrovet eller att försöka få tag i ett begagnat babordsskrov, men enats om det senare. En lagning kanske inte skulle bli tillräckligt stark och med ett nytt begagnat skrov, kunde de hellre lägga de utbetalda försäkringspengarna på att putsa upp hela båten och eventuellt lacka om den. Tobbe hade lyckats få tag i ett begagnat skrov i Holland. Det levererades i en lastbil därifrån, i en transport som ändå skulle frakta tulpaner till Sverige. Tobbe och Pernilla hakade på släpet hemma och åkte till Årsta partihallar en kväll för att möta den holländska speditören där. Två saker lärde sig Pernilla av denna kväll. Det ena var just möjligheten till att ta med lite av varje i en transport som ändå skulle gå. Hon undrade om det fanns ett mer systematiserat sätt för sådan logistik, ett all-anrop typ: "Nu har jag plats över i min last, är det någon som vill ha något fraktat?" Om inte annat, så med tanke på miljön och det klimatsmarta alternativet. Det andra hon lärde sig var att lastbilschaufförer kör sina fordon i strumplästen. Det finns en liten hylla bredvid dörren där chaufförens skor, vanligtvis träskor, kan ställas av. Det gör tydligen alla, i alla fall dem som inte ville ha det grisigt och grusigt i hytten. Pernilla hade nämligen frågat. En ganska humoristisk bild tecknades i huvudet på Pernilla. Tuff grabb bakom ratten, sitter högt i coola kärran. Transporterar tunga grejer, explosiva varor. Minst ett släp, 25 meter långt och med en totalvikt på 4 ton eller mer. Keps på plats, snusbuss under läppen... Barfota eller i strumplästen. Numera när hon ser en lastbil ser hon något framför sig som ingen annan ser.

Flera noteringar i kalendern. *Torsdagsträning – säsongssista.* Nu hade de kört varvet runt sedan i våras och fått chans till femtontalet träningar på Bosön. Sorgligt nog var detta den sista. De hade fått chansen till otroligt många värdefulla övningar. Bland annat hade de kört halvvindsbana och tränat på båthantering med speed. Det var i våras när de i nära 20 knops fart gasade på med skräckblandad förtjusning. I hög speed fanns alltid en gnutta skräck inblandad, grundad på tanken över att eventuellt kapsejsa. Gick det fort, blev det luftturer och fall, var man landade gick inte alltid att styra och slagit sig hade hon gjort tillräckligt. Denna kväll var skräcken ytterligare förstärkt. De hade nämligen fått syn på en tefatsstor hög med tjocka tarmar som flöt runt mitt i banan. Långt senare funderade Pernilla på om de möjligtvis försummade sina medborgarplikter eftersom de aldrig anmälde upptäckten till exempelvis polisen. De kanske hade avfärdat det hela lite väl enkelt med att tro att det var en säl som fått sätta livet till. I

framfarten genom halvvinden där hade de kanske inte
agerat särskilt samvetsgrant.

I kalendern stod det också *KM 2017 på Baggen.* Tobbe och
Pernilla som gärna ville vara med men för närvarande
saknade egen båt, fick låna båt av en klubbkompis. Det var
tur det för de vann. Att vinna klubbmästerskapet var lite av
en panasch även om bara fem båtar var med. Det roligaste
av allt med denna vinst var att på en av båtarna fanns
klubbens mest svårslagna team, så Tobbe och Pernilla fick
till storslam! Det blåste sju meter per sekund men så
plötsligt endast en meter per sekund så de fick briljera i både
champagnevind och lättvind. Samma dag, efter att de bara
åkt hem och slängt av seglargrejerna och plockat med sig
resväskorna, hade det blivit dags för den bästa anteckningen
på länge i kalendern. *Windy Bay - flyg 16:30.* De skulle
försvara katamaransegern i Southern Ionian regatta från året
innan.

Ionian Regatta är ett slags grekiskt Lidingö Runt som sedan
80-talet körts på Joniska havet tredje helgen i september.
Regattan seglas under tre dagar och till kappseglingens sista
dag ansluter sig varje år hugade katamaranseglare från
Windy Bay. Med startpunkt från bukten i Windy Bay seglar
man i tre etapper. Efter starten i etapp ett tar man sig förbi
den östra udden och ut på havet. Banan följer kusten och
vid nästa udde sätts en mållinje upp. Denna mållinje blir
mycket fiffigt sedan startlinje för etapp två inför att runda
ön Arkoudi. Rundningen görs medsols innan målgången i
inloppet till Sivota hamn. Just de två första etapperna tog
sex, sju timmar förra året. Den tredje och sista etappen går
inte förrän nästkommande dag eftersom en natts vila
kommer emellan. Den etappen går från Sivota och direkt
tillbaka till bukten i Windy Bay.

"Te?"... "te?"... "te?" Flygvärdinnan gick sakta baklänges
genom gången i flygplanet. En vänlig blick, en bedjande
blick, nästan lite övertalande. Tedrickarma var i princip
utrotade. Alla ville ha kaffe och det visste flygvärdinnan.
Endera var teserveringen ett av de värsta uppdragen att få
på flygplanet, eller ett av de skönaste. Hur det förhöll sig
med den saken funderade Pernilla på.
"Te?"... "te?"... "te?" Ingen gjorde någon notis, jo plötsligt
var det någon som nappade på förslaget. En kopp te vore
gott. Flygvärdinnan höjde blicken och ögonbrynen sköts
upp i pannan.
"Te?" sa hon, nu än mer frågande. Hon kunde lika gärna
sagt:
"Ville du verkligen ha te? Alltså bland alla dem som sitter
här, sticker du ut och vill ha te? Menar du verkligen det?
Helt säkert?" I alla fall såg hennes ögonbryn ut att säga det.
Pernilla tänkte; häll upp nu fort som fan innan resenären
ångrar sig för bakom henne hördes ett betydligt rappare:
"Kaffe?!"... "Kaffe?!"... "Kaffe?!"

Tobbes och Pernillas förflyttning i tid och rum var gjord på
sex, sju timmar och de landade på Preveza airport vid 21-
tiden lokal tid. Taxiservice Zampelis Spiros stod där och
väntade med sin något trötta Mercedes. Zampelis är en jäkel
på att packa bagage. Allt får plats i hans skuff och inget ska
finnas i knäet på någon av passagerarna, no no.
Den gamla Mercan och Zampelis gjorde uppåt sju
körningar dagligen tur och retur Preveza – Lefkas per
säsong. Han kör med god vana och ganska fort genom byar
och städer. Transfern är en timme och en kvart lång men
ständiga försök gjordes med att köra om över heldraget och
i kurvor, det kanske gick att vinna någon minut eller två.
Möjligtvis skulle Zampelis köra lika bra även med
förbundna ögon men det hade de inte vågat föra på tal. Han
körde alltid utan bälte, han upplevde sig mest bara strypt om
bältet satt på. I backspegeln hängde ett kors och dinglade i

ett band. En hörsnäcka var häktad intill. Den greppade han tag om varje gång hans telefon ringde, vilket den gjorde nästan oavbrutet. Oftast var det en Sonja som ringde. Kunde det vara en fästmö… eller en fru, eller kanske en mamma? Han pratade snabbt, argt och sa aldrig 'hej då'. Det ringde igen på telefonen och Zampelis greppade tag om hörsnäckan. Pernilla stötte i Tobbe och nickade mot telefonen. Dimitri stod det i displayen. Tobbe log mot Pernilla.
”Honom känner ju vi”, viskade han till henne på skoj och tänkte på deras pzzabagare där hemma.

”Var kommer ni ifrån?”, undrade Zampelis.
”Sverige, känner du inte igen oss? Vi brukar åka med dig”, sa Pernilla men insåg direkt hur urbota korkad hon var som frågade det. Han hade hundratals körningar i månaden, hur skulle han kunna...
”Jo, det gör jag”, svarade han. ”Jag ville bara dubbelchecka. Ni har varit här många gånger nu va?”
Jo, så var det. Den här veckan var Tobbes och Pernillas elfte vecka på platsen. Oftast var de där en vecka per år, men ibland två veckor på raken eller som i år; en gång i juni och en gång i september. De kallades numera för ”regulars” på Windy Bay.

Så här dags på året var det bara tre veckor kvar av säsongen. Ändå var allt som vanligt. Vare sig hotellpersonalen, instruktörerna eller restaurangerna hade slagit av på takten. Gästerna välkomnades ytterligare en gång, det lagades snabbt ny mat och riggades på samma båtar igen. Det fanns bara ett enda fokus i sikte: Att gästerna skulle få det bra och trivas. Pernilla och Tobbe tog en promenad i mörkret såsom de brukade göra vid ankomst. Ner till havet för att känna på vattnet och titta till båtarna. Därefter drack de en Radler och somnade sedan som utslagna. Nästa morgon vaknade de och gick direkt fram till fönstret och balkongen. Utsikten över bukten och det ljusblåa vattnet var lika storslagen som vanligt. Den enda distraktionen var ett par palmblad som snodde en bit av vyn.

Tobbe och Pernilla åt och njöt av frukostbufén på hotellet, hälsade runt på personalen och gick sedan ner mot vattnet. De var de enda svenskarna denna gång men flera för dem kända ansikten dök upp. Vänner som de skaffat genom seglingen. De flesta från Tyskland, Holland eller Belgien. Denna vecka, precis som i juni, inleddes med att instruktörerna samlade gästerna för att checka av dem lite. Var och en presenterade sina erfarenheter av seglingen, sina särskilda önskemål och personliga mål för veckan. De som hade träffat Tobbe och Pernilla tidigare hade lite skämtsamt satt upp som veckomål att "försöka slå svenskarna denna vecka", eller som någon sa; "åtminstone segla ikapp dem". Ytterligare någon tipsade allmänt i gruppen; "Just follow those two". Det hade tydligen spridit sig, utifrån minnet av Ionian regatta året innan att Tobbe och Pernilla kallades för de snabba. Smickrande, ja i och för sig, men nej. Nu fick de direkt en del att leva upp till och de ville inte ha en vecka med prestationstänk. Å andra sidan satt de riktiga stjärnorna där också. Många hade flera år av seglarerfarenheter och någon hade varit årligen på Windy Bay sedan mitten av 90-talet. Exempelvis den 198 centimeter långa och starka Ruben från Holland som knappt bemödade sig att segla om det inte var minst svart flagg. Ytterligare en person i gruppen duktiga seglare var belgaren Daan. Han verkade erfaren och kontrollerad, mentalt både stark och sansad. Ett medelålders gubbgäng från Düsseldorf presenterade sig också. De åkte varje år till olika beryktade seglingsställen där de hyrde olika båtar och körde ihop under en vecka. Detta var deras första besök på Windy Bay men de hade varit runt, både när och fjärran.

Düsseldorfarna var veckans snackis. De startade med att berätta om sina tidigare flotta resor där allt var fixat och där man bara behövde segla rakt upp på stranden efter avslutad segling. Någon av dem antydde att det kändes lite som en ankdamm att segla så här i en bukt och att de längtade till Ionian regatta då de skulle få möjlighet att dra iväg och se mer. De snackade i mun på instruktörerna, lyssnade dåligt på vad andra hade att säga, skrattade rakt ut och uppförde sig precis så där tyskt som tyskars rykte bär. Första dagen teamade de upp sig på varsin Hobie Tiger. Strax senare både pitchade och kapsejsade de och efter att nästan ha seglat in i berget blev de lotsade tillbaka. Då bytte de båt till en Hobie16. Ut igen. Nya kapsejsningar och ifrågasättande av material, kallade båten nervös och bytte till en Hobie Pacific. Då först var de hemma som de kallade det för. Kalasnöjda.

Pernilla kommenterade händelserna när hon och Tobbe åt lunch. ”Är det inte ofta så att tjejer som tar sig an uppgifter, sliter och kämpar för att bli bättre. När något inte funkar, när de gör dåligt ifrån sig och när de misslyckas anklagar de sig själva. De kanske gråter och känner sig besvikna, tar nya tag och försöker bli bättre. Liksom bannar sig.”
”Jo, så kan det nog vara, men gäller inte det killar då menar du?”
”Nej, jag tror inte det. Med grabbar är det lite tvärtom. En dålig backhand i tennisen, en taskig swing på golfbanan, ett kasst dragskott på isen… var tittar killarna då? Jo på materialet. Det är klubban, racketen, bollen, grillerna eller något sånt som inte lirar. Inte är det väl deras prestation som har en formsvacka? Deras skills?”
”Jaså, oj är det så illa?” undrade Tobbe.
”Kolla får du se nästa gång. Jag tycker att det är jättevanligt att killar och män tittar på sina redskap, verktyg eller utrustning när det går dåligt. Ganska spännande va?”

Cross shore, är en superstark och härlig eftermiddagsvind som lämpar sig utmärkt för träning. Den trillar ner från berget i princip varje dag. Ibland är den nästan för hård, särskilt när den precis kommit. Crosshoren kunde börja pusta upp sig redan innan lunch men jämnade ofta till sig lite om man väntade till en stund efter lunch. Just denna vecka var den fin och ganska tidig i tre dagar. Tobbe och Pernilla fick många bra repor i den och försökte klättra på septembers speedstick. Bästa placering blev plats 5 med 20.4 knop men de petades snabbt ner mot slutet av veckan. Instruktörernas tanke under veckan var att alla seglarna skulle köra i de hopsatta team, och med den båt som varje team valt, inför Ionian regatta. Tobbe och Pernilla var ett team av fyra som valde Hobie16 och totalt åtta båtar nötte runt och tränade dagarna innan regattan.

Om de inte seglade så solade de eller tog promenader. Ibland till den närliggande byn eller åt andra hållet, bort till hamnen. Det är där alla restauranger ligger. De flesta, för att inte säga alla restauranger är familjedrivna. Med det menas att hela familjen är inblandad i rörelsen på olika sätt. Många greker här lever fortfarande av jordbruk eller på en kombination av jordbruk och restaurang- och hotellrörelse. Många producerar både olivolja och vin och har stora vin- och olivodlingar som de måste sköta. Tobbe och Pernilla har många favoritrestauranger. På en av dem bjöds de på färska fikon och familjens vin. Jättestarkt och gott. Mörkgult och nästan lite sherrykaraktär. På restaurangerna föredrog de ofta färsk friterad bläckfisk eller kycklingschnitzel och stekta grönsaker. Ibland blev det grekisk buffé eller en kombination av plockmat, huvudrätt och vin. Hur de än bar sig åt, vilket i och för sig inte varierade sig så förskräckligt mycket, fick de en nota på trettiofem Euro inklusive dricks. Bra prisbild och helt i linje med okej. En kväll när de promenerade i hamnen på väg hem från en av

restaurangerna hörde de att någon visslade till och ropade
på dem.

"Hello Swedes... helloooo", hörde de. Inte långt därifrån satt
Zampelis. Han vinkade till dem och de vinkade tillbaka.
"Hej!"
"Kom en snabbis, jag tänkte på en sak", sa Zampelis
samtidigt som han rörde sig mot dem.
"Va? Är du ledig ikväll?", undrade Pernilla men fick en
fnysning och ett leende till svar.
"Ledig? Vad är det tänker du? Jag är aldrig ledig så här års
men tar en paus då och då."
"Det låter bra!", sa Tobbe.
"Ska ni vara med på regattan", undrade Zampelis. "Det är ju
en stor fest i Sivota sen, min hemby. Då kan ni se hur fint vi
har det där!"
"Jo, vi vet. Det är en fantastisk plats, absolut. Vi var med
förra året och var på festen. Den helt galna festen! Vi
kommer nog att vara med på regattan men avvaktar vädret
innan vi bestämmer oss", svarade Tobbe.
"Jag har en svensk kompis, då kanske ni kan träffa honom.
Han är också där nu."
"En svensk? Vad lustigt...", började Pernilla säga men längre
hann hon inte förrän det ringde på Zampelis telefon. Han
fastnade i ett samtal, höjde en hand som en hälsning och
gick iväg mot sin bil. Rasten var över för hans del och en
körning väntade.

På självaste race day vaknade de av hårda vindbyar. De
hörde hur det rev och slet i palmbladen som hängde över
balkongen. Redan på förmiddagen var svart flagg hissad.
Anledningen var att två stora luftmassor, en från nordväst
och en från väst, hade bestämt sig för att utöva sin strid just
på denna plats och just denna tid. Mitt i mötet skulle en
cyklon med regn och stormvindar bildas ute på havet.
Eventuellt också med inslag av åska. I så fall skulle

tävlingarna helt behöva ställas in, alternativt arrangeras om.
Det blev det senare. Regattan fick ta en alternativ route
detta år och hela rundningen av Arkoudi ströks. I stället
lades ett enda race den första dagen. Från hemmabukten
och raka vägen till Sivota.

För att ingen skulle stå på näbben redan i starten skulle en
krysstart läggas i bukten, ett kort ben köras upp till
kryssbojen och sedan undanvind till någon slags gate för att
därefter sikta ut mot första udden på havet. Där ute trodde
tävlingsledningen att vågorna skulle vara uppåt en och en
halv meter höga och även om vinden nog skulle blåsa mer
konstant på havet, så var den fortfarande mycket stark. För
att visa allvaret i situationen hotade de tävlingsansvariga
med att diska de team som försökte ge sig för långt ut på
havet. Mållinjen skulle riggas vid Sivotas inlopp, max två
timmars segling bort. Som en sista åtgärd sköts starten upp
till klockan 14 med en förhoppning om att få ytterligare en
lägesrapport beträffande vädret innan starten.

Det ven om vinden och riggen smällde mot masterna.
Vinden var ena minuten hårt från syd, för att plötsligt smälla
på från nordväst, ett vrid från nord och så smack tillbaka till
väst. Vinden låg som kårar på vattnet, en del mörkt grå och
många kårar hade sotsvarta skikt i sig. Några team hade
avråtts från att medverka, exempelvis alla düsseldorfare
utom två.

Alla som fått okej att ta sig ut, hade samlats i en klunga på
hamnplanen och sparkande runt i gruset där. Några fällde
ett par klämkäcka skämt, nervösa blickar syntes och flera
högljudda skratt. Skämten som till lika delar bestod av
svarthumor och lyteskomik haglade. Längst där inne var det
säkert många som tänkte att det vore bra gött att slippa ge
sig ut på havet. Vädret var verkligen inte gulligt.

"Ska vi betta på vem som vinner?", sa tyskarna.

"Jag sätter på The Swedes", svarade belgaren.

"Jag med", sa en av düsseldorfarna.

"Hehe", sa Tobbe och Pernilla som inte ens hade bestämt sig för att vara med.

Som vid varje annat tillfälle där de båda tvekat, resonerade de så att om alla andra vågade så skulle de minsann också tordas. Flera gånger tidigare när de hade gruvat sig var det just den meningen som fått ut dem. Pernilla resonerade som så att det är tävlingsledningens ansvar. De vet hur förhållandena är och om de tänker att det borde funka, så är det bara att lita på det.

Därmed bestämde de sig slutligen för att delta, som en av sju båtar. Teamen fick klartecken för att rigga men det var tvunget att skötas på vattnet. Inga båtar kunde stå på land med segel uppe under de förhållanden som var. Teamen hade decimerats något och bestod nu av två Hobie16. Tobbe och Pernilla på den ena och en engelsman ihop med en instruktör på den andra. Tre Hobie Tigers. Ruben tillsammans med en instruktör på en av dessa. Två belgare på den andra och tyskarna på den tredje. Dessutom skulle två Hobie Pacific delta. På en av dessa, två engelsmän och på den andra, de düsseldorfare som fått klartecken att vara med. Redan innan start gick två båtar omkull, bland annat düsseldorfarna på sin Hobie Pacific. Det var droppen för dem och de vände tillbaka precis innan första udden och bröt alla försök till regattasegling. Det kom aldrig utanför bukten.

Starten var trixig eftersom vinden var så byig att det blev svårt att ligga still. Lika svårt var det att ligga rätt. Med nosen för nära startlinjen i en vindby, skulle det bli en tjuvstart, och om starten gick precis mellan två byar, gällde det att inte vara för långt ifrån. Precis i starten kom ett gråsvart vindstråk och de puttades iväg med full fart för att strax efter plötsligt ha noll fart. Alla båtar fastnade vid första kryssmärket men Tobbe och Pernilla kom först förbi och

268

valde rätt sida i bukten för att komma runt snabbast vid nästa märke. Sen bara drog de, i världens undanvind. De låg snabbt före alla andra båtar som bara blev mindre och mindre bakom dem. Det var så höga vågor att båtarna bakom inte syntes annat än som master långt borta. Det gick så ofantligt snabbt att det bara var att hålla i sig medan Medelhavet passerade som ett galet skum runtom. Båda Tobbe och Pernilla höll skoten maximalt ute, ingen tamp var virad runt handen, tumme-pekfinger-grepp på lång arm var det som gällde. De satt och tryckte längst bak i vänstra hörnet på trampolinen, för att minimera risken att kapsejsa. Bitvis hängde sig Pernilla utanför båten något hon hittills aldrig tidigare hade gjort på undanvinden.

De vågade knappt vända sig om på hela vägen och plötsligt var de inte längre Tobbe och Pernilla. I stället var de Lot och hans hustru i Moseboken.
Änglarna sade till Lot: Skynda dig! Ta din hustru och dina två döttrar och fly härifrån! Lot och hans familj var lite långsamma, och därför tog änglarna dem i handen och förde dem ut ur staden. Den ena ängeln sade sedan: Spring för livet! Se er inte tillbaka. Fly till bergen, så att ni inte blir dödade. Lot och hans döttrar lydde och sprang bort från Sodom. De stannade inte ett ögonblick och såg sig inte tillbaka. Men Lots hustru lydde inte. När de kommit en bit från Sodom, stannade hon och såg sig tillbaka. Då blev Lots hustru en saltstod.
Efter femtiotre minuter gick de i mål. De var till och med före målbåten. Det hade varit en helt galen färd och de hade gjort av med massor av energi. Varsin nougat var med på resan och en flaska vatten. Detta tryckte de i sig när de satt kvar ombord i väntan på att de andra tävlande skulle nå mållinjen.

Sivota hamn är en pärla. När de hade lämnat havet bakom sig och seglat mot inloppet kom de in i en liten trång bukt som leder in till hamnen. Stora yachter ligger för ankar överallt och ännu fler båtar ramar in hamnen utmed kajen.

Strandvägen är kantad av restauranger och barer och husen
ligger utmed bergssluttningarna åt alla håll. Det är som en
tyst gryta, åtminstone på förkvällen. Där kajen tar slut finns
en liten strand, precis lagom för dem att dra upp båtarna på.
En bil hade anlänt från Windy Bay med alla deras kläder i.
Den blöta utrustningen inklusive selar och flytvästar
stoppades i säckar och slängdes på bilflaket. De köpte sig en
dusch och bytte kläder. Då först märkte Tobbe att han
glömt att packa med sig skor. Det hade hänt förr. En gång
där hemma när de skulle åka till stan hoppade Tobbe in i
bilen och åkte iväg utan skor. Sånt kunde väl hända, tänkte
Pernilla men det lustiga var att det var hon som upptäckte
det. De åkte hem igen för att hämta skorna och då låg de
kvar på garageuppfarten. Tobbe hade till och med kört över
dem med bilen utan att han hade märkt något. Ett nytt
ordspråk hade fötts: "det man inte har i huvudet har man
heller inte på fötterna". Men, den här gången gick det så
klart inte att åka hem igen och att gå runt i Sivota hamn
utan skor funkade inte en sådan här kväll. Det skulle
garanterat ligga glas på marken, så det blev till att shoppa ett
par nya flip flop i en supermarket.
Strax senare inleddes en två timmar lång bartid på baren
Olive Press i väntan på de andra. Fler och fler anlände från
Windy Bay och till slut var de ett femtiotal personer. Alla
pratade om erfarenheter kopplade till segling i allmänhet,
om resor utomlands, och om dagens eskapader i synnerhet.
Engelsmännen avslöjade att deras enda inledande strategi
hade varit att verkligen försöka haka på Tobbe och Pernilla,
men insåg snart att planen var omöjlig att följa eftersom de
knappt ens hade sett Team Sweden strax efter start. Och de
som hade stått i land och hejat vid starten, sa samma sak;
"Ni bara försvann!"

Ett bord var beställt på taverna Spiridoula i hamnen.
Seglarna fick mängder av mat. De åt och kyparna bar tungt.
Den ena brickan efter den andra var fullastad med mat och

alla var vrålhungriga. Tillsammans hade de gjort en multibeställning med mat och dryck och redan efter förrätterna var de proppmätta. Var och en betalade trettioen Euro och då ingick det att bjuda medföljande åtta instruktörer. Det här var en trevlig restaurang där både greker och turister åt tillsammans. Vem som var vad, gick en sån här kväll knappt att utreda eftersom även grekerna var turister. De hade kommit från andra delar av skärgården i sina kappseglande båtar. Stämningen var magisk och folk njöt. Kunde det gå att ta tempen på vänligheten som låg i luften, så skulle den vara minst fyrtiotvå.

Pernilla gick på toaletten och när Tobbe tittade efter henne fick han syn på ett ansikte han kände igen men ändå inte. Var hade han sett denna människa förut? Var det en seglare? Eller en arbetskamrat? Någon i en butik eller en bilmekaniker? Han grubblade och funderade. Pernilla var klar på toaletten och styrde stegen mot långbordet igen men hejdade sig och tjöt av glädje.

"Greken!", tjoade hon. "Tobbe, kom och titta! Greken är här."

Kapitel 13
Om återföreningen, utforskandet och slutet
samt karnevalsyran och trumpetfanfaren

Dagen efter att Dimitri anlänt till Sivota, fick han den
utlovade skjutsen av Zampelis till sjukhuset. På sjukhuset
fick han omedelbart tag på en sköterska som erbjöd sig att
visa honom till Beniamins rum. Dimitris hjärta slog med
taktfasta slag. Inte av hög puls orsakad av stress, i stället var
det som om hjärtslagen höll takten åt honom och gav
honom en skön styrka. Dimitri följde sköterskan hack i häl
ett par korridorer iväg, en trappa upp och ytterligare en
korridor bort innan de var framme på rätt avdelning.
Sköterskan öppnade dörren till ett av rummen och där i en
säng närmast fönstret satt en gammal man. Pappa
Beniamin. Sköterskan avlägsnade sig direkt och nu var det
bara de två. De möttes med en blick och kanske med ett
osäkert leende men snart efter fylldes rummet av en känsla
som var svår att tolka som något annat än ren och skär
glädje.

Dimitris kropp blev alldeles varm och de sista stegen in i
rummet minns han knappt. Han tror att han sprang, eller
kanske att han flög men mest troligt gick han på skälvande
ben. Han var förvirrad och fokuserad samtidigt, rädd och
glad på samma gång. Med en blick så knivskarp men ändå
alldeles suddig. Var det av tårar? Det killade till på kinden
och han strök av den med handflatan. Handen fuktades, ja
visst var det tårar. Återföreningen var bland de finaste
ögonblicken Dimitri upplevt i sitt liv. Det var en sån lättnad.
Kärleken till pappan hade varit både osynlig och abstrakt,
det visste Dimitri. Det hade han många gånger upplevt,
men att den kunde kännas så stark och fysisk det visste han
inte. Dimitri upplevde blodet i kroppen, verkligen *upplevde*

det. Något han aldrig känt. Hans närvaro var tydlig och ingen tanke kunde trycka sig in och störa, inget annat var mer viktigt än att behålla känslan i kroppen. Han kände lidelse, tillgivenhet, inlevelse och beundran, allt i samma stund. Det första de gjorde var att kramas. Länge, länge. Ingen gubbkram, en sådan där hastig och hård som avslutas med en dunk i ryggen och ett hårt skratt. Nej, det här var någonting annat. Dimitri och Beniamin kunde inte släppa taget om varandra och när de till slut gjorde det, behövde de ta tag om varandra igen och fylla på med nya omfamningar. Det kändes som om de tog igen alla år av saknad i detta första möte.

Under de kommande dagarna pratade de om allt. Samtalsämnena tog aldrig slut. På ett sätt var stämningen dem emellan lika god som om de aldrig skilts åt, men samtidigt behövde de ta det lite varsamt. På ett annat sätt var de som främlingar för varandra i det att de levt i vitt skilda kulturer under så lång tid. Som vuxna människor var det därför inte uppenbart enkelt att hitta samtalsämnen att dela. Det fina var att de var nyfikna på varandra, inte misstänksamma eller missunnsamma.
Efter några dagar med umgänge på sjukhuset hade Beniamin repat sig så pass att han fick komma hem. Där i hemmiljö tog givetvis nya samtalsämnen form. Tillsammans lyckades de sparka liv i Beniamins gamla bil och gav sig av på utflykter. En del korta och andra lite längre. Beniamin hade mycket att visa, men också en hel del att utforska eftersom han genom åren varit för deprimerad för att ens orka lämna hemmet. Under veckorna nu hade de upplevt så mycket och pratat i såna mängder att allt var sagt och reparerat. De hade gått igenom alla år de varit åtskilda. Beniamin fick chansen att berätta mer om livet i Rumänien, både före och efter revolutionen. Han berättade igen om flykten därifrån och om den första tiden i Grekland.

De hade visat varandra bilder och filmer och de hade
kunnat skratta tillsammans. Deras samtal bar inte en gnutta
av insinuationer eller anklagelser. I stället byggde de ett
känslomässigt fokus tillsammans som nästan styrde sig
självt. De samlade ihop allt. Halva meningar, lösa trådar,
funderingar och berättelser som tillsammans med all kärlek
dem emellan famnade dagarna.
Dimitri kände sig fullkomligt hel och harmonisk. Dessvärre
behövde han planera för en återresa till Sverige eftersom
han redan hade varit borta från Laduvik och pizzerian i flera
veckor. Visserligen hade Bengt och han kontakt flera gånger
varje vecka och varje gång intygade Bengt med bestämdhet,
att med god hjälp av ungdomarna och de andra i Laduvik,
klarades allt galant. Dimitri bokade biljetter och lovade sin
pappa att komma tillbaka ofta, vilket var lättare nu när han
förstått att det gick att hitta vikarier. Det skulle inte dröja
sexton år igen, skojade han. Beniamin informerade honom
då om att det nog inte fanns särskilt många år kvar att vinka
på längre. De båda förstod vad det innebar.

Två dagar innan avresan blev Beniamin sjuk igen och
Dimitri förhindrades att resa. Han tog sin pappa till
sjukhuset igen och där blev han liggande flera veckor. Ena
stunden var han stark och närvarande. Andra gånger så
skröplig att han knappt orkade besöka toaletten. För varje
period med försämrat hälsoläge som han hamnade i fick han
allt svårare att repa sig och till slut hade orkeslöshet blivit
mer konstant. Pappan hamnade plötsligt i ett akut
sjukdomsläge där stark medicinering var det enda som fick
honom att må bättre. Av medicinerna förlorade han styrka
och balans och en rullstol blev den enda möjligheten till
frihet och förflyttning. På grund av den situationen, gled
han in i en depression som gjorde att matlusten sviktade
och dropp sattes in. Detta i sin tur hämmade hans
rörelsefrihet ytterligare och han blev sängbunden. Beniamin
blev svagare och svagare av att inte använda kroppen och

efter komplikationer av en lunginflammation föll han så
småningom in i medvetslöshet. Så låg han och svävade
mellan liv och död i flera veckor.

Dödsdagen var en alldeles fantastisk dag i augusti. Fönstret
stod på vid gavel till sjukhussalen och in smet den ena
ljuvliga doften efter den andra. Rummet där Beniamin låg i
medvetslöshet fylldes av en blandning av jasmindoft och
olivträd. Dimitri satt och vakade över honom för andra
dagen sedan sköterskan ringt efter honom med budskapet
om att det inte var långt kvar. Nu förstod han att slutet var
nära, så pass nära att han inte vågade lämna pappan där han
låg. Dimitri tänkte på alla samtal de haft och hur glad han
var över tiden de äntligen fått tillsammans. Han visste också
att tillbakaresan till Sverige skulle dröja ytterligare eftersom
han hade mycket att ta hand om efter sin familj, i sitt andra
hem. I sitt tredje hem. Om han nu fick önska någonting
mer, så vore det kanske att ta med sin pappa tillbaka till
Rumänien en sista gång. I så fall kunde de ta med lite ginst
från Grekland och lägga det på Sorinas minnesplats. Om
han nu fick önska någonting mer. Dimitri visste inte om det
var tanken eller inbillningen som gjorde det, eller om det var
en vindpust, men en tydlig doft av ginst la sig i rummet.

Plötsligt hördes en mycket tung suck från pappan. Därpå
följde en hård inandning och sedan blev det tyst. Någon luft
kom aldrig ut. Beniamin hade försett sig med det syre han
trodde sig behöva för sin fortsatta resa. Äntligen fick han
somna in.
Dimitri lutade sig över sin pappa och kramade honom länge,
sedan pussade han honom i pannan och en gång på varje
kind. Han strök iordning Beniamin i håret och flätade ihop
hans fingrar. Händerna la han tillrätta över bröstet.
"Hälsa mamma", viskade han och ringde på sköterskan.

Dimitri hade varit kvar alldeles för länge. Det som från
början bara skulle vara tre dagar, blev först tre veckor men
sedan tillstötte komplikationerna som gjorde att han inte
kunde åka hem. Tre veckor blev mer än tre månader men nu
var flyget äntligen bokat hem. På lördag eftermiddag skulle
Zampelis hämta honom och köra honom till flyget.
Lägenheten bestämde sig Dimitri för att behålla så länge.
Han hade vare sig möjlighet eller skuggan av en chans att
hinna med en mäklarkontakt, och försäljningar i Grekland
kunde ta både år och dagar om de alls gick att få till. Han
hade därför ägnat de sista veckorna åt att städa ur sin
pappas lägenhet. Den var inte stor men det var såklart prylar
överallt. Dimitri gick igenom skåp och lådor, garderober och
kartonger där han hittade mängder av pinaler och papper.

Varje sak han hittade, vred och vände han på i hopp om att
få en minnesbild eller någon slags historisk signatur på. Han
kände inget speciellt för några av sakerna han hittade och
inga särskilda minnen väcktes till liv. Varje papper läste han
av samma anledning. Efter ett tag slog det honom att han
verkligen hade lyckats sopa igen alla spår efter sig när han
lämnade Grekland. Eller så var det Beniamin som städat
bra. Det enda han upplevde var en otrolig lättnad och glädje.
En känsla han inte haft på länge. Kanske aldrig.
Det som grep tag i honom starkast var det något
beklämmande fotografiet som han hittade i låda till
nattygsbordet bredvid Beniamins säng. Ett svartvitt
bröllopsfotografi taget någon gång på 70-talet föreställande
Dimitris unga föräldrar. De såg så otroligt allvarliga ut.
Klädda i fattig, nästan lumpen klädsel stod de i en miljö så
grå, att den svartvita tonen i bilden blev än mer dyster. Han
hade inga problem att relatera till bilden med tanke på allt
som Beniamin nu berättat för honom, han tyckte bara att
allt var så sorgligt. Det kändes orättvist att hans mamma och
pappa inte kunde ha fått lite mer färg omkring sig under den
korta tid de fick tillsammans. Det som gjorde alltihop så

vackert, var hur de höll varandra i handen. Sorinas hand var liten och nästan gömd i Beniamins. De hade flätat ihop några av fingrarna på ett sätt som Dimitri tänkte var deras sätt att hålla tag om varandra. Från deras första stund tillsammans hade de för evigt varit hopflätade. De fick aldrig ett helt liv ihop och de var inte familj mer än några år, och sedan hade Beniamin fått klara allting själv. Dimitri hoppades, och litegrann visste, att Beniamin nu skulle hitta sin älskade Sorina där borta i det nästa landet. Att de skulle få fortsätta tillsammans där de slutade. Hopflätade.
Den tanken gjorde Dimitri lättad och glad.

Vid det här laget var lägenheten städad och klar. Dimitri hade haft ytterligare några veckor på sig att träffa Zampelis och gemensamma vänner från förr. Han trivdes gott och hade sett fram emot kvällens fest i Sivota. Regattafesten. Nu hörde att stämningen nere i stan hade höjts någon decibel. Han bestämde sig för att gå ner och se vad han kunde ta del av där. Stan hade varit som en liten lugn gryta denna regatta eftermiddag, men nu på kvällen var den nog mer lik en galen rockkonsert. Torget och scenen stod i fokus och det var fest, musik, dans och partaj i många timmar. I varenda sittbrunn var det fest, och var privata sittbrunnar slutade och allmänna trottoaren började, blev alltmer oklart. Först skulle han passera Taverna Spiridoula, hans pappas tidigare restaurang som sedan många år sköttes av Zampelis kusiner. Det var där han sprang rakt i armarna på Pernilla.

"Tobbe, kom och titta! Greken är här", hade hon skrikit över hela tavernan.
"Rumänen om jag får be", svarade Dimitri.
"Och Dimitri är mitt namn", la han till med ett skratt.
"Det här kallar jag sammanträffande. Shit vad kul att se er i min hemstad. Eller stad och stad vette fasen, men hemmahamn i alla fall" fortsatte han.

"Fantastiskt vilket möte! Och vad vi har saknat dig, särskilt
där hemma. Så mycket att vi behövde komma hit. Kom och
sätt dig med oss. Vi sitter längst ut på kanten där."
"Gärna, ni har väl seglat förstår jag. Årets regatta! Nu vill jag
höra hur det gick, vad som händer härnäst och var ni bor
och så."

Under den kommande halvtimmen innan prisutdelningen
blev de kvar på tavernan och bubblade på om allt möjligt.
Tobbe och Pernilla berättade om Bengts pizzor och jobbet i
pizzerian. De berättade om deras mångåriga relation till
platsen och Windy Bay, och om dagens segling. Dimitri
berättade om sin pappa, lite om Rumänien och om
städningen av lägenheten i Sivota.
När det senare på kvällen blivit dags för katamarangänget
från Windy Bay att kliva upp på scenen och ta emot priser,
stod Dimitri i publiken och applåderade. De lämnade
skränandet och festen och satte sig på ett glasscafé och
pratade. Där blev de sittande i en dryg timme och innan de
skildes åt var det utrett att de skulle åka med samma flyg
hem två dagar senare.
"Smart! Då åker vi med taxiservice Zampelis. Det är min
kompis, vi kan dela på honom. Alltså resan till Preveza
airport."

Tobbe och Pernilla vann egentligen alla tre priserna i
katamaranklassen: Snabbaste båt i mål, etta i Hobie16
klassen och etta räknat på handikapp eftersom deras båttyp
normalt sett är nästan 20 procent långsammare än en Hobie
Tiger.
Nästa dags förmiddag anlände de Sivota med buss. De hade
gått upp tidigt i Windy Bay, ätit frukost och samlat ihop alla
fuktiga seglarattiraljer innan de tagit bussen dit. De gick på
Sivotas strandpromenad, utmed den långa kajen i hamnen
och fascinerades av hur lugnt det blivit igen. Gårdagen var
rena karnevalsyran. Nu hade idyllen återigen lagt sig. Den

enda rörelse som syntes så tidigt på morgonen var en båt som sakta gled ut genom hamnen på väg ut mot havet. På fördäck stod en man och blåste en morgonrevelj i sin trumpet. De som var vakna stannade upp med vad de höll på med och pekade, lyssnade och applåderade. Båten hade svensk flagg. Tobbe och Pernilla ropade "heja Sverige!"

Katamaranerna var riggade när de kom fram till stranden och ett skepparmöte senare var de igång igen. Starten gick och Tigrarna drog upp sina gennaker. Ett lämpligt vapen denna vindfattiga dag. Två av Tigrarna försvann direkt. Om det var Guden Tors väder dagen innan så var det verkligen Frejas denna dag. Betydligt lugnare vatten och med nästan lite för lite vind i stället. Det var verkligen ingen flykt från Sodom denna dag och några änglar behövdes inte heller, utom möjligen när de kom fram till rundningen av klippön. Där låg det stora vindskiften och lurade. Noll vind och svarta kårar om vartannat, och ganska tight. Tigrarna som tagit vägen ut mot havet och Tobbe och Pernilla som valde att hålla sig närmare kusten, möttes ändå nästan samtidigt vid klippön. Efter rundningen blev de frånseglade igen inför sista etappen in mot mål men chans fanns till ytterligare en bra placering.

Totalplaceringen i årets etapper i Windy Bay's special Southern Ionian Regatta räckte till en silverplats. Tobbe och Pernilla hade lika många poäng som den vinnande båten, som tack vare sin senaste förstaplacering i etapp två räknades som vinnare. Team Sweden kom tvåa och med detta tyckte de nog ändå att de hade försvarat fjolårets placering.

Det avgjort tråkigaste på alla sorters semestrar är att fylla i formuläret som betygsätter vistelsen. Därför kom Pernilla på smartaste planen att göra det i förväg till nästa gång. Vilken befriande idé, tyckte hon. Så kan man väl inte göra,

mumlade Tobbe när Pernilla bad om ett extra formulär att
ta med sig hem till kopieringsapparaten. När de checkat ut
och betalat hotellnotorna, satte de sig en sista gång på
altanen med en toast, en Radler och tidernas utsikt i väntan
på taxin.
Plötsligt stod Zampelis på plats med sin taxiservice. Han
som får plats med allt i sin skuff och inte tillåter bagage i
knäet på passagerarna. På dagens resa hade de några väskor
extra plus en grek, eller förresten en rumän. De hade ju
överenskommit att dela taxi med Dimitri. Zampelis pressade
väskor och packade på tills "smack", bagageluckan stängdes,
"smack" var de tillbaka på Preveza airport och "smack" satt
de på planet. Smack stod de vid det näst tråkigaste efter en
semester, nämligen bagagebandet och väntade på väskorna.
Och smack låg de i sina sängar hemma i Laduvik.

Två dagar senare var de på väg till jobbet igen. Tobbe till
incidentledarposten, Pernilla till skolan och Dimitri till
Pizzerian.

Kapitel 14
Om skattesmitaren, nummerlappen och småcitrusen
samt ugnsrengöring och mental medvetenhet

Även om Dimitris hade kommit tillbaka till sin plats på Laduviks pizzeria, blev Bengt kvar. Trots Dimitris långa frånvaro var allt i princip lika välskött som han hade lämnat det. Bengt som enbart kände sig generad av det beröm och den uppriktiga beundran som gavs honom, sa gång på gång att det var tomtens förtjänst. Visserligen förstod han inte själv hur han, "Bengt the best", kunde stå och lassa över allt lovprisande på en trätomte utan vare sig rörelseförmåga eller hjärna. Det var ju inte ens rimligt att det var tomtens förtjänst, men han körde på i linje med Ruts idé, vilken var att tomten var en lyckobringare. Det fick bli den gällande förklaringsmodellen nu.

Oavsett tomte eller ej, såg Dimitri ingen anledning att göra sig av med Bengt. Tvärtom, de hade kommit så bra överens att det blivit ett sant nöje att arbeta ihop. Dimitri var glad över att slippa gneta på för egen maskin och utan arbetskamrater. Det tyckte han att han hade gjort tillräckligt länge. Bengt å sin sida hade inget annat arbete att gå till och hemma hade han ingen lust att vara. Det skulle bara kräva en massa tråkigt arbete. Han hade en svag aning om att det som aldrig tidigare varit en trädgård där hemma, nuförtiden än mindre kunde kallas det. Snarare var marken under allt skrot och bråte i akut behov av sanering. Den hade på något märkligt sätt förvandlats till en avstjälpningsplats för allt. Dessutom tyckte Bengt att tiden på pizzerian hade varit lärorik och givande, så han ville gärna stanna. Med lite perspektiv på händelserna var han också lättad över att slippa gå till ICA. Äntligen vågade han tillstå Coops många fördelar. Han hade fått ett lite friare liv helt enkelt.

Bengt och Dimitri tycktes ha många likheter visade det sig både beträffande hur de såg på livet och arbetet. De var båda intresserade av, och villiga att experimentera med mat, och för Bengt del var det bra att kunna hålla sig inom ramen för vad en pizza ändå var. Och det bästa av allt; de hade samma sorts humor och behov av sällskap, vilket ibland handlade om att gå in i en egen bubbla tillsammans med sina egna privata tankar. Bengt hade fått en son, något han alltid längtat efter och Dimitri hade fått en fadersgestalt, inte helt olik sin egen pappa.

Dimitris tålamod var fantastiskt. Både när det gällde Bengts bakande och hans åsikter i olika frågor. Sedan Dimitri hade kommit tillbaka gavs möjligheten till Bengt att börja lära sig göra runda pizzor. Det gick så där bra, och fanns en hel del kvar att lära. Dimitri hade förstått, även om Bengt inte sagt det, att detta hade testats rätt länge redan. Det syntes, inte minst genom de fettfläckar som blänkte i taket samt spåren av degrester i lampor och övrig armatur.

Bengt skickade upp en tunn deg i luften, vilket inte var första gången han provade denna dag och det gick faktiskt bättre och bättre. Förhållandet mellan om han fick till det eller inte var ungefär 30 mot 70. Många försök återstod än tills han behärskade konsten till 100 procent. Upp gick det oftast bra, ner gick det betydligt sämre. Så även denna gång. Degen som han nyss hade skickat upp i luften kom visserligen ner som den brukade, men la sig som ett deformerat tefat på stolsryggen på andra sidan disken.

”Här, sa Dimitri och gav honom en klump till. ”Försök igen.” Bengt plockade bort den kasserade degen från stolsryggen innan han tog emot Dimitris deg. Han bearbetade den på bordet och fick snart iväg även den i en fin båge upp i luften framför sig. En plötslig prutt hördes och Dimitri skrattade till.

”Förlåt”, sa Bengt lite snabbt. ”Jag har problem med flatulens.”

"Jaså hoppsan, det lät fint. Var flatulensen planerad eller
bara råkade du?"
"Nej den var inte planerad, den bara kom", svarade Bengt.
"Så du menar att det när som helst...?"
"Ja, när det gäller såna där mellanpruttar."
"Jaha, är det så de kallas? Hur vet du skillnaden?"
"Ja, alltså de som inte är ordinarie... de som kommer
däremellan är mellanpruttar."
"Och ungefär hur ofta kommer de ordinarie och hur vet du
när de är just av märket *mellan*?"
Bengt berättade att han hade problem med sin mage men
att det ändå blivit väldigt mycket bättre sedan i våras. Förut
luktade de också men det har gått över nästan helt. Medan
de höll på att reda ut vilken typ och sort de olika pruttarna
hade, kom det plötsligt en ny.
"En sån där, sa Bengt. Det var en mer riktig."
"Okej, vad innebär det då? Var det en ordinarie eller en
mellan?"
"Mer en arrangerad skulle jag säga", svarade Bengt och de
båda skrattade.

Podderian var kvar i pizzerian fast bara på helgerna. Till
vardags körde Sigge och Mini podcasts från Minis lya men
tack vare den portabla tekniken kunde de flytta på sig varje
fredag eftermiddag. Då höll de till i det före detta kontoret
på pizzerian och skötte sändningarna därifrån. De hade till
och med en liten kö av poddsugna gäster som de betade av.
Dimitris rörelse blomstrade och hans pizzeria var ensam i
sitt slag med både fyrkantiga pizzor och Podderia samt en
året-runt-tomte. Den sistnämnda skulle visserligen snart
flytta hem till Laduviks gård igen men än så länge fick den
vara kvar. Det fanns också sköna fåtöljer att sitta i medan
man väntade på sina hämtpizzor eller på sin tur i Podderian.
På bordet vid dessa fåtöljer, hade någon kund glömt, eller
möjligtvis lämnat kvar, ett par tidningar. På den ena
tidningens framsida stod rubriken *Förgyll din höst* och på den

andra *Väx i vinter*. På framsidan av den ena tidningen syntes
världens mest vältränade muskulösa tjej utan en gnutta fett.
Växandet avsåg alltså muskelmassans ökning i omfång. På
den andra syntes en söt spisrosig tjej med en nybakad
trevånings bär- och gräddtårta framför sig. Den som köpt de
här tidningarna måste känna sig rätt kluven till livet och vad
som kunde vara värt att satsa på. Mest troligt inget av det
eftersom tidningarna låg kvar.

Bengt och Dimitri förberedde kvällens event. De hade
bjudit över hela laduviksgänget på pizzor av alla sorter. En
buffé var planerad och den nya menyn skulle introduceras.
Bland pizzornas topp fem låg "Bengts frestelse" men också
tre nya pizzor; "Sorina", "Beniamin" och "Decebal".
Ingredienserna på pizza Sorina var kalkonkött, soltorkade
tomater, röd lök och färska champinjoner. Pinjenötter och
jordgubbar skivades på sedan pizzan tagits ut ur ugnen.
Beniamin däremot var tung och fet. På den var det oxfilé
och bearnaise för hela slanten. Decebal var en stark rackare.
Chilikorv, jawaneh-kyckling, grön curry och chimichurry.
Uppe på osten skulle ett tunt lager av chiliflakes strös och
några klickar gräddfil placeras.

Bengt babblade oavbrutet medan han formade degen. Han
övade upp arbetsminnet genom att repetera ingredienser.
En vana som han hade etablerats under sina månader som
pizzabagare och som var omöjlig att göra avkall på. Dimitri
hade föreslagit en lapp på bakbordet i stället men det
tvärvägrade Bengt. Så jobbade inte en riktig pizzabagare
hävdade han. Gång på gång gick han igenom vad som skulle
ligga på respektive pizza, och sa han allting högt, så lärde
han sig bäst. Varenda gång han kom till pizza Decebal, sa
han i stället Decebel, men lika snabbt sa han "förlåt" och
tittade skamset på Dimitri. Att det skulle vara så svårt att
hålla ordning på sig, tänkte Bengt. Till slut tyckte Dimitri att
det var bättre att döpa pizzan till "Decebel Förlåt" i stället,

och så fick det bli. Ett ganska bra namn för den som kände till historien. Förresten, var det något man fick lära sig av livet, så var det väl ändå förmågan att förlåta sig själv.

De dukade långbord med findukar som Dimitri hade tagit med sig från Grekland. De skrev placeringskort och vek servetter. Porslin, bestick och glas ställdes ut och det sista de gjorde var att ställa fram tomten mitt på bordet. Den fick platsen närmast Rut.

När klockan blivit sex hade de flesta kommit. Rut, Twist och Maja. Pernilla, Tobbe och Tor. Mac och Pia-Carin. De hade inte setts tillsammans allihop sedan i maj på festen och som vanligt hade sommarens alla aktiviteter skiljt dem alla åt. Sigge och Mini var på plats de med. De skulle göra en direktsänd pod med en av gästerna för kvällen. Än var det hemligt vem det var.

Siri kom efter ett tag och med till bords satt så klart även Bengt och Dimitri men först efter att alla pizzor låg på vars och ens tallrik. De delade systerligt och broderligt på allt som fanns och hur mycket de än åt, verkade det aldrig ta slut.

Maja satt bredvid Bengt och inledde med att beundra honom för allt jobb i pizzerian. Han blev stolt som en tupp och tackade så mycket för uppmärksamheten. Hon tyckte att Bengt verkade må så mycket bättre nu. Maja kom plötsligt på att berätta att hon hade fått restskatt. 90 kronor skulle betalas in. Samtidigt kändes det underligt att behöva betala en så låg summa som under 100 kronor eftersom hon trodde att man inte behövde betala då. Det höll Bengt med om. Rut hade ringt upp skatteverket för att kontrollera om någonting blivit fel. På skattekontoret undrade de också. 90 kronor? Här står det 900, hade de sagt. Då visade det sig att Maja kört hålslaget genom den sista nollan och därigenom lyckats trolla bort 810 kronor. Det var också ett snyggt sätt att försöka skattesmita på.

Siri och Rut satt bredvid varandra och pratade om
spisrengöring. Siri som visste att Rut var en spiskramare av
stora mått tipsade henne om ett jättebra sätt att hålla sin
gamla ugn ren. Hon sa att Rut skulle sätta ugnen på 50
grader, hälla en rejäl skvätt 24-procentig ättika i en
värmetålig skål och placera den i ugnen under cirka en
timme. Syran i ättikan, tillsammans med fukten och värmen
löser upp fett och fläckar, vilket gör att det är mycket lättare
att torka rent i ugnen. Siri berättade att Rut skulle ta ut
skålen med ättika och låta ugnen svalna innan hon sedan
torkar rent med rengöringsmedel. Avslutningsvis skulle hon
eftertorka med ljummet vatten.
Rut å sin sida avslöjade för Siri att hon för närvarande var så
trött att hon somnade i soffan nästan varje kväll. Å andra
sidan tyckte hon att det var så mysigt, att hon gärna skulle
sova kvar där. Hon sänkte rösten till en viskning och
avslöjade att hon funderade på att varje kväll dra igång stans
största gräl med Twist. Då kunde hon bara säga: ”nä du, jag
sover nog på soffan i natt.”

Twist och Tobbe satt och ondgjorde sig över hur pengarna i
världen fördelas mellan alla utom dem själva. Apple
värderades just nu till drygt 800 miljarder dollar, Google till
knappt 700 och Microsoft till 600 miljarder dollar. Facebook
låg någonstans runt 500 miljarder dollar och Amazon i
nästan samma nivå.
”Detta kan ställas i proportion till Majas skatteskuld på 900
kronor. Bullshit talks money walks”, kom det plötsligt från
Bengt.
Tobbe och Twist avbröt sig och tittade på honom. De
fattade inte riktigt vad Bengt menade med uttrycket i
sammanhanget men log ändå artigt. Bengt log tillbaka.
”Ja alltså, skulle Amazons ägare köra hålslaget genom en
nolla skulle det inte märkas.”

Pernilla pratade med Maja om deras innekissare till katt.
Som först fick äta lugnande tabletter för att komma tillrätta
med nerver efter insikten om att utomhusreviret reducerats
till enbart den närmaste kvadraten utanför kattluckan. En
katt som numera var lycklig och som hade hittat ett nytt
revir. Sin kattoalett med sand. Pernilla berättade att han gick
på toan ideligen och gjorde sköna glädjeskutt efter varje
besök. Eller spurtar snarare.

Plötsligt plingade det i ett glas. Eller förresten, det plingade i
två glas och alla tittade upp från sina olika samtal. Det var
Maja och Pia-Carin som dragit uppmärksamhet till sig men
Mini och Sigge som tog ordet.
"Nu går vi mot höst och mörkret som snart är här. Är du då
riktigt förberedd på att lyssna på din inre röst? Och förstår
du dig på ditt undermedvetna? Är du riktigt mentalt
vaken?", inledde Sigge.
"Dessa frågor ska vi be Pia-Carin och Maja att berätta sin
syn på och välkomna dem in till Podderian! Ni andra sitter
bara lugnt kvar." Alla applåderade och visslade medan en låt
tonade upp i bakgrunden. *What a Wonderful World* med Louis
Armstrong. Majas favorit.

"Jag är alltför dålig på att lyssna på min inre röst, min
magkänsla och mina egna funderingar", inledde Pia-Carin.
"Hur mycket jag än bestämmer mig för att ta en sak i taget,
vara närvarande och inkännande, så är det som bortblåst när
jag får för mycket att göra. Känner ni igen er? Någonting
bara händer i samma stund som man löser biljetten till
ekorrhjulet. Sedan går hjulet bara fortare och fortare och
verkar svälja hur många oreflekterade, göra-undan-resenärer
som helst. Därför behövs lite vägledning tänker vi."
"Precis!", fyllde Maja på. "Varken jag eller Pia-Carin jobbar
längre, eller det gör vi kanske, men inte med samma
arrivism som ni. Vi vet vad ni alla håller på med på dagarna
och inför den här hösten behöver ni tänka er för. Förmågan

att se samband mellan sin kropp, hjärnan, känslorna och själen… att bli medveten om sina handlingar, kräver mental träning och mental medvetenhet. Det är skitsvårt men det går."

"Ingen annan än ni själva bestämmer över era tankar eller era beslut och det är ni själva som avgör hur ni ska förhålla er till saker och ting. I oss alla finns ett genuint och äkta ledarskap, ett autentiskt ledarskap, men något hamnar gärna i vägen som gör att vi inte använder det. Med mental medvetenhet ökar chanserna att fatta bättre beslut och det finns faktiskt några tecken på om man är mentalt vaken eller inte. Det är ingenting vi själva har hittat på, utan vi har stulit det från någon annan, men vi ville gärna dela med oss. Men först lite musik", sa Maja. *The Shape of my Heart* med Sting spelades nu.

"Här är några saker att fundera över", fortsatte Pia-Carin när musiken tystnat.

"Vet du vem du är och älskar dina styrkor och svagheter? Vi ger dig en tyst minut att fundera kring det". Efter en minut tog de nästa fråga.

"Släpper du behovet att försvara eller förklara dig? Du får en minut att tänka igen!"

Efter ytterligare en minut kom en ny fråga.

"Är du snäll mot dig själv och andra samt avhåller dig från att prata illa om dig själv eller andra?"

En till tyst minut och så nästa fråga: "Låter du andra vara som de är utan att vilja korrigera eller ändra dem? Kan du skilja på person, prestation och resultat?"

Så fortsatte Maja och Pia-Carin tills de kommit igenom alla frågor.

"Genom att reflektera så här medvetet lär du dig att bestämma över tankar och beslut. Jag fortsätter. Njuter du av egna och andras framgångar och ser eventuella problem som utmaningar? Håller du dig borta från drama, ältande och negativitet och kan släppa saker? Söker du stillhet och

ro, har balans på dina känslor och inte är rädd för att möta
dem?"
"Menar du ditt "ja" och ditt "nej"?", avrundade Pia-Carin.

"Ur exempelvis dessa frågor kan man välja ut något som
man tror att man kommer att tjäna något på att träna upp
för att stärka sitt autentiska ledarskap och det tror vi är
viktigt." Nu tittade Maja på Bengt och han i sin tur tittade
på tomten. Bengts arbetsminne hade säkerligen svikit
honom redan vid fråga tre så han var i helt andra tankar, det
var hon säker på. Han inte bara tittade på tomten, han
gnodde på honom också genom att växelvis spotta på
tummen och sedan gnida tummen mot tomtens luva.
"Det finns de som tror sig vara helt hemma här, som har
full koll på sitt autentiska ledarskap, men då säger vi bara att:
ett rent skrivbord är ett tecken på en stökig byrålåda ...om ni
förstår hur vi tänker. En alldeles perfekt konstpaus följde.

Så finns det andra, de med lite mer stök omkring sig, och
om du inser att det var mycket att träna på här, ge inte upp.
Kanske går det ändå att hitta något att fokusera extra på,
något att göra ännu bättre, något att städa upp".
"<u>Allt</u> går att träna. Nu kör vi en avslutande låt. Här kommer
Ett sista glas med Sven-Bertil Taube. Tack för oss", avslutade
Pia-Carin.

Applåder skramlade runt en stund i tystnaden efter musiken
och när det blev tyst sa Dimitri: "Man lär sig något varje
dag, så är det. Kan vi ta en runda och berätta om ett minne,
en stoltegrej eller något nytt vi fått reda på detta år? Eller
sedan i våras, sista månaden, förra veckan? Jag har i alla fall
lärt mig hur viktiga ni blivit för mig, jag tänkte ta tillfället i
akt och tacka för vänskapen. Nu när jag inte längre har
någon familj kvar, förstår jag hur viktig bra vänskap är."

De skålade för Dimitri och varandra innan de anammade idén att spontant tänka ut några nyligen upptäckta lärdomar. Var och en gick in i sin tankebubbla. Först ut var Pernilla.
"Ja allt är möjligt. För alla. Jag såg på teve att Anna Book efter idoga försök äntligen lyckats gå ner i vikt. I och för sig i mesta laget kan jag tycka men det blev så tydligt att det handlar om pannben mer än något annat. Där håller jag med Rut. Grit är allt! Och inte just uthålligheten som sådan utan öppenheten till viljan att förändra något. Anna Books insats och ansträngning, metoden med att sätta upp delmål och arbeta konsekvent och reflekterande. Det är grit!"
De andra lyssnade och höll med.
"I och med denna offentliga viktnedgång rök för övrigt hela min världsbild. Anna Book ska vara mullig, och inte mager", avrundade hon. Rut skrattade till samtidigt som hon drog in magen och tog ordet efter Pernilla.

"Ännu tråkigare är det att bli kortare och kortare. Det äter liksom på de få kilona som jag lyckats jaga iväg och dessutom höjer det BMI. Från att alltid ha varit 164 centimeter insåg jag förra veckan när jag var på läkarbesök att så inte var fallet längre. Då visade det sig att jag blivit en och en halv centimeter kortare. Total identitetsförvirring!"
Det blev Siris tur.
"Va!? Jag har inte märkt att du har blivit kortare, du kunde väl ha sträckt på dig lite? Jag har i alla fall lärt mig att man kan skita i dejtingsajter och samla på sig däck i stället. När man sätter in säljannonser, kommer någon och tittar. Till hög andel är det killar som kommer, och till varierande hög andel är det också snygga killar. Man kan sälja, ta tillbaka, sälja igen, själv köpa nya, sätta ut annons, sälja och hämta nya. Förr eller senare har man en dejt. Jag lovar! Jag har gjort några däcksaffärer och åtminstone fått två samtal i efterdyningarna av det, och då har det inte handlat om däck om man säger så."

"Men Siri! Det är bara att slå till", sa Sigge. "Efter jobbet på ICA har jag blivit proffs på småcitrus. Vet ni vad skillnaden är mellan klementin, mandarin och satsumas?

"Ja", hördes det från Bengt medan övriga gänget skakade på huvudet.

"Mandariner kan du glömma helt och hållet, de säljs bara som konserv eftersom de innehåller för mycket kärnor i naturell form", berättade han.

"Bra Bengt, och det som är kvar då är klementiner och satsumas som båda är kärnfria. Satsumas är syrliga och mer grönaktiga i skalet. De säljs för det mesta mellan oktober och februari eller mars. Klementiner finns att köpa året om. De är också lite större" fortsatte han och tittade till på Bengt.

"Och jag har lärt mig i skolan att det finns ett obefintlighetsregister. I det finns personer födda efter 1920 som myndigheterna av något skäl inte kan komma i kontakt med och som man inte vet var de befinner sig. De har inte synts till på länge och inte betalat skatt. Exempelvis de hemlösa. Det tokiga för dem är att de inte heller kan få någon hjälp. Man kan ju inte hjälpa någon som inte finns", sa Tor.

"Tur man inte har hamnat där. Jag tror att jag har lärt mig att inte bråka med alla hela tiden och om jag måste det, kanske välja ett annat vapen än ett pussel", sa Bengt och tittade på Tobbe.

"Förlåt, det var verkligen barnsligt gjort. Dessutom Sigge måste jag erkänna att det där med småcitrusen hade jag ingen aning om. Jag har alltid sagt tvärtom. I alla år. Men det är verkligen skit samma nu, eller hur. Glad att nästa generation ICA-handlare fattat galoppen." Sigge skrattade åt Tors knäppa morfar.

"Äh, glöm det där med ön Bengt. Det är lugnt och jag överlevde", sa Tobbe. "Nu släpper vi det och i stället ska jag berätta vad jag lärde mig tidigare i höstas. En krabba ska ha

ett ögonmått på minst nio centimeter från yttre ögonvrån
till skölden för att vara godkänd att plocka upp. Om den har
8,9 centimeter på ena sidan och 9,1 på den andra, är den
inte bara skelögd. Den är heller inte tillåten att fiska upp, så
det är bara att släppa i den i plurret igen.”
”Wow, vi kan väl satsa på krabbfiske då på nästa AIM-fest?
Vem var det förresten som vann?”, undrade Siri.
”Överlägset tomtarna men så hade de en egen maskot
också, vilket i och för sig kan betraktas som fusk, eller vad
tycker ni?”, undrade Pia-Carin. Alla nickade och tittade till
på bordet där tomten stod med sin positiva utstrålning och
röda klädedräkt. För stunden också med en mörk spottfläck
på luvan.

”Att vara lyckligt gift handlar inte om att en är lycklig och en
är gift”, sa Mac därefter. ”Det har jag lärt mig”.
Pia-Carin reagerade först med förskräckelse men fick sig
snart ett gott skratt. När hon och de andra skrattat klart åt
Mac, samt ordat lite om äktenskapets för- och nackdelar,
berättade hon om tändstickskungen Ivar Kreuger.
”Jag har precis hört att i hans lägenhet på Strandvägen fanns
det inget kök. Han behövde inte det eftersom han aldrig
lagade mat. Vid försäljningen fick de skriva: OBS kök *ingår ej*
i annonsen”. Och så vill jag bara berätta att jag har tränat på
att sätta ihop ännu en bok, sa Pia-Carin. *Knep och Knåp* heter
den sjunde boken, klar lagom till årets julmarknad. För vi
ska väl ha en sådan?”, undrade Pia-Carin.

”Julmarknad, så klart och ett stort grattis. Hur hinner du
med ditt skrivande och var får du allt ifrån?”, svarade Twist.
”Det är ni och vi tillsammans som formar innehållet i
böckerna. Så länge vi inte lägger oss på rygg och dör, finns
massor att skriva”, svarade hon. I samma stund kom hon att
tänka på Dimitris pappa som dessvärre var en av dem som
lagt sig på rygg och dött. Ett styng av dåligt samvete träffade
henne och därför tillade hon.

”Ja, alltså även de som inte lever längre får så klart ett
utrymme också om så önskas”. Dimitri nickade uppskattade
till henne.

”Mitt bidrag ikväll blir berättelsen om nummerlappen. Där
lärde jag mig något”, sa Twist.
”En eftermiddag satt jag hos optikern och väntade.
Nummer 090 betjänas... och jag hade nummer 160. Svettigt,
70 personer i kö. Samtidigt tyckte jag att det var underligt,
hur var det möjligt med sådana kösystem? Jag såg mig
omkring och endast två kunder sågs till. Därefter vände jag
på nummerlappen”.
Den här gången skrattade alla utom Mini. Han kunde inte
förstå det roliga men struntade i det och lät de andra fjompa
sig ett tag. Därefter skulle han berätta om någonting som
han sett, lärt och förstått bara under den närmaste minuten
medan de andra vred sig av skratt åt en obegriplig
nummerlapp hos optikern. Äntligen blev det tillräckligt tyst
för att de andra skulle höra honom.
”Jag har lärt mig att man inte ska kasta pizzor i taket”, sa
Mini och pekade uppåt. Alla tittade upp i taket och såg där
både flottfläckar och degrester. En skrattsalva startade igen
och i samma stund stöttes bordet till så att tomten välte.
Han förblev liggande i ryggläge vilket gjorde att även han
tittade uppåt, och faktiskt såg det ut som om han skrattade.

Om någon, vem som helst hade passerat Laduviks pizzeria i
det ögonblicket och kikat in genom fönstret... Då hade den
sett ett alldeles galet glatt gäng som alla tittade upp i taket
och skrattade åt något där. I alla fall nästan alla. En av dem
såg lite mer allvarlig ut. Han var snudd på svettröd i ansiktet
och sträckte sig över bordet i ett försök att nå en tomte som
låg där. Han grejade en god stund med att få den på fötter.
Därefter började han samla ihop en massa bestick och
tallrikar för att bära dem till köket.

Varje månad sedan hösten 2010 har jag samlat ihop och skrivit ner diverse händelser i vardagen. Det finns så mycket inspiration i vardagen i såväl människor som händelser men också i det som sägs och skrivs.

Det kan också handla om fantasier som bara finns i mitt eget huvud. Där pågår det ofta en pjäs; fullt utrustad med kulisser, scener, dialoger, pratbubblor och rekvisita, som följer parallellt med mitt till synes vanliga liv. Detta dubbelliv har legat till grund för manuset men har också fyllts på av en ständig ström av idéer. Mycket av det som händer runt mig, hamnar i små fack som jag sedan plockar friskt ur.

Händelserna kan ha utspelat sig för länge sedan eller alldeles nyss, men det kan också vara sådant som aldrig någonsin hänt. Varje dag är en källa till inspiration och innehållet i boken är egentligen en enda stor hyllning till vardagen. Utan den, inget liv.
Alla likheter mellan verkligheten och bokens händelser, karaktärer och platser är rena tillfälligheter. Det här är en saga med mer eller mindre drag av verklighet, men som till största delen är en produkt av skribentens stolliga fantasier. P-C Wike är en pseudonym, lika sann och påhittad som innehållet och upplevelserna i boken.

Webadress: https://laduvik.jimdo.com/

Ett stort tack till:

Er som peppat mig att skriva. Tusen tack till mina nära och kära, både familj och vänner.
Manne som hjälpt till att kommentera och förbättra tankar och ordalydelser även i detta ex innan publiceringen.
Thompa med allt sitt tålamod med sidfötter, sidhuvuden och formatmallar. Sånt som är så fruktansvärt trassligt.
Ruts vänner, gruppen som startades för er som bett att få läsa. För er som varit med på resan eller på annat sätt varit orsaken till mitt skrivande. Ni har också varit nyfikna nog att beställa böckerna, vilket gjort mig oerhört glad såklart.
Den moderna tekniken! Justeringar, flytt av textstycken, rättningar, strykningar och tillägg har kunnat göras utan Tippex och raderband. Givetvis otroligt tidsbesparande.
Anette och Leif på Hästö som arrangörer av "Hästöspelen"
Google, Wikipedia och synonymlexikon, där allt finns att ta reda på. Möjligheten har där funnits till att slå upp ord och uttryck, leta fakta bland annat kring personer, detaljer, syndrom, processer, regler och mycket mer.
Worldometers världsstatistik som med stort intresse löpande går att följa.
Människor och händelser knutna till mina arbetsplatser och utbildningar, som utgjort grunden till mycket av allt spännande i vardagen.
Alla kända och okända skribenter och föreläsare som i mängder av artiklar, krönikor, insändare, tal och notiser beskrivit händelser och fenomen. Med innehåll som varit så spektakulärt och intressant att det tålt att berättas en gång till fast på nytt sätt. Exempelvis ur Ruts och Pernillas perspektiv.
Dagspress och lokaltidningar, som återgivit på lättläst vis vad olika studier resulterat i. Som också publicerat artiklar om dråpliga händelser om sådant man inte trodde kunde hända.
Tålamodet och uthålligheten.

… och annat som ständigt påminner mig om hur mycket nytt som finns att lära om livet, om ting och om företeelser. Som får mig att upptäckta sånt som inte är uppenbart. Exempelvis konsten att lära känna sig själv.

Sist men inte minst: Utan Books on Demand, det vill säga plattformen för oberoende bokutgivning, hade det inte blivit bokformat av manuset.

Det blev en hel del Waller följt av Fiffel, Mingel, Killer, Taffel och Podder. Nu även denna. Bok sju, Pussel.